厉彦林经典散文

大家经典

人间烟火

厉彦林 著

山东文艺出版社

图书在版编目（CIP）数据

人间烟火：厉彦林经典散文/厉彦林著. —济南：山东文艺出版社，2022.10

ISBN 978-7-5329-6575-5

Ⅰ.①人… Ⅱ.①厉… Ⅲ.①散文集-中国-当代 Ⅳ.①I267

中国版本图书馆 CIP 数据核字（2022）第 031497 号

人间烟火

厉彦林经典散文

厉彦林　著

主管单位	山东出版传媒股份有限公司
出版发行	山东文艺出版社
社　　址	山东省济南市英雄山路 189 号
邮　　编	250002
网　　址	www.sdwypress.com
读者服务	0531-82098776（总编室）
	0531-82098775（市场营销部）
电子邮箱	sdwy@ sdpress.com.cn
印　　刷	山东临沂新华印刷物流集团有限责任公司
开　　本	880 毫米×1230 毫米　1/32
印　　张	8.25
字　　数	172 千
版　　次	2022 年 10 月第 1 版
印　　次	2022 年 10 月第 1 次印刷
书　　号	ISBN 978-7-5329-6575-5
定　　价	50.00 元

目　录

辑一

家·相亲相爱

父 爱

———————

　　"可怜天下父母心"，这句经典的话语已铭刻在中国人的心中。可历代达官贵人、文人墨客乃至平民百姓，歌颂母亲的多，颂扬父亲的少。一般来说，也是父辈给予子女的多，子女关怀长辈尤其是父亲的少。这不知是观念问题，还是缘于所有父亲感情厚重、不善言表？真正理解父爱的深沉凝重，需要岁月的凝聚，需要细心品味和琢磨。

　　故乡的土亲，山亲，水亲，人更亲。

　　父亲是个老实巴交、憨厚地道的农民。我每次回家，望见老父亲黑白相间的头发，我的鼻子就发酸，眼里就有些湿润。父亲的青年时代是不幸的。当时正在解放区的学校读书，我奶奶突然病逝，不得不因生计而辍学。我父亲含着眼泪把没有学完的课本包着披藏起来，默默帮家里干起了农活，帮着照料当时刚几岁的我的姑和叔。老师舍不得爱学习的好学生，曾连续几次到我家做我父亲返校的工作，因家境所困，最终我父亲再也没有重返那充满笑声、歌声和美好憧憬的校园。即使这样，比起当时斗大的字识不了两箩筐的乡亲们，我父亲也算是"秀才"啦。后来就在村里当起会计、信贷员。这两件事能始终如一、平淡无奇地干上一辈子，有的只是那种冷静、从容和平淡，那与世无争的品格、与人为善的人生态度。一生知足常乐，留给别人的印象是自信和坚强。

我从呱呱落地到蹒跚学步，从步入学堂到踏入社会，从懵懂无知到饱经岁月历练，我的每一步成长都融入了父亲的关爱。沉言寡语的父亲，对我很疼爱，也很严厉。那年代贫瘠的山地、稀疏的庄稼，远远填不饱肚皮。但家长们勒紧腰带，从口里省出来给我们吃。有时一个锅里，老人竟能做出两种饭菜。日子虽然清苦，但我长得自由自在。儿时经常骑在父亲的肩头上，是那样风光和得意。那时的冬天特别冷，山里人衣服都很单薄，除了筒子棉袄和棉裤，里边没有什么毛衣、衬衣，因而寒冬腊月常常冻得打哆嗦。有时父亲把他那厚棉袄披在我身上，只感到很沉，但很暖和，嗅到一种很熟悉、很亲切的汗味。有一年夏天，天很热，庄稼和树的叶子都晒卷了，我不知患了什么病，竟然全身冻得打哆嗦、软绵绵的。父亲急得团团转，就顶着烈日，背着我去找大夫，那汗水把他脸上的尘土冲得一道又一道，衣服也湿透了。谁知我患的是重感冒，让家人虚惊一场。

后来，我在父亲的期盼里离开了那个小山村，到县城上学了。麦假，我急忙赶回去帮着收小麦。当空的烈日，就像黏在背上一样，割不上几垄小麦，就感到那镰迟钝了，全身被汗水浇透了，腰也要断了。那汗水搅拌上尘土、沙粒，流进被麦芒划破的小血口子里，钻心地痛痒。父亲在弯腰割麦，娘在打捆。父亲割八行，我割五行，我拼命地挥舞镰刀往前赶，但仍然被越拉越远，腰痛得实在难以忍受了，只好直直腰，喘口气，手心也被镰把磨出了血泡。我割着割着，竟然觉得越来越省力，很快赶上了父亲。这时，我陡然发现，实际上我只割了三行，那几行父亲早已替我割了。我望着父亲那黝黑的脸庞和累得直不起的腰，话到嘴角又咽了回去。此时此刻，有什么语言能够表达我的感情呢？父辈就是这种牺牲自己，默默照顾、关心和体谅着孩子，这种宁愿自己吃苦受累也不委屈、亏待孩子的品德，这种给孩子们做千万件好事也不吭一声的行动，在垒砌和树立着人生标杆，守护孩子的成长！

那年的冬天，天气格外寒冷。校园里的树木被北方吹得吱吱作响，不时有冰凌和雪块从树上掉下来，让人有一种冷到骨头里的感觉。一句熟悉且亲切、沙哑却真切的问话，惊醒了正坐在被窝里读书的我。我一边不自觉地应答着，一边噌地下床打开了宿舍的门。父亲提着一捆煎饼和煮熟的鸡蛋站在门口，脸冻得发紫，穿着一件黑厚棉大衣，帽子和衣服上挂满了雪花，口呼的热气在胡子上结了一层霜。我赶忙给父亲倒了一杯白开水。父亲双手捂着杯子，望望我，看了一下我们室内的摆设，摸摸我的被子，伸手摸出了散发着体温的五十元钱。父亲是跟着村里那台十二马力的拖拉机来县城的。现在已经很少见到那种拖拉机了，它是没有篷的。在那样寒冷的天气里，迎着飘舞的雪花和凛冽的寒风，在蜿蜒崎岖的山路上奔波四五个小时，全身肯定冻麻了，下拖拉机时腿一定站不起来。父亲没跟我说几句话，就要走。我执意送父亲，可父亲担心我冻感冒了，一再劝我"别送了，外边太凉"，"别送了，外边太凉"。父亲迈着蹒跚的步子，爬上那拖拉机消失在寒风中，我的泪水不禁涌上了眼眶。在万物萧条、寒风刺骨的隆冬，那不言不语的父爱，是如此温暖、如此真挚、如此炽热，不知不觉眼角挂上了泪花。父亲临走前那回头的目光，那欣然的一笑，透出了无限关切和期待，透出了世间最真情的嘱托和惦念……

父母的养育之恩，感动着我，激励着我，鼓舞着我。我记得我第一次拿到工资，先给母亲买了一块布，又给爷爷和父亲买了一塑料桶烈性的瓜干酒。我母亲异常高兴和忙活，专门做了几个好菜，其中有炒鸡蛋和炒芹菜。我给我爷爷和父亲各倒上了一杯酒，那酒香立刻溢满了屋子。父亲端起酒杯，往地上奠了几滴，然后细心品了几口："哦，好，这酒味道真醇正。"我发现父亲说话时手竟然有些颤抖。"终于喝上孩子买的酒了，来，干！"父亲硬是劝我也干了一杯。我放下杯子，发现父亲的眼圈有些红润，父亲忙说："这酒还真辣。"我知道，父亲是有些酒量的，度数再高的酒也不会嫌辣，那分明是难以掩藏内心的激动。我赶忙再给父亲倒上一杯，沙哑着嗓子哽咽道："来，爸，咱再干一杯。"

几十年过去，父母都老了，岁月的风霜染白头发，脸上刻满沧桑。父亲和母亲风里来雨里去，共同支撑起这个家，平安祥和、相濡以沫地享受着晚年生活。这几年我母亲身体不太好，为了让我母亲少操心、少劳作，多年来不善家务的父亲也开始做起了拿柴草、烧火、喂鸡、喂狗的家务活。刚强、善良、勤劳、能干的母亲变得好絮叨，沉默少语的父亲总是默默地听着，宽厚地忍让着，让我感到很温馨，也很放心。

我已经走出那山村，在高楼林立的省城有了一份可心的工作，可我走不出故乡的真情和父母那期待的目光。想起父亲对自己的关心与疼爱，我就百感交集，千言万语涌上心头，周身就增添了信心和力量……

　　凌晨，听着窗外淅淅沥沥的雨声，又惦记起远在乡下的父母来。父爱正如沂蒙山的清茶一般，不很清澈却很透明，虽含苦涩却也清香，虽淡然却深刻。我们在品茶时，往往只享受茶的醇香，却并未想到如何去感激它。当偶尔喝了白开水之后，才会真真切切地体会到清茶醇香的味道。其实父爱就蕴涵在平淡如水的现实生活中，只有用心去品味才能感受到，并由此感恩、留恋，真正读懂人生。

原载《人民日报》2010 年 6 月 19 日

仰望弯腰驼背的娘

时光穿梭，流年飞逝。我的老母亲已经腰弯了、背驼了。

娘弯腰驼背，是长年弯腰劳作的结果。记得我爷爷在世时曾经夸我娘是我们家的有功之臣。我奶奶去世早，当时我的叔和姑才十岁左右，是我母亲既当嫂子又当娘，拉扯着他们长大，结婚。那个年代队里靠工分分粮，我娘既要照料家，还要到队里干活。为了一家人的生计，精打细算，节衣缩食，还想尽办法，供应我们兄妹几个上学读书，给我们欢快幸福的童年。一天天，一年年，娘弯着腰择菜、炒菜、做饭、洗衣服、烙煎饼；弯着腰扫地、剁猪食、喂猪、喂鸡、喂狗；弯着腰翻地、锄草、挑水、担粮、割庄稼……娘比常人吃了更多的苦，流了更多的汗，尽管额头早早添了白发，可脸上绽放着自信的笑容和真实的满足。渐渐地，我也由仰望娘，到身高超过了娘。

娘是沂蒙山区普通地道的农民，虽然不识字，但无论干家务，还是种地、种菜园，都是一把好手，从不示弱服输，一言一行、一举一动都深深印在我的脑海中。

这些年，父母年龄越来越大，已说服他们把责任田转包了，只剩下半亩菜园地，一来有点事情可做，也算个锻炼项目，二是能够随时吃上新鲜的蔬菜。当然无论什么季节，也不会太忙太累、太让我们牵肠挂肚。记得那年中秋节，我照例回家看望娘。本认为母亲日子过得比较悠闲，谁知她却顶着凉飕飕的北风，正在别人刚收过的地里用镢头翻地瓜。地埂上的槐树叶子已经微黄，田野上只有零星的农民在劳作。远远地望见母亲满头白发被风吹起，像一团白云，斜阳从她的背后照过来，把弯曲孤单的黑色剪影叠印在地垄上。那情景让我一阵心痛。娘怕我们生气，笑着说："闲着难受呀。这么好的地瓜埋在地里，白瞎了！"

这些年，娘的身体大不如从前，我知道那都是年轻时辛苦、操劳留下的病根。娘几次生病，我们都是尽最大努力治疗。娘心疼儿女的钱，顽强地配合治疗，一次次创造着奇迹。可惜因长期风湿性关节炎，两条腿变了形，弯腰驼背了。

人一旦弯腰驼背，更显得老、显得矮，稍一活动就会气喘、气短、气急，甚至不停地咳嗽。多少个节假日，白发稀疏、弓腰驼背的娘，拄着拐杖，站在街口，弯着腰，眯缝着那昏花的老眼，像遍地挑黄豆一样盯着每一个行人，眼巴巴地盼着我们全家归来。为接待我们，娘有时提前打上止腿疼的针，即使疾病缠身，也硬撑着忙里忙外，还必须亲自炒菜、做饭。往往刚吃完早饭，就忙着盘算和准备午饭了。望着娘操劳的身影和飘动的白发，我愧疚地对娘说："本想回家看您，却净给娘添累了。"娘总是笑着说："高兴，高兴，再累也高兴。"如今生活好了，爹娘也老了，好东西也不敢多吃了，想起来，心里酸酸的……离家时，娘总是执意把我们送到大街口，有时还偷偷抹眼泪。看看爹娘日渐苍老的身影，我的心沉沉的，顿生几分伤感，不敢回头凝望……

　　每当清静下来，每当回到村口，我的耳畔就会真真切切地响起娘温馨的呼唤，刻骨铭心……

　　弯腰驼背的娘，已被岁月和辛劳夺走青春容颜，却依然是我人生的依靠和灵魂的拐杖，时刻给我亲情、给我温暖向上的力量。

原载《人民日报》2012 年 3 月 26 日

祖孙四代求学梦

"吾家世守农桑田，一朝挂衣即力耕。汝但从师勤学问，不须念我叱牛声。"诗人陆游这首诗，充分反映了自古以来我国农民家庭的生存状态和通过读书改变命运、成就梦想的愿望。新中国成立以后特别是改革开放以来，普通百姓受益最大的，一是衣食住行和社会保障状况的改善，二是受教育程度的普遍提高。我家祖孙四代的求学历程，生动记录着国家巨变和我们全家一代代追赶求学梦的历史轨迹。

在新中国成立前那漫长的岁月里，虽然被尊为万世师表的孔子和诸多开明的帝王将相，一贯倡导重视兴办教育，教化民众，但受教育的其实都是那些王孙贵族，最起码也得是富裕绅士。平民百姓没有供应子女上学的经济实力与权利，只能"望学兴叹"。

我家祖辈是沂蒙山区的农民，族谱里从没有上学识字的。我爷爷生不逢时，是喝着旧社会的苦水长大的。当时家里穷得叮当响，虚岁刚七岁，就被迫到邻村的地主家当放牛娃。看着地主家的孩子吃饱饭，就坐在屋里听私塾先生摇头晃脑地讲什么"人之初，性本善"一类的课文，我爷爷羡慕得不得了。有一次趴在黑乎乎的窗子上，偷听了几句，竟被老地主劈头盖脸痛骂、狠凑了一顿，脸上和身上留下道道血口子……我爷爷心中暗暗发狠："砸锅卖铁也要上学"，可这个梦想在那个时代是根本不能实现的。新中国成立后，我爷爷参加过村办扫盲班，也让我们手把手教他识字，可惜已错过读书的年龄。我爷爷虽然不识字，可为人厚道、实诚、没有私心，竟在大队里当了十多年的保管员，全队出出进进的所有东西，全靠只有自己认识的图画和杠杠来记录。直到他离开这个世界，也只认识自己的名字和几个简单的数码。但他老人家的苦难经历和他关于好好读书的衷心劝诫，却深深地刻在了我的脑海里。

中国人有个传统，长辈自己没有实现的愿望，往往会加倍倾注到下一辈身上。我父亲到了该上学的年纪，新中国虽然还没有成立，但我老家沂蒙山区这一带已经是解放区了。喜气洋洋的农民分了地、勉强填饱肚皮以后，首先想到的是让孩子学文化、长见识。政府也鼓励办教育，于是几个村联合办一所小学，大大小小的孩子混编在一个班里。我父亲是其中幸运的一位，成为我家祖祖辈辈第一个上学的。可天有不测风云，我奶奶突然病逝。我父亲含着眼泪把没有学完的课本包着掖藏起来，默默帮家里干起了农活，帮着照料我年幼的姑和叔。老师舍不得爱学习的好学生，曾连续几次到我家做我父亲返校的工作，但由于家境所困，最终我父亲也没有重返那充满笑声、歌声和美好憧憬的校园。即使这样，比起当时斗大的字识不了两箩筐的乡亲们，我父亲却是村里名副其实、会打算盘的"秀才"。

到我上学时，已经是二十世纪六十年代中期。农民刚刚渡过三年自然灾害，铁青的脸上红润了许多。这时大多数村庄都有了学校，多半孩子能进学堂了。我家祖辈上因为给地主看林子养家糊口，一直住在村东的山岭上。我清楚地记得我上学的第一天，父亲一直背着我，把我送到村里的学校，交给了一个胡须花白的张老师。这其中有多少寄托和祝愿，我当时体味不到，也理解不了，但我从家人那期盼的目光里，感受到了一种信心和力量。上学第一天中午放学后，我小跑着回家，坐在院子里的大槐树底下，扒上一碗饭，就第一个跑回学校。学校条件很差，一个教室四排用土坯垒的土台子，那就是课桌，一排就是一个年级的学生，老师进行"复式"教学，教完了这排再教那排。学校抓得挺紧，有时还坚持上晚自习。可教室房子太破，一到下雨天，屋里就摆上接水的盆子。雨下大了，老师担心教室倒塌，干脆放我们的假。冬天，那土台子凉得刺骨头，外面下大雪，教室里下小雪，学生们衣裳单薄，老师经常停下课，组织孩子们集体跺脚、搓手，拍打身上的雪花，然后再上课。那时农家日子贫寒，孩子们在课堂上用石板写字做练习，那石板可以反复擦、反复用，确实很节约。放学后，我们首先要帮家里拾草、剁菜、放牛、放羊，然后再用五分钱一本的作业本做作业，本子的正面用完了再用反面，或者第一遍用铅笔，第二遍用钢笔。虽然这样，伙伴们还是学得很用心、很开心。那时没有师资可言，老师从刚毕业的中学生中选，有的竟然小学毕业教初中，许多生字都是念半边，出错别字实属家常便饭。等我上高中时，出了"白卷先生"，爱学习不吃香了，学习好也没用了，图书馆的好多图书也不准看了。不久又"开门办学"，我们那个班的同学，先后参加过拖拉机班、种植班、畜牧班、美术班、新闻班，后来又吃住到我们村，唱着革命歌曲帮着填水库、造大寨田，每天两角钱的生活补助，半天劳动半天学报纸。考试就考课本上的例题，并且还开卷，虽然次次考一百分，可心里总觉得对不起每周那捆家人舍不得吃的地瓜干煎饼。

二十世纪七十年代末，中国大地炸响恢复高考制度的惊雷。现在回想起来，这一决策的确是一种胆略，一种挽救和解放，既激活了莘莘学子的读书梦想，又填补了国家"青黄不接"的人才空白，调整了国家发展的速度和方向。从孩子都已上学的"老三届"，到刚刚毕业的中学生，共同做起了大学梦，都希望自己"鲤鱼跳龙门""知书达礼""有出息"。我们这些正巧在"文革"期间读书的学生，学习功底不扎实。没法子，只好翻出高中课本，自己再从头重啃一遍。等到我参加高考时，我的老师、我、我教过的学生，竟然编在了同一个考场。我比较幸运，接到了录取通知书，达到了转户口、吃"皇粮"的目的，着实让家人和亲戚朋友高兴了一阵子。毕业走上工作岗位，通过接触贤人才子，终于明白了"学无止境"的深刻道理。不久，国家扩大办学渠道，开始办电大、函大、职大，凡是没有进过正规大学或有学习愿望的人，不管年龄大小，都有了重新学习的机会。因而我也在工作之余，坚持着业余学习，一次次品味起高雅的书香，了却没能上正规大学的渴望。国家成为青年人筑梦、圆梦的能量场和守护神！

改革开放以来，我国城乡面貌发生了翻天覆地的巨变，教育的变化又走在前列。从"人民教育人民办"到"人民教育政府办"，国民教育机会均等、"学有所教"的目标正在变成现实。享受改革开放成果最多的还是孩子们，他们的生活条件和上学环境都大大改善。我儿子上学时，我们全家已搬迁到省城。他从入托到上小学、中学直到大学，教室都是宽敞明亮的楼房，教师也都是科班行家，教学质量大幅提高。独立且个性的年轻一代，益书常为朋，耳畔尽是歌声、笑声和键盘声。我儿子知道珍惜这美好的学习时光，努力为自己和家人争气，早已读完了名牌大学的硕士研究生，又攻读博士学位，在我们家族中书写下最高学历的记录，圆了我家几代人的读书梦。

巴尔扎克说过："人生最美好的主旨和人类生活最幸福的结果，无过于学习了。"如今伴随教育改革发展的坚实脚步，多数读完高中的孩子可以跨进大学校门，圆大学梦啦！我家祖孙四代追求读书梦想的经历，真实反映出新旧中国的天壤之别和新中国成长发展的足迹。回想起来悲喜交集、心绪难平，心生感恩、感动、感激……

原载《农村大众》2018 年 4 月 16 日

家　训

<hr>

　　对于家训，我们每一个中国人恐怕都不陌生。谁家的长辈没有几句管教子女或晚辈的警言训诫？

　　鸟有巢，人有家。细琢磨起来，我国这个古老而庞大的血缘宗法式农业社会，更有着生长家训的丰厚土壤。哪个家庭不是老、中、青三结合的梯次年龄结构，这就像一根长长的链条，一辈就是一个链环，一辈一辈地传宗接代、繁衍生息。由于血缘亲情的维系，老者、长者、尊者自然具有了潜在的威严，他们坎坷的人生阅历和丰富的实践经验，经历风风雨雨之后的大彻大悟，往往以血泪为代价凝聚成深刻的警言，然后用舐犊之情教育、告诫子女，这便是非常自然的事了。怪不得翻翻四书五经，到处是人生的警句哲言。到元明清时代，像司马光的《居家杂仪》、朱熹的《蒙学须知》、曾国藩的《曾文正公家训》等家训著作，据说有上百种。那作者，既有名君贤相、官僚仕宦，也有文人大儒和寻常百姓；从形式看，既有家训、家规、家范、家教的长篇宏论，也有家书、诗词、箴言、碑铭等训示。当然这些著作，无不残留着时代、阶级和家庭的痕迹，虽然有糟粕，也有偏颇，但不可否认，它折射着传统文化的光辉和儒家道德思想的精华，表露的是修身、齐家、治国、平天下这一理想的人格图式。

家训对每个人来说堪称是一面镜子、一杆旗子、一把尺子、一条鞭子，时时刻刻在警示你的思想，校正你的言行，指点你的迷津，宽慰你的心灵。谁的记忆底片上没打上家训的烙印？谁在成长道路上没吸取家训的甘露？虽然各家的家训都有独特的内涵，但"教家立范，品行为先""见贤思齐"这一点是大致相同的。

我的老家在沂蒙山莒南县的最东北部，是一个挂在岭膀上的小山村。传说洪武年间，祖先逃荒要饭路过这个地方，发现了石缝间一眼甘洌的泉水，于是就依泉定居下来，逐步发展成现在的小山村。从我记事起，我们家就住在村东的岭坡上，据老人说，是为了给东家看林子方便。祖祖辈辈面朝黄土背朝天，以种地看林为生，斗大的字识不了几筐，不会咬文嚼字，所以长辈劝导晚辈的话也都是些质朴无华的大实话。俗话说，隔辈疼。我奶奶因病去世得早，我生来没见过奶奶，也就无福享受奶奶的爱抚了。从小，爷爷对我就倍加疼爱，我也最早从他那里接受了家训。现在数算起来，有勉励上学的，有敬老尊长的，有谦恭谨言的，也有勤俭节约的，最触及我灵魂的是这几句话："人一辈子不容易，但无论如何要活得正，站得直，人活就是活一口气。咱家里祖祖辈辈没有识文解字的，你在外边，要好好给公家干活；见了公家的东西，千万别眼热，人家的稻草咱一根也不要拿；娶了媳妇好好过日子，别这山望着那山高。这后两条，可最坏人的名声啦。"后来我翻诸葛亮的《诫子书》，这位老先生也说："夫君子之行，静以修身，俭以养德，非淡泊无以明志，非宁静无以致远。"我爷爷是个地道的庄稼人,诸葛亮是大名鼎鼎的政治家、军事家,身份悬殊,表达方式大相径庭,为何在家教的内容上异曲同工?这大概是中国传统文化潜意识的作用罢!我爷爷的这几句话,很直白,很实在,也很深刻,很精辟,可称得上至理名言。这是他对我真诚的叮咛,也是他一生心血的凝聚。

爷爷的童年是艰辛和不幸的。他没上过一天学,到了晚年也只认识自己的名字。七岁时,家里穷得揭不开锅,为了每天能喝上一碗稀粥,被迫到外村给人家放牛。连个睡觉的地方也没有,夏天顾不上露水打、蚊子咬,路边的一块大青石板就成了天然的床;冬天裹着件破棉袄,盖几捆牛草,蜷睡在牛棚的角落里。春节到了,东家烧完香、敬完神,便把热气腾腾、香喷喷的荞麦水饺端上了饭桌。我爷爷那时年纪小,又长年吃不上水饺,见了水饺就咽口水,心想:我在东家辛辛苦苦干了一年,这次无论如何也会让我吃上几个水饺,不知是三个还是二个?可谁知,狠心的东家看透了我爷爷的心思,硬是让我爷爷去村外的一户人家送东西。我爷爷不顾天黑路滑,深一脚浅一脚顶着飞舞的雪花送完东西回来后,桌子上什么好吃的也没有了,只有两个凉窝窝头。我爷爷一阵心酸,一头钻进寒风凛冽的牛棚,听着窗外的鞭炮声和孩子们的笑声,想想自己的亲人,想想自己的处境,禁不住放声大哭起来,泪水一直流到天明……

解放后,家里分到了地,有了饭吃,也有了草房住。我爷爷对党和政府无限感激,全身好像有使不完的劲,无论是给大队里当保管,还是参加整山治岭、修水库,他干什么都有板有眼,让别人服气。累身子,却不丢面子。就连自家的菜园,他也总是用铁笆耧得土细如面,平整如镜……记得有一年的初秋,我爷爷当时已经七十多岁了。我从县城赶回家已是黄昏时刻，爷爷正迈着迟缓而又略带滞拙的脚步，在枝叶稠密的花生地里拔草。只见爷爷缓缓站起来，捶捶酸痛的腰，伸伸疲倦的双臂，然后又弓下身子……那消瘦而单薄的脊背惨淡如月，在晚风中摇曳，在大地仰卧的胸脯上叠印出很长很长的阴影。我的心一阵酸痛，只觉得一种难以言明的懊悔在流淌，一种苍凉沉重的声音在响动，一种万分感激的情绪在蔓延。爷爷，几十个春秋，你历尽多少酷暑严寒，历尽多少坎坷磨难，慷慨地赐予，无私地奉献，无悔无怨，如一株山草顽强地生存，若一块游动的碑石耸立于高天薄地之间。

算起来，我爷爷已经去世七个年头了，他没给我们留下什么家当财产，但他的为人、他一言九鼎的话语却给我留下了无法用金钱衡量的美德和善行，留下了一种做人的信仰和不向命运屈服的坚毅。记得1979年，我接到了莒南师范的录取通知书时，一家人高兴得就如同过年。爷爷手捧录取通知书，咧嘴笑了："好，咱祖祖辈辈两腿插在地墒沟里，没出过识文解字的，没有一个吃皇粮的，你给咱老祖宗争了光，好！"爷爷平常很少喝酒，那天却和父亲喝了一盅又一盅。他那花白的胡须上抖动着说不尽的满足和得意，那道道皱纹掖藏不住内心的兴奋和甜蜜。我入学那天，正巧村里那台十二马力的拖拉机去县城办事，我正好搭便车，当时也算潇洒气派了。天刚放亮，父母就把忙活多少天为我准备的被子、衣服和吃的用的东西搬上了车。爷爷也早早起来问这问那，总担心忘了什么，不时拽拽我的衣服，端详端详我的脸，好像有许许多多的话要说，又不知从何说起，然后把我拉到一边，从已经褪了色的衬衣口袋里摸出了平日积攒的五元钱，硬是塞到我的手里。"带上！到了城里，买个本子，或称斤咸菜。入了校，抓紧来个信说说，有空别忘了回家看看。"我紧紧攥着那散发着体温的五块钱，那被汗水濡湿的五块钱，紧紧咬着嘴唇，不住地点头，泪水不知不觉模糊了视线。这不是普普通通的五元钱，这分明是一颗滚烫滚烫的心，分明是难以言尽的关怀和惦念，分明是沉甸甸的嘱托和期盼。

岁月沧桑，人老地黄。随着年龄和阅历的增长，我才逐渐品味出家训的内涵，才慢慢理解长辈的一片苦心。记得那还是我爷爷当大队保管的时候，那年秋天队里的场里晒着满地的花生，我披着月光给他送晚饭时，顺手抓了一把吃了起来。谁知他给我抓了一把木耙沙下来的瘪秕的小花生，说："把你拿来的送回去。来，这个好吃，甜着呢。"然后他一边吃饭一边劝导我，"这是咱大队里的花生，每家每户都有一份，咱不能让叔父大爷戳脊梁骨。人生在世创个好名声不容易呀。"我当时虽然没说话，但心里也确实怨我爷爷是个死心眼，在心里记恨了好长一段时间。记得明代高攀龙在《高子遗书·家训》中说过："作好人，眼前觉得不便宜，总算来是个大便宜；作不好人，眼前觉得便宜，总算来是大不便宜。千古以来，成败昭然，如何迷人尚不觉悟，真是可哀！吾为子孙发此真切诚恳之语，不可草草看过。"人吃五谷杂粮，实际上是很难完全脱俗的。有人说"无欲则刚"，要达到这种境界谈何容易！吃斋念佛的道士和尚都难净七根，更不用说我们这些凡夫俗子啦，所以说叫"抑欲则刚"还差不多。人生在世，谁都有欲望，由于背景、条件、年龄等因素不同，欲望也是千差万别的。有点欲望是正常和自然的，问题是欲望应当合情、合理、合法、正当和切实，当然这个不偏不倚的度是最难把握的。把握好了，是不是就叫成熟了呢？

长辈的训导和爱是融合的，它交汇在一起，在血管里奔流，在心脏里跳动，遍布每一根神经，占据灵魂的每个角落。也许是我这个农民后代的偏爱，我崇拜和欣赏庄户人那艰苦勤劳、百折不挠、顽强拼搏的精神和质朴诚实、与人为善、宽宏大度的高贵品德，这就是民族的精神的重要组成部分，是民族的根。

一个人从小吃点苦，经受艰苦环境的磨炼，接受点古典传统的教育和熏陶，对于走好人生道路大有益处。困苦是坚强之母，正直是道德之本，恐怕就是这个缘由。当年，家里咬着牙，让我父亲上过几年学。因为我奶奶去世得早，我的叔叔和两个姑又小，我爸爸只好含泪辍学，成了我爷爷的帮手。父亲把辍学的痛苦变成了勒紧腰带也要供应我多上几年学的强烈愿望，我虚岁刚七岁，他就给我买了一个当时最时兴的黄帆布书包，把我背下岭去送进了一个老师教三个班的学堂。他没给我讲什么悬梁刺股、囊萤映雪的故事，只是告诉我"玉不琢，不成器；人不学，不知义"这朴实的道理。

当时我并不理解父亲的一片苦心和个中含义，只羡慕父亲兜里别一支银光闪闪的钢笔，腋下夹一把算盘，当会计的那个轻松自在劲。尤其是到每年的年终决算，他们几个人把一串串乏味的数字唱成了抑扬顿挫的歌，一熬就是一个通宵，常常还吃个夜餐什么的。我有时也被半夜叫醒，吃上几口，心里美滋滋的。记得我上高中时，正是"白卷先生"张铁生吃香的时候，学校开门办学，考试是开卷的，并且还是考例题，次次都是一百分，其实根本学不到东西。我们这些庄户孩子当时就感到有点对不起每星期的那一大包袱煎饼。那时正强调"忙时吃干，闲时半干半稀"，其实农民无论忙闲都填不饱肚皮，我们每顿能吃上瓜干煎饼已经很"资产阶级"了。学校勤工俭学，学生们自己种了一片大白菜，食堂里放上点豆面用大锅一煮，三分钱就可以买上一碗。当时一个工日才值几分钱，家家吃盐都得用鸡蛋换，这菜就显得贵了一些。家里不希望我太寒碜，每星期都给我塞上两角或五角钱作为生活费，其实一点儿也舍不得花，有时这几角钱在兜里由新钱攥成了旧钱，一装就是几个星期。后来不住校了，我的村离中学有十华里路，早上六点还要到校赶早操，当时又没有手表、闹钟和自行车，只好早早起来用步量。也不知怎的，生物钟特别管用，到时就醒了，前后差不了五分钟。即使这样，母亲每天早晨也还是要叫我一遍的。到了冬天，母亲总是早早起来拉着风箱为我做好一碗面叶或面疙瘩汤，我匆匆扒拉几口，周身就暖和了，脚下就生了风一样，顶着凛冽的寒风，一溜烟赶到学校，还误不了上早操。记得照高中毕业照时，我还穿着一件打着补丁的黄褂子，肩膀上的补丁依稀可见。母亲谈起这件事，看到那张照片，心就发酸，还时常掉眼泪。可怜天下父母心。可当时哪个家庭不是贫得叮当响。穷家值万贯，真正值钱的是父母的爱，真正的家产是高尚的品行。做儿女的感激的是那颗赤诚无私的心。

这些年改革开放了，经济发展了，人们生活富裕了，这个社会也显得越来越浮躁和世俗，人间真性在枯萎，民族文化在流失。很多人不但不管他人瓦上霜，连自家的雪也懒得扫了。连最最重要的做人立身这一条也抛到了九霄云外，人鬼、美丑、善恶、是非都分不清了。元代脱脱说过："人虽至愚，责人则明；虽有聪明，怒己则昏。苟能以责人之心责己，恕己之心恕人，不患不至圣贤地位。"时下，这种人是不是太多了呢？人生是短暂的，不管是穷是富、是官是民、是男是女，其实上天给了每个人大致相等的生存区间，几十年的好时候一晃也就过了，到时都得到另一个世界报到，或者说早晚都要到地下或火葬场碰面。什么名呀、利呀、权呀，都是些身外之物，生不带来死不带去，只有静心养性，才活得堂堂正正、洒洒脱脱、轻松自在。应该得到的，得到了是幸福；不应该得到的，硬得到了也许是灾难。不做亏心事，不怕鬼叫门。做了亏心事，天理不容，良心谴责，连做的梦也是恶的，实际上这是自我摧残和扼杀。

老子以俭朴为宝，大家也都认同"平平淡淡才是真"这个理，这也许是看破红尘之后的彻悟吧。有个好家风，有一句告诫后代做人、做事的哲言警句，这是儿女的福分。我身为人父之后，才更加体味到长辈的良苦用心，才更知正言端行对于人生旅途的分量。曹瑞曰："修身岂止一身休，要为儿孙后代留；但有活人心地在，何须更问鬼神求。"望子成龙，是天下父母共同的愿望；望子成人，是望子成龙的根基。做人，教子，确确实实是件很难的事！

原载《山东文学》1996 年第 8 期

煤油灯

煤油灯似乎离我们的生活已经很久远了，许多孩子只有在博物馆、纪念馆才能见到它的身影。偶尔停电，大家也是用蜡烛替代照明。在我记忆深处，那如萤火虫般的煤油灯，依然跳跃在乡村那漆黑的夜晚，远逝的岁月也都深藏在那橘黄色的背景之中。

我的家乡就挂在一个山套里，房子无规则地散落着。记忆中的小山村，白天有刺眼的阳光，傍晚有燃烧的夕阳，晚上有亮晶的月光，黑夜有跳动的磷火、飞舞的流萤，并不缺光。那时山村没有电，祖传的照明工具就是煤油灯，印象最深的是那煤油灯的光芒。油灯那跳动着的微弱的光芒，给遥远而亲切的山村和山民涂抹上昏黄神秘的颜色，也给我的童年升起了一道生命的霞光。

二十世纪六七十年代，煤油灯是乡村必需的生活用品。家境好一些的用罩子灯，多数家庭用自造的煤油灯。用一个装过西药的小玻璃瓶或墨水瓶子，找个铁瓶盖或铁片，在中心打一个小圆孔，然后穿上一根用铁皮卷成的小筒，再用纸或布或棉花搓成细捻穿透其中，上端露出少许，下端留上较长的一段供吸油用，倒上煤油，把盖拧紧，油灯就做成了。待煤油顺着细捻慢慢吸上来，用火柴或火石点着，灯芯就跳出扁长的火苗，还散发出淡淡的煤油味……

煤油灯可以放在很多地方，譬如书桌上、窗台上，也可挂在墙上、门框上。煤油灯的光线其实很微弱，甚至有些昏暗。由于煤油紧缺且价钱贵，点灯用油非常注意节省。天黑透了，月亮也不亮了，各家才陆续点起煤油灯。为了节约，灯芯拨得很小，灯发出如豆的光芒，连灯下的人也模模糊糊。灯光星星点点，飘闪飘闪。忙碌奔波了一天的庄稼人，望见家里从门窗透出来的煤油灯光，疲倦与辛苦荡然无存。

晚饭以后，院子里光线已经暗了，娘才点起煤油灯，我便开始在灯下做作业。有时我也利用灯光的影子，将五个手指做出喜鹊张嘴、大雁展翅的形状照在土墙上，哈哈乐上一阵子。母亲总是坐在我身旁，忙活针线活，缝衣裳，纳鞋底，一言不发地陪伴我。母亲那时眼睛好使，尽管在昏黄的油灯下且离得较远，但母亲总能把鞋底上的针线排列得比我书写的文字还要整齐。春夏秋冬，二十四节气，娘一直在忙着纺呀、织呀、纳呀，把辛劳和疲倦织纳进娘的额头、眼角。漫长的冬夜，窗外北风呼啸，伴随油灯捻子的噼啪声，娘在用自己的黑发银丝缝制希望，把幸福、喜悦一缕缕纳成对子女的期待。为了能让我看得清楚，娘常常悄悄把灯芯调大，让那灯光把书桌和屋子照得透亮。有时候，我正做着作业却进入了梦乡，醒来时却发现柔和昏黄的灯光映着母亲慈祥的面容，识不了几个字的母亲正在灯下翻阅我的作业本。

童年难以忘怀的记忆，都与煤油灯有着直接的联系。在煤油灯下，我懵懵懂懂地学到了知识，体会到了长辈的辛苦，更多的是品尝到了亲情的温暖。煤油灯，一次次感动着我，一次次驱散我的劳累与寂寞。

原载《人民日报》2010 年 3 月 29 日

陪爹娘游览天安门

母亲节的前一周，我携妻儿陪同年迈的爹娘去了一趟北京，游览了天安门。那两天，天公作美，雾霾散尽，天蓝云淡，温度适宜，看了个清晰痛快。陪老爹老娘逛天安门是件辛苦却又很惬意、幸福的事情。

记得我上小学时，掀开语文课本，第一课，是带着拼音的"毛主席万岁"；第二课，就是带着拼音的"我爱北京天安门"。我爹娘都是老实巴交、勤劳厚道的农民，出生在二十世纪三十年代抗日战争时期，童年时代就经历了民族的苦难，跟着大人躲避日本鬼子、挨饿。庆幸的是，沂蒙山区很早就是解放区了，记忆中比天大的事情就是毛主席在天安门城楼上宣告新中国成立，农民有了自己的土地，过上了安稳日子。天安门成为百姓翻身的标志、幸福的象征。

原来农村放电影，最先放出来的必定是闪着金光的天安门，大伙羡慕地望着美丽的天安门，感觉天安门那么神圣，又那么遥远。游天安门是多少中国人，特别是农民做梦也不敢想的大事情。

我爹身子骨硬朗。我娘体弱多病，因长期患风湿性关节炎，两腿变形，走路困难。一辈子没出过远门。如今节假日多了，爹娘岁数越来越大了，就琢磨着让爹娘"圆梦北京"。当我第一次郑重提出来陪爹娘去北京时，不善言辞的爹只是笑笑，算是默许，娘说："我没出过远门，身子骨又不好，去不了呀！去趟北京，那得扔多少钱呀？"

当娘得知我们准备用轮椅推着她游北京后，就一直劝我："你推着个瘸腿娘去北京，净让人笑话！"

我说："推着您，走得快，既省力，又舒服！谁笑话？人家肯定得羡慕呐！"

今年5月，我们终于坐上了去北京的高铁。我安排娘坐在靠窗的座席，爹挨着娘坐，我坐在最外边，不停地指点解说：

"您看，这就是黄河，一碗水半碗沙。"

"已进河北界啦，这里也在开始成片种蔬菜了。"

"这是天津地，早年叫天津卫，'狗不理包子'和'十八街麻花'，最好吃。"

"您瞅瞅，这就到北京了，这高铁够快的吧！"

来到北京，头件事就是去游览天安门。我们一家老小先趁着阳光柔和，在天安门广场慢节奏地逛了一圈。

蓝天白云映衬的天安门城楼，金碧辉煌，更显威严大气。国徽高高悬挂在殿檐间，犹如一轮镶了金边正冉冉升起的红太阳；毛主席画像透着慈祥与伟大，在这暖日阳光里，让我们全家感到从来没有过的亲切与温暖；画像两边的标语，红底白字，大气鲜明，热烈庄重……金水桥畔，值勤的武警战士透着威严与神圣。

我和妻子、儿子明确责任和分工，尽情地陪着说，陪着笑，那么开心舒心，那么坦然。我儿子个儿高，虔诚地弓腰用轮椅推着奶奶，妻子不时为儿子擦拭额角的汗珠。那场景，在温暖阳光照耀下，温馨暖人。

娘高兴地说："以前只是在画上、在电视上看，现在看到真的天安门啦！"我安排大家依次站好，在天安门前拍下了一组全家福。

黄昏时刻，我们又登上了天安门城楼。长安街上川流不息的车辆像飞奔的长龙，那壮观的气势渲染出浑然一体的和谐景象。广场上那造型别致、独具匠心、五颜六色的花坛，在璀璨的霓虹中映出了瑰丽的辉煌！

我一边忙着拍照，一边当导游：那是毛主席纪念堂！那是人民英雄纪念碑！那是人民大会堂！那是国家博物馆！那是华表、金水桥、大前门……

老爹老娘瞪大昏花的眼睛，好奇地欣赏着一幅幅美景。娘说："我和你爹都快八十岁了，还能登上天安门，做梦也没想到！"

父亲接过话茬说："自从有了毛主席，中国人才不挨打，才直起腰杆。"

我的爹娘扛了一辈子锄头，在沂蒙老区那个偏僻的小山村，亲历了中国革命、建设和改革的各个时期，一生辛劳，对党、对毛主席感情深厚，终于在晚年眼噙泪花圆梦天安门。

回到济南，我挑选出一组最好的照片，专门设计制作了一本精美的画册，送给爹娘，努力把那份幸福和快乐聚集和放大。这次游览天安门，成为爹娘一生中最美好、最荣耀的记忆，也圆了我们全家的孝敬之心和感恩梦。

难忘年迈的爹娘那开心、幸福的笑容，像两朵沉醉的秋菊，盛开在青春永驻的天安门前……

原载《人民日报》2013 年 11 月 30 日

回家吃顿娘做的饭

节假日，回老家吃顿娘做的热乎乎的饭，是多少住在城里的人的梦想，甚至是一种奢望。

每逢节假日，我们一家三口总有共同的愿望：那就是赶快回老家，一家老少团聚，吃几顿合口味的庄户饭，尽情享受其乐融融的家庭幸福，欣赏山乡没受任何污染的至真、至善、至美的自然景色，感悟宁静淡泊、淳朴温厚、慈善平和的心境。现代人在匆忙的生活中遗忘和失散了许多宝贵的东西，但唯一没有改变和遗失的，是那浓浓的乡情与温热的亲情。平常没时间，那就在节假日还愿、如愿吧。

民以食为天，人来到这个世界，只有会吃东西，才能获得生存的权利。人赖以生存的，除了水、空气，便是食物了。大多数男士，结婚成家前，二十几年，一直吃着娘做的饭；婚后几十年如一日，吃妻子做的饭。天长日久，这饭有时可能显得单调，但却饱蘸感情、深藏厚意。我在外工作近三十年，每次回老家，爹总是早早跑到集市上，买回各种各样还沾着泥土、露水的蔬菜，以及各色水果等，娘总会做上满满一桌子饭菜，还反复地劝说：

"外边的饭不如家里的香，多吃点，多吃点！"岁月沧桑，地老天荒。一年年走过来，我和几个妹妹都长大了，爹娘也被岁月催老了。我深深地感到，只要献给爹娘一句温馨的问候，一个甜美的微笑，冷清的院子会立刻温暖起来，平淡的日子会顿感五彩缤纷。

当下，人们常谈论幸福，其实幸福很简单，回家吃顿娘做的饱含母爱、热气腾腾的饭就是一种幸福。这些年，春节放长假，有比较充足的时间回家过年。守着年迈的爹娘，仔细聆听母亲的唠叨，欣赏父亲下地耕作、打理菜园，放心地品尝、慢慢地咀嚼、尽情地回味娘做的饭。在家的日子，娘总会把积攒了一年的好东西纷纷拿出来，变着花样做给我们吃，顿顿都是七个碟子八个碗，像招待远方尊贵的客人。吃饱了，娘还逼着再多吃几口，恨不得把所有好吃的东西都塞进我们的肚子里。娘看着我们吃得打饱嗝或者满头大汗，便会开心地笑了。说实话，我这些年在外工作，也吃过一些山珍海味，有些娘肯定没见过、没听说过，更没吃过。可娘还是执拗地为我做她认为世上最好吃、我应该最爱吃的东西。多少次，我凝望着娘满头的银丝、满脸的坎坷与风霜，泪水相伴着感激与感动在眼眶里打转。情真意切的母爱刻骨铭心、魂牵梦萦。随着年龄的增长和生活阅历的增加，我更加牵挂和依赖亲人，更加珍惜与爹娘团聚的日子。

娘偶尔进城，我也曾多次动员娘到饭店吃顿饭，可总是被娘推辞。有一年正月十五，老娘来济南检查身体，我们全家硬是把娘拖到饭店吃了一顿，总共花了二百元钱，这可把娘心疼坏了，娘很不开心。回家时，一边走一边念叨："你这孩子就是不听话，这要是自己做着吃，该吃多少顿呀！"

记得那年大年初三，全家大鱼大肉吃腻了，我就自告奋勇要炖萝卜吃。响应最快的是娘，其实娘并不相信我做的菜会好吃。自家过冬的大萝卜又大又脆，我洗净切成块状和排骨混在一起，用小火慢慢炖，出锅前放上些许辣椒、香菜和味精，趁热盛出来，口感确实不错。娘尝了几口，自豪地说："好吃，儿子白水煮萝卜也好吃！"言语中透出一种幸福和满足。年幼时体会不到在那贫寒的岁月，娘在烟熏火燎中忙碌着做饭的无奈与辛苦，当自己为人父母之后，对父母的恩情也有了更深刻的感受和体验，多少次劝告、提醒自己一定用心孝敬父母，但连偶尔为爹娘做顿饭这样简单的事都做不到，心中常怀愧意和歉疚。

节假日，回家吃顿娘做的饭，是一次幸福而快乐的旅行，是对逝去岁月的追溯和留恋，源自对父母的牵挂和对浓浓亲情的期盼；偶尔为娘做顿饭，那是对父母养育之恩的一种纯朴、实在的报答，还可享受报恩的快乐，消除城市生活的烦恼和浮躁。

原载《人民日报》2009 年 11 月 14 日

海砂子面

　　小麦灌浆时节，正是春菜和海鲜最好吃的时候。我和妻子带上儿子、儿媳妇和小孙女，全家跑到山东日照海边，品尝了一碗让我念念不忘的海砂子面。亲戚劝我："来趟日照不容易，带你们品尝点高档海鲜吧？"我说："海鲜有贵贱，无好孬。主要是找找小时候的感觉，尝尝童年的味道……"

　　海砂子学名"兰蛤"，也叫珍珠蛤，幼苗时小如砂子，故得名，是黄海区域特有的一种小蛤蜊，壳很薄，味道鲜嫩，营养丰富。

　　海砂子虽然小，但吃法多样，可凉拌，也可炖豆腐等。

　　海砂子面，是地方特色小吃，就是用海砂子汤煮的手擀面条。

　　我小时候，沂蒙山区的农村普遍穷，吃饭困难，一年到头，只有春节等重要节日，或来了要紧的亲戚朋友，才有可能吃上顿水饺或面条。如今生活条件好了，却找不出什么好吃的食物了。把榆钱儿、槐花、野葡萄、野草莓、山枣子摆在眼前，却品不出儿时的山野味道！

那天在日照东夷小镇，吃完那碗地道的"海砂子面"，妻子问我："味道怎么样？"我兴奋地说："对味。"

我娘手擀面做得好。和面就很讲究，面和好以后，还要放在盆里醒一醒。擀面前面团要反复地揉，揉好后再用擀面杖来回擀动，一张又薄又圆的面皮出现了，折一层洒一点面粉，再一层再折回来。然后拿菜刀切成面条，速度又快又均匀。一会儿工夫，手擀面就做好了……这样擀的面条吃起来柔韧、劲道。

记得每年收了新小麦，娘都给我们全家做顿海砂子面解馋。

1979 年，我们村也分田到户了，那年小麦大丰收，金灿灿的小麦装满了粮缸，屋里到处麦香扑鼻，全家都盼那顿海砂子面。爹一大早就骑自行车去海边的岚山涛雒集买了三斤海砂子。娘先在面板上擀好面条，又用擀面杖把海砂子碾碎，然后用清水淘洗几遍，小小的海砂子的肉就全漂在水里了。用这个水煮面条，出锅前再撒上鲜韭菜段，营养丰富，颜色鲜亮，味道鲜美，成为我记忆中仅次于年夜饺子的美食。

娘给我爷爷、我父亲盛满面条，又给我们兄弟姊妹盛上，还劝我们："今天面条管饱，放开肚皮吃吧！"筋道有嚼劲的手擀面真是可口，我狼吞虎咽地吃，一碗接一碗，感觉肚子滋润舒坦。这时，我看见娘在一旁用面条汤泡煎饼吃，我很吃惊："娘，你怎么不吃面条？"娘笑了笑，没回答，只是顺手用衣袖擦了一下我额头上的汗珠，这时我才发现锅里的面条早被我们吃光了。从来只想着他人、不顾自己的娘，就是这样委屈自己也不吭一声。每每想起来这件事，我就脸热心跳，无地自容，愧疚难当，既十分感恩娘，又感到对不起娘。

我和三个妹妹，正是长身体的时候，饭吃得多。每次做手擀面，母亲都要擀好几块面团，而每次做完，娘都会微笑着擦汗，脸上洋溢着幸福。我知道，在那个年代，让我们吃饱喝足是娘最得意，也最了不起的事情。当下，我不是回味饥饿年代对美食的渴望，而是咀嚼童年时代那种纯粹和纯天然的感觉。

夏天我又来到日照，夜宿了东夷小镇。月光下漫步镇中，到处是融合北方传统建筑和渔家民俗的院落，镶嵌进山川、河流、鲜花、阳光、大海、沙滩、森林等自然元素，青瓦顶，红漆墙，亭台楼阁，曲径通幽，别有韵味，令人过目难忘。阵阵海风吹来，泥土味和海腥味交汇在一起，时而有花香、菜香、酒香扑鼻而来。天色已晚，古色古香的街道小巷，仍然行人如织，家庭或亲朋好友聚会的场面喧嚣热闹。酒楼茶舍，各个店面门口都挂着招牌，推介着菜肴或饮品。据介绍，这里已汇集了全国各地数百种特色小吃，更有"海砂子面""日照老油条""岚山豆腐""三庄羊肉汤"等本地美食。

第二天清晨，我掀开门帘，跨进海砂子面馆，顿时一股熟悉的香味迎面扑来。迎着太阳的笑脸，我品尝起地道的"海砂子面"，不自觉地发出喝面汤的声音。

在这万物互联的时代，我几次寻味东夷小镇，就为一碗童年的老味道……

原载《农村大众》2019 年 12 月 30 日

年夜饺子

————————

　　中国人有个好传统，在外奔波的游子，无论路途多么遥远，都会在吃年夜饺子前，赶回老家探望爹娘，同亲人团圆。从锅里捞出热气腾腾、飘香诱人的饺子，那是全家人最惬意、最温馨、最幸福的时刻。

　　二十世纪六七十年代，百姓生活不富裕，在我的故乡沂蒙山区，各家各户只是逢年过节才舍得吃顿饺子。尤其是年夜饺子，更是辛苦一年的重头戏。年三十这天，媳妇、姑娘们早早忙碌起水饺的事情，锅碗瓢盆叮当响，择菜、剁馅、和面、擀面皮、包饺子……皮要擀得薄，馅要包得多。饺子馅大都用猪肉和大白菜调拌而成，巧取"有"和"财"谐音。有时掺进卤水豆腐，叫"包福"。剁馅的时间长，说明这家富有、包的饺子多。包水饺是个灵巧活，把擀得又薄又圆的面皮放在左掌中，装进馅对折后，用右手的拇指和食指沿半圆形边缘捏制成弯月形，像"元宝"的形状。饺子摆放也有规则。首先不能乱放，一般先在盖顶、簸箕中间摆放几只元宝形饺子，然后一圈一圈地向外摆，放得整整齐齐，看着也顺眼。这些年为不耽误看中央电视台春节联欢晚会这套大餐，各家年夜饺子早就包好了；过去为了"早发"，天不亮就忙着吃饺子、拜年，如今也与时俱进，改到天亮了。

用什么柴火下新年的第一顿水饺也很讲究。我爷爷在世的时候，每年秋天都早早把黄豆秸或芝麻秸晒干，打成整齐的捆儿储藏好，就等年夜煮水饺，火会越烧越旺，用它们烧水下的水饺可口，还预示着来年日子节节高，有响头。

锅里煮饺子，不能用铁铲乱搅动，最好用木铲顺着一个方向，贴着锅沿铲动，形成圆形，这样饺子不粘连也不会破。记得那次，虽然饺子皮一个也没有煮破，母亲却故意用铁笊篱把饺子弄破了几个，正在我不解其意要询问时，母亲口里念叨着："今年又挣了，又挣了。"后来我才理解在那个贫穷的年代，那分明是一种美好期待，图个吉利，讨个口彩，增添除夕夜的欢乐气氛。

年夜饺子吃得"隆重"。俗语说，"大年三十吃饺子——没有外人。"这是亲人、家人团聚的象征。山村，平时一家人吃饭，座位是按长幼辈分排序的，家庭主妇守在桌子最外边，主要是上菜端饭方便。这种规矩虽有些封建，但显得自然亲切。年夜饭象征团聚、团圆，必须一家人同时上桌吃。这时，长辈们尽享儿孙绕膝的天伦之乐，欣然接受晚辈客套的拜年和祝福，满脸的皱纹开成了金菊花。晚辈们欣悦地接受家长训诫，点头致谢养育之恩。吃年夜饺子，是有俗规的。第一碗要敬先祖、供诸神。在院子里或者供桌前，奠完三碗饺子，烧尽三卷火纸，虔诚地祈祷一番，接着点燃辞旧迎新的鞭炮，一阵劈劈啪啪的鞭炮声之后，一家人就可以高高兴兴地动筷子吃大年饺子了。

记得我小时候吃饺子时，一家人都盼着自己碗里的饺子能吃到"秘密"。那饺子里有的包着红糖，有的包着二分、五分的硬币。每当我爷爷吃到糖饺时，总会咧着掉了牙的嘴巴甜美地笑。有时候吃不到硬币，母亲劝我再吃就有了。我吃得满头大汗，肚子都撑圆了，才吃到硬币。母亲在一边开心地偷笑，脸上挂着满足与欣慰。后来才知道，母亲认识每个有秘密的饺子。

我老家沂蒙山区有"起脚饺子落脚面"的风俗和"好吃不如饺子"的口头禅。现在生活条件好了，吃饺子也容易了，但由于做法讲究复杂，仍不愧为美食。商店里也摆满了各种馅、各种样式的水饺，但口感不敢恭维。每次过年回家，临返城前，母亲总会自己动手给我们包顿水饺送行。母亲说："好不容易回家一趟，快趁热吃吧！吃了这饺子，会一路平平安安，日子圆圆满满。"水饺里分明盛满了母爱，包裹着长辈对儿女的牵挂，无论我们走多远，也走不出亲人的视线和惦念。

我期盼除夕之夜，回我故乡那个小山村，守着年迈的爹娘，望着小院里高悬的红灯笼和窗外飘舞的雪花，手捧一碗热气腾腾的饺子，有滋有味地品尝丰收的喜悦和生活的香美，享受温暖如春的亲情与幸福的时光。

原载《人民日报》2012 年 1 月 21 日

舍命保花

我娘生前喜欢花。从我记事起，我家院子里就栽着月季、木槿、栀子这些泼泼辣辣的花。

最让我刻骨铭心的花是牡丹。我看见牡丹，就想起娘……

我的父母是沂蒙山区普通的农民。先后住过土坯房、草房和瓦房，无论多累多苦，总是微笑着面对生命中的风和雨，向往和追求生活的亮光。那年春天，娘到济南查体，看到我宿舍院墙上开满鲜红的蔷薇花，娘好生高兴，瞅瞅这簇，又瞅瞅那束，笑着嘱咐我："别忘了移棵栽在咱老家院子里哦。"我笑着答应。

娘生不逢时，童年时代因战乱与饥饿，没上过一天学，却深知读书重要。新中国成立后，沂蒙山区日子贫困。在那缺吃少穿的岁月，娘从不向困难低头，恨不得一分钱掰成两半花，咬紧牙关供应我和几个妹妹读书。娘内心刚强，时常为孩子的事办得不如意揪心难过，无论日子多难，从不落泪。我深夜醒来，经常听到石磨沉重的转动声和木碓的舂米声，睁开惺忪的眼睛，会望见煤油灯下娘穿针引线、缝补衣帽的疲倦身影……

娘把我们兄妹几个当作命根子，倾尽一生心血养育和呵护。

那年月，吃和穿是两件最难、最大的事。就单说吃吧，母亲千方百计琢磨能填饱肚皮的"美味"，水饺、面条、油饼这类高档食物不必说，娘会用榆钱和各种野菜烙出香喷喷的菜煎饼，用土豆、南瓜加上些许白面蒸出又暄又软的大馒头。铁锅里炖着豆角白菜，锅边烙一圈锅贴子，上边还蒸着鸡蛋辣椒。烙完煎饼后，经常把鏊子底下火星四溅的草灰拨开，堆上大小均匀的地瓜，用铁盆扣住，再用草灰培起来，这样地瓜不会烤煳，烤出来还甜软，味道纯正。

我十岁那年，冬天特别冷。学校土坯台子当课桌，教室内外的温度没什么两样。那天娘看见我的右手面红肿，冒出冻疮，仔细查验，我的左脚趾头和脚面也是冻疮，这下可把娘急坏了、疼坏了。娘打听到獾油治冻疮愈合得快，还不留疤痕，于是就托亲戚朋友和街坊邻居想尽一切办法四处寻淘。当从山后的猎户家里弄来那花生油般黄色透明的黏稠状液体，娘如获至宝。当天晚上就把我的手脚用热水泡烫干净，用棉花轻轻把獾油擦在冻疮处，然后把我塞进炕头上热乎乎的被窝里。说来也挺奇怪，只抹了几次，冻疮就在钻心的痒痒中治愈了。从此，每年刚冷天，娘就逼我穿上她亲手做的厚棉鞋和新手套，把手脚都包得严严实实，冻疮再也没犯过。

我上高中时，天不亮就要赶去学校跑早操。记得那个冬天特别冷，在被窝里缩紧脖子，还感觉全身被寒风穿透。凌晨，鸡刚叫三遍，娘叫醒了我，端出一碗热气腾腾的面条，透过被风撕碎的窗户纸，我看见外面下了大雪，娘笑着督促我："快趁热喝上，身子暖和就不冷啦！"我伸手接碗时，触摸到娘那粗糙的手掌，我借着昏黄的煤油灯光，仔细看了看娘因皲裂满是血口子贴着胶带的手和虽充满倦意却阳光般温暖的笑容，再闻闻香味扑鼻的面条，顿时泪水涌出眼眶。我怕让娘看见，一扭头，正巧泪滴钻进面条汤里。我一边吃面条，一边暗下决心："一定用心读书，为娘争气。"后来我到县城上学，娘不停地张罗着，恨不得让我把家一块儿背走。娘尝遍世间酸甜苦辣，牵挂着我每一个细节，如"吃饱吃不饱""冷不冷""热不热""过马路要小心""啥时回家"等，这些事鸡毛蒜皮、很细小，却在嘘寒问暖中让我怦然心动，如一股股暖流冲击我的心房，浇灌我的心灵。娘知道我的粮票不够吃，就想尽办法给我捎煎饼、花生、鸡蛋、虾皮、辣椒酱……

　　沂蒙山区的父母，一生忙两件大事：盖新屋，娶儿媳。到我结婚那年，生产队里一个工日不到两角钱，家里依旧穷，积蓄除了集体年终决算微薄的收入，就是娘养猪卖猪的钱。娘劝我爹："孩子结婚，咱屋盖好了。婚事得场面点，可别让街坊邻居笑话。"娘下狠心，动员我爹拿出全家多年的积蓄一千二百块钱，让我买了一台日本原装的十七英寸的彩色电视机，可让我村老少爷们开了眼。因婚期定在腊月，娘早早养好了肥猪、青山羊，还养了一群办喜宴用的大公鸡。光用糯米炸的送亲戚邻居的"炸果"，就盛满了家里的盆盆罐罐和所有竹提篮。娘虽然累得直不起腰，但还是笑得合不拢嘴，感觉有使不完的劲。

　　娘说："走进一家门，是上辈子修的福。"娘用真诚和善良把婆媳关系处成了亲密的母女关系，甚至疼儿媳胜过疼我的妹妹。我儿子出生后，娘最开心了，尽管年龄大了，可对孙子的爱却如同陈年老酒愈发浓烈，那真是"隔辈亲"。偶尔回老家住几天，娘把心拴在她孙子身上，整天笑眯眯、美滋滋，千方百计、变着花样地让他吃、让他喝，尽享天伦之乐。因而，我儿子一放假，就哭着闹着回乡下老家去找爷爷和奶奶。

娘爱花，虽然生活在贫穷的乡下，繁杂的劳动之余，执着地养花、赏花，不厌其烦地浇灌、培土、施肥、移植、剪枝，仿佛侍弄的并不是什么花，而是她心爱的孩子。记得那年开春，娘把牡丹花移栽进院子里，那棵牡丹花真给娘长脸，花开得特别大、特别艳。第二年，那棵牡丹花长得瘦弱，刚冒出花骨朵，很快就萎缩了；第三年，枝干一直干瘦，无力舒展，这成为我心中的一个"谜"。

2013年春天，我到山东菏泽市牡丹园参观，一阵急风吹来，只见牡丹花整朵整朵地坠落，绚丽的花瓣散落一地，那场面让我惊心惋惜，我突然想起关于我家那棵牡丹的疑问，于是蹲下来请教满头银发的花农。他放下手中的工具，点上一支烟，沉思一会儿告诉我："开春移栽牡丹会伤根、伤元气。牡丹开花大，又通人性，一旦有了花骨朵，就必定使出所有劲儿、耗尽所有营养，供应花骨朵开成鲜艳的花朵。春栽的牡丹只要开花就难存活，即使活下来，两三年也缓不过苗，整个花干瘦，不开花……牡丹是'舍命不舍花'呀！"听到这里，我恍然大悟，被牡丹平淡无奇的母爱情怀所感动，对牡丹花肃然起敬。我嗖地站起来，感觉这牡丹花如同我娘，为了儿女不顾自己的命，泪水立刻盈满了我的眼眶。那位大爷愣愣地、莫名其妙地看着我。我终于明白：娘只要看见花朵，闻到花香，即使生活贫寒，心窝里也幸福温暖，洋溢人性的魅力与光芒。面对一生平凡平淡的日子，娘倾尽自己的最大努力，供养孩子们不受任何委屈和伤害，快乐自由地成长。这品格竟然和牡丹花一样！

2014年中秋节后，娘患重度脑血栓住院，医生断言醒不过来，即使醒过来也是植物人。经过半年精心治疗护理，娘望着我的眼睛，清晰地喊了一句："回家——"医生担心回不到家，可娘到家后，又在冥冥之中顽强地撑了三天。恋家、恋孩子的娘在痛苦地挣扎，我想起娘一生的辛劳，看看娘的痛苦状，心如刀割，肝肠寸断。在合棺前，我看了娘最后一眼，慈眉善目的娘坦然安详地睡着了。那棵娘没顾上打理的君子兰真通人性，叶面肥厚，盎然向上，盛开出两束嫣红的花束，令人惊艳。娘去世后，我姑哭泣着说："你娘一辈子爱花，没白疼这花，这是要陪你娘呀！"硬是拧下一束，献到了娘的坟头上。

春天的山村不缺花，桃花、杏花、枣花、苦菜花遍地都是，娘也养过芍药花、地瓜花、月季花……让我刻骨铭心的就数牡丹。娘是沂蒙山区一位普通平凡的母亲，忙忙碌碌、上敬老、下管小操劳一辈子，岁月撕走青春容颜，劳累压弯腰板，直到满头白发离开人世。骨肉亲情，铭心刻骨。我怀着敬畏、感恩的心情，回忆、品读娘从不向命运服输的刚强、满含微笑的自信和"舍命不舍花"的母爱精神。

转眼又到了牡丹花开的时节，黄鹂鸟栖落在花枝上，晃动脑袋，啾啾地叫着……

"舍命不舍花"的母爱，超越国花牡丹高贵坚定、品卓群芳的天性，穿越浩渺无极的时空与国界，扎根我的心坎上。多少回我望见牡丹花，在心中轻喊一声"娘——"；多少次在道口望见弓腰驼背的大婶大娘，误认成娘，泪水悄悄濡湿衣裳。

想起生活清苦却爱花的娘，周身就顿增直面风雨的力量！

原载《海燕》2018 年第 4 期

爱的礼物

礼物，是情感的载体，是心灵的物语。

每个人一生中都收过送过礼物，每一份礼物都代表一份心愿与祝福。世上真正珍贵的礼物，未必是花大钱购买的珠宝钻石、金银首饰。用心倾情制作的礼物，独具匠心，出乎意料，温暖心灵，才会价值连城。

2014年年初，儿子结婚前，我们夫妇俩给儿子、儿子也给我们都事先准备了珍贵的礼物，还互相保密，留下一份神秘和期待。那饱蘸真情的礼物，真是刻骨铭心！

儿子结婚前几个月，我和妻子就翻出一本本发黄的旧相册。妻子是个细心人，儿子每张照片背面，都标记着拍摄时的年龄。给儿子精心准备的礼物，是记录儿子成长足迹、名为《童真·青春·梦想》的精美相册，集中了儿子从出生三十八天开始，到结婚前，每岁、每个生日的照片。这沉甸甸、充满真情、用心良苦的相册，真是独一无二的贵重礼物！

弹指岁月，岁月荏苒，儿子茁壮成长，我们日渐变老……

望着一张张照片，一页页翻开近三十年的幸福记忆。儿子刚出生那天夜里，他扑闪着黑亮的大眼睛，既不哭也不闹，像新生的太阳，新奇地观察着一切，我和妻子竟然也兴奋地陪伴到天亮。

从此，妻子就开始履行母亲的神圣职责，亲历孩子成长的过程。为了奶水充足，拼命喝平日不喜欢的油腻的猪蹄汤；为了全身心照料孩子，放弃了所有业余爱好；为了呵护孩子健康成长，千方百计查阅各种秘方、验方。喂奶，刷奶瓶，冲奶粉，洗脸，擦澡，洗尿布，垫尿布，称体重，量身高……眼看着儿子一天天长大，担心这个担心那个，真是捧在手里怕碎了，含在嘴里怕化了。当儿子第一次用童声撒娇地唱起"世上只有妈妈好，有妈的孩子像块宝，投进妈妈的怀抱，幸福享不了……"这首儿歌，妻子激动得热泪盈眶，眼睛都哭红了；心甘情愿地教儿子学爬、学坐、站立、走路、说话、穿鞋、套衣服、系纽扣、唱歌、跳舞、玩游戏；再大一点，就是絮絮叨叨地催着起床、穿衣服、刷牙、洗脸、喝水、吃饭、背书包，晚上又是催着写作业、洗脚、关灯、睡觉……倾尽全部时间、精力和心血，以母亲的耐心和毅力，呵护孩子幼小的心灵和童话般的时光，宠爱着他成长。

伟大的母爱，就是如此辛劳与细微，如此琐碎与平凡。

儿子喜欢让娘背着，有时赖着不下来。转眼儿子三岁了，秤砣一样沉。那天清晨妻子又背着他树林间散步，儿子竟乖巧地一边给妈妈擦额头上的汗，一边关切地询问："妈妈累了吧？"

妻子耸耸酸痛的腰，笑着说："你个小笨蛋，妈妈背儿子哪有累的。"

儿子眨眨眼，略加思索，笑着说："那等妈妈老了，我天天背着你。"儿子一句话，妻子心里像喝了蜜，顿时脚下生风，疲劳烟消云散。

后来儿子读了大学、研究生，和父母在一起的时间少了。可是父母的牵挂、惦记更多，头痛脑热、吃喝拉撒睡样样叮嘱，事事放不下心。

猎豹守崽，母鸡护雏……世间母爱是相通的。人间母爱更博大、更质朴、更真挚。儿子入托、上小学都是妻子用自行车接送。妻子下班后，立马骑上自行车，一马当先，冲到学校门口。眼尖的儿子竟然能在如海的自行车流中，迅速循着熟悉的车铃声，跑到他母亲身边。记得断奶时，母子俩被硬性隔离，彼此几天不见面。儿子抓耳挠腮地哭着叫妈妈、找妈妈的画面和声音，至今深深刻在我的脑海里。

儿子从入托、上小学、上中学、上大学，直到毕业工作，妈妈的心就拴在儿子身上，用辛劳和白发，用爱陪着孩子一天天长大、一步步成长，孩子从没走出母亲的牵挂与视线。

看着儿子长大成人、走进婚姻殿堂，妻子脸上既洋溢着幸福的光彩，又有几分淡淡的忧伤。我笑着说："宝贝儿子，是上苍赐给我们的最宝贵的礼物。他已在爱的滋养下长大，到了该放飞的时候了！应当高兴！"

儿子录制了一段反映自己心路历程的视频。他在视频中动情说道："我跟妈妈最亲，可曾多次惹妈妈生气，今天我向妈妈表示歉意！请家长放心，我会走好我的人生路……"当收到儿子这份礼物时，妻子特别高兴，开心地笑着，眼角竟然泛着闪闪的泪花。顿时觉得儿子从咿咿呀呀学语、撒娇、调皮，到长大成人，时间是这么短，又这么快。

这份象征着成长、成熟的礼物，洋溢着儿子报答养育之恩的诚心与愿望。

　　我年近八十岁的父母，也揣上红包赶来参加结婚仪式，满头白发、布满皱纹的脸笑成了一朵灿烂的金菊花。我母亲因长期患风湿性关节炎，两腿变形，走路困难，上下楼梯竟然不让搀扶，大家让出道儿，她充满自信地理一理满头白发，凭自己的努力，一步，一步；一阶，一阶；一层，一层……劲头还特足。目睹这感人的一幕，我的心又痛又酸，又喜又忧。我陡然感悟：这是爱的能量，这是爱的奇迹！

　　亲情无价，真爱不朽。经过心贴心的呵护和培养，孩子走出父母的怀抱，像破土而出的嫩树苗，洋溢着蓬勃的生命气息和青春活力。因为拥有被爱包围和守护的童年、青年时代，相信孩子会健壮地走向中年，直至更远……

　　"爱的礼物"，是人间真爱、骨肉亲情的传承与凝聚，最珍贵，最温馨，时常让人感动，让人陶醉，让人模糊视线……

原载《中国建材报》2014 年 5 月 17 日

隔辈亲

"隔辈亲"，是说老年人对孙子辈比对自己的儿女还要亲。

"舐犊之情"，是人生来就有的本能。爷爷辈对孙子辈、外孙辈高看一眼，厚爱一层，呵护备至、体贴入微，以期健康快乐成长。天伦之乐，是任何快乐都无法替代和比拟的。

记得当年我父母疼爱我儿子，简直是没有原则和立场，我和妻子曾多次好言劝说也没用。母亲反而批评我们："甭说我们，等你们当上爷爷、奶奶那一天，嘴就不这么硬了。"一晃几十年过去了，我近六十岁时晋级当上爷爷，我妻子也荣升为奶奶。真让老人说中了，我们对孙女的疼爱也是没边没沿、无法形容。

2017 年春，我孙女伴随"五四"青年节的脚步声和掌声，喜临人间。一家人高兴得无以言表，真是心花怒放。

守护着活泼可爱的孙女，望着那双水灵灵、纯得让人心颤的大眼睛，鸡蛋白一样娇嫩的皮肤，抚摸那娇嫩的脸蛋和小手，高兴得呵呵直乐，什么烦恼、忧愁都烟消云散，再苦再累也心甘情愿。

2017 年 12 月 31 日，我在人民出版社出版了一本散文选。我很看重这本书，样书刚到，就让趴在客厅坐垫上玩耍的孙女看。她二话没说，抱过书就下口啃起来。动作虽然不雅，但正合我意，我当了一辈子文字匠，孙女应该有书卷气。

周岁那天，我们全家聚拢在一起，看她"抓周"。客厅铺着一块红布，红布正中摆放着钢笔、算盘、书等。孙女穿上崭新的花衣裳，仔细斟酌一会儿，一手抓着《诗经》，一手按着个锅。引来家人的掌声，这是否预示着长大成人，既满腹诗书，又做一手好菜？

孙女整天乐哈哈的，心情美好。记得2018年农历七月初七晚上，皓月当空，孙女刚会走路，在皎洁的月光下，在宿舍院平坦的马路上，我和妻子弓下身子，一人牵一只小手，教她练习走路。不会说话的她竟然哼起叫不上名字的小曲，反正是心情好，这让我们很是吃惊！此情此景，真让我们夫妻俩心里抹了蜜一般。

小孙女胃口好，不缺营养，身体健康，身高和体重都超出同龄幼儿。那小手也特别有劲，挺重的东西也能拽起来。不知不觉孙女成了牵肠挂肚的宝贝，一有空就想看到她，有什么好吃的东西首先想到她。2018年年底，我拿到汽车驾驶证第一次开车，就和妻子一起开车去儿子家，给孙女送去一堆积攒数日的好吃的东西，逗孙女开心。

时间过得真快，一晃小孙女都能推学步车了，爷爷、奶奶对孙女的爱真是"润物细无声"。小孙女精力充沛，常常手舞足蹈又蹦又跳，照顾她可够累人的，多亏亲家母退休后全力守护。孙女喜欢户外活动，指着树上的花朵，天上的飞机、小鸟，池塘里的鱼，咿咿呀呀地比画着，甚至一群蚂蚁，也能全神贯注地看半天。她好奇地欣赏着各种新鲜事物，随时都会发现新大陆，好像干一件了不起的事。如今的手机都有照相功能，其实自从孙女降生，我们全家人的手机里全是她的照片，随时记录着孙女最自然的神态、最让人感动的瞬间……

爱她、懂她、关心她，愿意为她付出，觉得为她付出收获的是快乐和幸福。"隔辈亲"，能亲到心上，亲到骨子里，亲到命运相连的情分上。

不知不觉她会说话了。那天我在家里会朋友，孙女很乖地叫着"爷爷"，我一边答应，她一边跑来，等我把她抱到身边，她盯着我的眼睛，依然连声叫着"爷爷"，叫得我莫名其妙。后来我才琢磨明白，她不是炫耀她会叫爷爷，而是有点小自私，目的是让我关注她，不跟别人说话。

会说话，能与人简单交流了，自己也感觉长本事了，知道给爷爷、奶奶端水杯子，"我喝水，爷爷喝茶"，喝水时还得碰碰杯，以示亲密。站在池塘边，看见鱼群，也要说一声："小鱼，你好！""大鱼，你好！"渐渐能自主分辨年龄大小了，走在路上遇到陌生的人也主动叫着"爷爷""奶奶""叔叔""阿姨"，和人家打招呼，甚至让抱一抱，令对方喜出望外。

虽然还不懂事，却知道关心人、疼人。刚会走路，就知道给刚下班的爸爸、妈妈拿拖鞋，还不准拿错了。知道爸爸爱喝牛奶，等爸爸下班回家先把牛奶送上，并劝告："爸爸喝，爸爸喝。"

最近，特别喜欢看动画片《小猪佩奇》，不知看懂没看懂，时而还跟着大笑起来。

那天，我的眼镜放在楼上播放机旁边，一时找不到。我在自言自语："我眼镜怎么不见了？"

"爷爷，我找，我找。"孙女自告奋勇。我一阵惊喜，才二十个月大的孩子，就知道要帮助我找眼镜？我和妻子相视一笑：

"好，好，好。"得到长辈赞许，更是高兴。她先看了看茶几和电视机旁，然后扶着楼梯爬上二楼书房，突然在播放机旁发现了我的眼镜。

"爷爷，眼镜！"她顺手拿起了我的眼镜，好像重大发现，好像干了一件惊天动地的大事，用惊奇、兴奋的目光盯着我。

"真棒，能帮爷爷找眼镜了！"孙女得到了表扬很是自信，不仅把眼镜给我戴上了，还帮着扶正了。

我亲了一下孙女的额头，然后抱起来举过了头顶。

2019年清明，我们全家回到故乡沂蒙山区那个山村，祭奠祖先，看望亲人。那几天被浓浓的亲情簇拥着、包围着，望着在城里很少见到的鸡狗猫兔和漫山遍野的桃花庄稼，异常兴奋。

八十三岁的老姥爷钓来活蹦乱跳的河鱼，她目不转睛地观察，忙着添水、喂食，不亦乐乎。

温暖如春的亲情就是这样无声无息地滋长、传递、延续。隔辈亲、隔辈亲，亲在心、爱在根。解读爱的版本有多种，但不管怎么定义，都离不开真心真情，离不开神秘的遗传基因密码。所以，这个世界才如此美丽，如此多姿，如此神奇……

人一生是爱与被爱的缘分，是爱与被爱的漫长旅程。从降生就一天天被亲情营养着、包围着、呵护着，在凝望、牵挂、期盼中一年年长大，又一年年变老。当步入老年，在被子女孝敬的同时，又开始隔辈亲、隔辈疼。

人的一生就是一场爱的循环、爱的轮回、爱的马拉松……

原载《老干部之家》2019 年第 5 期

辑二

乡 · 且望且归

沂蒙山上好风光

"人人那个都说哎沂蒙山好，沂蒙那个山上哎好风光……"

这首诞生在抗日战争时期的《沂蒙山小调》，风靡齐鲁大地，感动祖国大江南北。无论何时何地，人们听到这悠扬动听的旋律，对沂蒙山的敬仰之情便油然而生。

以红色基因、红色文化著称的沂蒙山，如今正紧跟时代步伐，弹奏着绿色发展的旋律与篇章。

2018年5月27日，我沿着新改造的山村道路，来到中央电视台《舌尖上的中国》沂蒙煎饼拍摄地——蒙阴县垛庄镇椿树沟村，原生态的美景立刻扑入眼帘：整个村落依地势而建，农户门前溪水潺潺，房屋在板栗园中若隐若现，或被翠竹环绕，或被花锦簇拥，溪流声和鸟鸣声不绝于耳，游客穿行其间，其乐融融。村里新添了沂蒙煎饼文化馆、煎饼加工和煎饼展示展销点等。据当地同志说，在实施乡村振兴战略中，蒙阴县根据"全域旅游，全景蒙阴"的思路，以"崮秀天下，世外桃源"为目标定位，培植"农业+文化+旅游"新业态，对村镇综合改造提升，椿树沟村正在由"藏在深山人未知"的小山村成为古朴且现代、传统且开放，令人向往的美丽村庄。

椿树沟只是蒙阴县、临沂市贯彻"绿水青山就是金山银山"发展理念，建设美丽乡村的一个缩影。

当我们翻开共和国版图，跳跃着一串红色精神坐标。井冈山、延安、沂蒙山、西柏坡……她们都闪烁着耀眼的光辉。沂蒙山是沂山山脉与蒙山山脉的总称，主要分布在山东省临沂市境内。"沂蒙山"这个名称明确响亮地提出，始于1939年党中央、毛泽东主席对115师东进的电文："要建立沂蒙山抗日根据地。"沂蒙山根据地成为全国著名的根据地、抗日杀敌的坚固堡垒，被赞誉为"华东小延安"。八路军、新四军、华东野战军曾在这里浴血拼杀，立下赫赫战功。刘少奇、徐向前、罗荣桓、陈毅、粟裕等老一辈无产阶级革命家都在这里留下战斗足迹。"蒙山高，沂水长，军民心向共产党……"沂蒙山经历了艰苦卓绝的革命斗争历程，"红嫂"危急时刻用乳汁救活了一名八路军战士，沂蒙百姓以"最后一匹布做军装，最后一粒米做军粮，最后一个儿子送战场"的无私奉献精神，掏心掏肺、舍家舍命地爱党、爱军队，诞生了无数可歌可泣的英雄儿女和英雄故事。在抗日战争最困苦、最艰难的危急时刻，沂蒙人民用生命和热血谱写出《跟着共产党走》这铿锵有力、气势磅礴的歌曲，成为中华人民共和国开国大典的伴奏曲。

昔日辉煌已写进历史，光明未来攥在自己手上。新中国成立后，沂蒙儿女铭记党恩，奋发图强，沂蒙大地凝结出"红嫂精神""厉家寨精神""九间棚精神""商城精神"等一粒粒精神珍珠，与时代同步，与民心同向，涌现新典型，谱写新篇章。"愚公移山，改造中国，厉家寨是一个好例"，1955年至1957年，毛泽东同志三次亲笔批示，肯定推广莒南县厉家寨、王家坊前、高家柳沟三个村的典型经验，指导新中国成立初期的农村、农业工作，令人赞叹！

改革开放的春风唤醒沂蒙大地，沂蒙老区城乡面貌发生着翻天覆地的巨变。要想富，先通路。1986 年 1 月 1 日，兖石铁路正式开通运营，沂蒙山区从此告别不通火车的历史。1999 年秋，京沪高速公路像彩虹穿越临沂市，沂蒙老区在全国革命老区中第一个开通了高速公路。目前多条高铁线路在建，临沂也将步入"高铁时代"，人民生活正从"基本生存型"向"享受发展型"转变。

临沂是革命老区，工业起步晚，传统产业比重大，区域环境污染一度比较严重。沂蒙人民爱党爱军，也爱绿水蓝天。他们响应党的号召从不含糊，抢抓机遇，自觉守护绿水青山。2015 年春节刚过，临沂大地刮起了"环保风暴"，全市人民铁腕治污，在切肤之痛中寻找重生的契机，把生态文明融入城乡发展总体规划，实施"生态立市"战略，提升临沂城乡"气质"，保卫久违的"沂蒙蓝"，涵养自然纯美、鸟语花香的田园风光。

2018 年 3 月 8 日，习近平总书记参加十三届全国人大一次会议山东代表团审议时强调，实施乡村振兴战略是一篇大文章，要统筹谋划，科学推进，打造乡村振兴的"齐鲁样板"。党中央的号召就是命令，沂蒙人民又勇立时代潮头，咬紧牙关，爬坡迈坎，铸造新时代的荣耀与辉煌，着力打造"美丽中国"的"临沂版面"。

查阅波澜壮阔的中国革命足迹，你就会发现，我们党在革命战争时期的根据地大都选择在偏远的山区，独特的地理环境、自给自足的生产状态和良好的群众基础，容易培植和孕育革命火种。临沂也是如此。进入建设时期，当年的优势曾一度成为劣势；经历多年快速发展，再用"绿水青山就是金山银山"的理念去衡量，陡然发现劣势也是优势。痛定思痛：把自然生态保护下来，不人为破坏也是功绩；人与自然是生命共同体，应当像保护眼睛一样、像对待生命一样精心呵护。把自然、生态、人文关怀、公共参与同步展现，就是一幅当代中国乡村振兴的亮丽图景。

跨入中国特色社会主义新时代，红色基因已转化为沂蒙老区高质量发展的绿色动能。"沂蒙红嫂纪念馆"坐落在沂南县马牧池乡常山庄村。这里几条崎岖的石板巷顺山而下，幽深曲折，树木错落有致，小巷两旁是石头砌成的老屋，形状各异的灰色石头记录了百年古村的历史沧桑。常山庄村仍是原生态、纯自然的古村落，每间老石屋都经历过战火纷飞的年代，见证了乡亲们英勇支前的故事和军民鱼水情深的场面。我曾问路边的老人："为什么常山庄村仍然保持着小巷和石头屋？"老人说："石头是有记忆的。为给子孙后代留个念想呀！"随机敲开每扇沂蒙老乡的门，你都能从淳朴的乡音中品出当年忠诚善良、与党生死与共的味道，感受到一股陈年老窖般浓烈的乡情。

大山深处原生态的民心，弥足珍贵！沂蒙山风光好，人更质朴实诚，这是沂蒙山最靓丽的名片！

沂蒙人民敢为人先，勇立时代潮头。把乡村振兴与脱贫攻坚紧密融合，探索走绿色发展道路，城乡面貌发生了翻天覆地的巨变，农业强、农村美、农民富正变为现实，明星镇、明星村星罗棋布。临沂市兰陵县卞庄镇代村曾是人心散、治安乱、高负债的落后村，如今进入美好时光。走进兰陵国家农业公园那片"花花世界"，感觉真像世外桃源，村庄富了美了，村民幸福了，村党支部书记还光荣地出席了党的十九大。临沂在扩大对外开放、融入"一带一路"中创造着自己的特色和优势。临沂商城的发展史是我国改革开放的一个缩影，是波澜壮阔的对外开放画卷中的靓丽一笔，更是沂蒙精神新的丰富与发展，被誉为"中国临沂，物流天下"。临沂商城已在匈牙利、沙特、阿联酋、肯尼亚、德国等地建有商贸城或海外仓。今年4月，巴基斯坦瓜达尔临沂商城正式运营，"中国山东临沂"几个大字格外耀眼醒目。

沂蒙精神，已成为临沂绿色发展的"红色引擎"。随着全域旅游品牌的打造，春秋走进沂蒙山，到处清水绿岸、鱼翔浅底、风光旖旎，一幅幅山水田园画，让你醉入至纯至美的大自然，流连忘返。

"一座座青山紧相连，一朵朵白云绕山间，一片片梯田一层层绿，一阵阵歌声随风传……"沂蒙人民对绿色的渴望和追求，正在新时代壮阔丰饶的沂蒙大地上变为美妙的现实画卷。

原载《党建》2018 年第 8 期

春天住在我的村庄

我的故乡坐落在古老的沂蒙山区东部，村庄四周的驼背山、鸡鸣山、柴虎山，自然排成弧形扇面，像三双呵护的大手。村庄就端坐在三山相倚的一块丘陵之上，土质不肥沃也不算贫瘠。

春天的村庄，隐藏在刚冒芽的树木丛中，从远处看只觉得像一幅淡淡的水粉画，透出几分朦胧、神秘和素雅。房前屋后，那椿树、槐树、杨树、楝树、梧桐树，稀稀疏疏，比赛似的成长。

无数条的小路，蜿蜿蜒蜒地钻进村子。路边是高低大小不一的田地，茂密的庄稼尽情享受春风的宠爱。麦秆粗壮，麦叶就像擦了一层光亮亮的油，小麦在风中你推我搡，正忙着蹿个儿和灌浆。黄色的油菜花，身披暖洋洋的阳光，携手跳着舞蹈。那辛勤的蜜蜂穿行其间忙着采花酿蜜。那茵茵的青草，就像刚舒展开的绿地毯，铺满河边、田头、路边，一直蔓延到庄稼地边和村头菜园。田野里顶顶草帽或苇笠在浮动，乡亲们正忙着间苗或除草。路边的杨树叶子哗啦啦地响着，透出斑驳的光影。路旁，放羊的老人，坐在树下的蓑衣上，嘴里含着一根长旱烟袋，哼着吕剧或自编的小曲，眯缝着眼，神态自如，悠然自得。

　　靠近村庄，路两边是大大小小、方方正正的菜园。仔细观察，你就会发现各家各户的菜园之间没有篱笆和围墙，那菜长得无忧无虑，常常把枝蔓伸到邻居家的菜地里。谁家来了贵客，或者是菜接济不上了，只要说一声，就可跑到邻居的菜园里去采摘。

　　春雨中的村庄异常漂亮。灰蒙蒙的雨雾，隐隐地遮住每一栋房舍，村庄就像披着彩纱、含着几分羞涩的村姑。走进村庄，那泥土、青草、庄稼和牛马粪味，混杂在一起，让人特别坦然和舒服。一下雨，路上的人就自然多起来，大人们跑着去田里堵水灌地；放学的孩子顶着书包往家跑，不小心摔个仰八叉，那黄泥汤溅了满屁股，书本也甩了满地。母亲呼喊孩子的声音，在湿润的空气中回荡，震落树上的水珠。那水珠滴答一声落下，钻入你脖子，凉凉的，爽爽的，舒服极了。

　　雨过天晴。到傍晚时分，夕阳的余晖把山岭、田园、村庄涂抹得金灿灿的，水库和塘坝里更是金波荡漾。各家屋顶上早已升起了直直的炊烟。熏暖的微风中，一缕缕饭香扑鼻而来，口水自然就流出来了。这时喊孩子和唤鸡鸭的叫声，牛羊哞哞咩咩的叫声，长一声短一声，高一声低一声，响彻村庄上空。家家的柴门吱扭吱扭地响着，锅碗瓢盆合奏着。上了年纪的老人，饭前说啥也得品上二两老烧酒，脸色红润，悠然陶醉。

　　等圆月从山嘴上升起，把银色的月光洒满山乡的角角落落，村庄已枕着夜色和湿润润的雾气，沉浸到恬静、安谧的梦乡里去了。

　　故乡虽然土地瘠薄，却是一片知痛知热的土地，村民就是生生不息的庄稼，在一茬一茬、一年一年地生长。那熟悉和气的乡音，那慈善亲切的笑容，会把你带回一种原始且真诚的记忆中去。那情，那义，那难以言明的惦念和关爱，就像一坛陈年老酒，没喝就醉了。

在春暖花开的季节，一头扎进故乡的怀抱，仔细品味乡村那自然、纯真、素雅的景色，享受山乡那纯洁善良、宽容厚道的人间真情，便不断捡回豁达、宽容、淡泊的心境和割不断、理还乱的乡村情结。

原载《青年文摘》2009 年第 16 期

高铁站旁小山村

高铁疾驰而过。原野、河流、山冈、村庄、城市、海边……一阵鸡叫声打断了我的梦。我起身去村南欣赏早春的风光。

这是春寒料峭的时节。天空万里无云,天幕上挂着一弯明月。我发现东南方的驼背山脚下灯火通明。这座山像太行山、贺兰山一样,是我国版图上少有的南北走向的山。日照市干脆叫它南北山,据说正在建"南北山高铁站"。我听着经典歌曲《乡恋》,慢慢走近工地,只见工人们连夜钻挖隧道,弯月下闪动灰黄的灯光,不时传来机器的轰鸣声和人语声,我心中一阵激动:"我们这个小村,也即将跨入高铁时代了!"

沂蒙山区自古偏僻贫穷,交通不便。我的故乡是莒南县东北部一个偏远的不足百户人家的小山村。从我记事起,道路是沙土路,最早见过的车就是乡亲们运土肥、推粮食的独轮车。当兵、闯关东,反正出远门要去县城或日照城乘公共汽车,再转火车、轮船等,因而村里的老少爷们大都没出过远门。到二十世纪六十年代初,我上小学时,跟随父母下地耕种才能坐坐已由木头轮换为橡胶轮的独轮手推车,那是莫大的享受。我读高中时,我们村距学校十华里，每天都是步行。那时家里连自行车也没有，买不到，也买不起。后来我参加工作了，在《农村大众》发表了我的处女作《故乡的手推车》。记得最后一句是："今天，你的步，更刚劲；你的声，更清脆，因为你推着一部山乡的历史。"

人们对故乡的惦记和追忆，主要缘于时代和亲人在故乡脊背上划下轻重、疏密、大小和深浅不等的痕迹。随着时代的发展，特别是改革开放的强力推进，交通工具发生了巨大的变化。二十世纪七八十年代，从莒南县到济南出差，需要坐一整天的汽车，汽车一路爬山迈坡、穿行于沂蒙山区的崎岖山道，中午必须在沂源县境内午餐，路途遥远，安全隐患多，让人提心吊胆。到1986年1月1日，随着一声汽笛长鸣，兖石铁路正式开通运营，沂蒙山区从此告别了不通火车的历史。1993年建成通车的"沂蒙公路"贯穿沂蒙山区腹地，穿越蒙阴、费县和苍山县，加之纵横交错的乡村路，形成一张密密麻麻的公路网，结束了沂蒙山区交通闭塞的历史，促进了沂蒙的开发、开放、经济繁荣和人民生活富足、幸福指数的提升。俗话说："交通交通，一通百通。"自从道路状况好了，自行车、摩托车、拖拉机、汽车迅猛发展，交通工具不断更新换代。农村大街小巷的道路被硬化，许多家庭门外停放着小客车、货车和摩托车，乡亲们下地劳作以骑摩托车为主，有的开着汽车。

幸福永远奔跑在路上。"日行千里"不是梦境，是高铁给人们带来的舒适和快捷。随着高铁时代的到来，相对封闭的山里人，嘴上挂着"高铁什么样？怎么那么快呀？"等问题，亲自乘坐高铁成为现实的期待和梦想。2013年春，我携妻儿陪同年迈的爹娘，专门乘坐从济南至北京的高铁，去游览天安门、品"北京烤鸭”，留下一段难忘的美好记忆。国家步入新时代，沂蒙山区也迈入高铁时代！高铁已走进沂蒙山区，走进了老百姓的日常生活。目前，"厉家寨高铁站"正在建设之中，这个站离我们厉家泉村只有五华里。据说年底正式开通。从济南坐高铁回老家，就一个多小时。这是祖祖辈辈想都不敢想的奇迹。

　　说起新中国成立七十年来的巨变，每个人、每个家庭都有说不完的故事。歌声和笑声一直在村子上空漂荡。一株株百日红、银杏树，像仪仗队整齐地站在沂蒙山的明眸里，守候在沂蒙高铁的轨道两旁。两条锃亮的高铁轨道，互相支撑着，穿山越涧，并肩前行，朝向大海的方向，去日照、跨青岛，寻找温情的诗和灿烂的远方……

原载《人民日报》2019 年 8 月 21 日

乡情如酒

岁月酿造记忆的美酒，时间沉淀怀旧的情感。想故乡、盼故乡的这种纯真情感，忆故乡、念故乡的这种乡村情结，好像从灵魂深处冲出来、蹿出来，势不可当。

城市没有连绵青翠的群山、亲切的村庄、熟悉的河流、弯曲的小路。正月瑞雪飘舞，五月豌豆花开，六月小麦金黄，九月高粱艳红，十月忙着颗粒归仓。普通的农家小院，青石砌到顶，栅栏门、牵牛花、压水井、老黄牛、弯把犁、八仙桌、老烧酒……让从乡下走进城、已上了些许年纪的都市人心旷神怡，动情动心。许多城市人心头藏着一个梦想，那就是积攒些钱，回到故乡或择一处山清水秀、民风淳朴的乡间，盖上几间瓦房，种上半亩菜园，读书，种菜，享受悠闲。如果有知心朋友来访，可以先去挖野菜、摘山果、刨花生、掰玉米、宰山鸡，拉起风箱，炒菜蒸馍，在那几缕炊烟飘过之后，可以邀月光喝酒长叙，直到鸡叫三遍……

二十世纪七十年代末，我接到那张薄薄的、重重的、预示着改变我命运的高考录取通知书，真是喜出望外。我把通知书拿回家，爷爷虽然不识多少字，但还是反复地看了几遍，好像那是世间最贵重的宝贝；含辛茹苦的父母异常高兴，父亲在美滋滋地抽烟，母亲抹着眼泪忙着炒菜做饭。离开小山村时，我心里既有对乡村、对乡亲特别是家人的留恋，又充满了对城市、对未来美好的期待。从那时起，我才真正懂得乡村对我生命的重要性，才发现乡村是这么难割难舍，我悄悄把对家乡的留恋、对亲人的惦记一点点深埋心底。

在城里工作，往往把一个很大、很宽泛的地方说成是自己的故乡。其实关于故乡的记忆，更多形成在中学时代。那时农村特别穷，虽然学费不高，但好多孩子依然上不起学。俗话说，穷人的孩子早当家，不如说家穷的孩子早懂事。当时一家人节衣缩食供我上学，我也算懂事，能够体谅家人的难处和艰辛，算得上村里比较刻苦的孩子。白天在学校，我认真听课，把知识当作应当精心收获的庄稼；放学后和节假日，我先帮着大人干活，放牛、挖猪菜、搂柴火；晚上，坐在煤灯下读书、做作业、预习功课。上高中时，农村的日子没有起色，家里依然穷，一周就是一捆煎饼和一坛自家腌制的咸菜。当时不能住校，也没有自行车，每天就用两只脚丈量从学校到家十华里的土路。能够亲身感受茫茫田野一年四季的轮回变化，倒也是一件十分快乐和得意的事情。

如今忙里偷闲回到故乡，站到村头巷尾，那熟悉的乡音土语，那终生难忘的土腥味、牛粪味、灶烟味扑面而来。小村并没有太大变化，在外工作久了，我熟悉的人正越来越少，一张张熟悉的面孔在变化、在减少，甚至有我不认识的人对我指指点点，那分明是在讨论我是谁。我陪着父母下地，经常有人和我的父亲打着招呼，又惊奇地加问一句："这是你家的小子？也长了年纪喽。"在我老家有个不成文的规定，谁要是外出工作或者打工回来，说啥也得拿盒烟与老少爷们共享。那些曾看着我长大的邻居长辈，那些与我一起打打闹闹、顽皮长大的同学伙伴，在接过我双手递上的香烟时，也会仔细地打量我一番，亲切地与我交谈，问我：夏天济南那个火炉子能受得了？听说如今在城里就喘气还不要钱？你抓紧捣鼓点钱把咱村这条路修了吧……听到这些话，我胸口涌起一股暖流，甚至泪水在眼眶里打转，那纯朴的乡情、熟悉的乡音，蕴涵着多少真切的关心和期待呀。

回到村里，我经常仔细寻找那逐渐淡忘了的记忆的痕迹。这里曾是我放牛、割草、拾柴的那条沟汊，这里是我们一群浑小子打打闹闹、偷着烧队里花生吃的山岭，这里是我曾经推着独轮车和生产队的男劳力搬送土肥的小路，这里是那年深冬全队人冒风抗雪整修的大寨田，这里是我们那群学生劳动锻炼时唱着革命歌曲填过的水库……童年、少年、青春时光，乡音、乡情、乡味，都已成为生命的基因和遗传密码。听听乡音，叙叙乡情，品品乡味，如饮一杯烈酒，如掬一股清泉，如沐一缕春风……

回忆与怀旧的界限有时很难分清。怀旧往往是对逝去岁月和事物的追溯与迷恋，回忆往往是对昔日生命轨迹、生活方式的反思和重塑。每一次回故乡的探望，每一次在村头的驻足回望，乡村情结就更牢固地盘扎在我的心坎上，是那么刻骨铭心。

原载《人民日报》2008 年 10 月 18 日

窗 花

———————

窗花是纸，不是花；贴在窗户上，开在心窝里。

无论多么偏远的乡村，只要有一扇窗户，开一朵窗花，岁月深处就透进阳光与温暖。

我的故乡是沂蒙山区东部莒南县的一个偏僻的小山村。从建村起就厉、李两姓，历史背景简单，文化底蕴不深。自我记事起，村里没有多少人识字，只知道从山西那棵大槐树下启程，见这里有一山泉便定驻下来，谈不上有什么文化；除战争年代因家庭、家族恩怨外出的，在外工作的人很少。要说寻找乡愁记忆，我思起想去，贴在窗户上的剪纸"窗花"，该算是一种特殊的文化符号吧。

如今，在沂蒙山区偏僻山村里，偶尔还能看到这种用大红纸剪的窗花或倒贴的"福"字。

故乡的窗花，相伴我童年时期多少个明媚的清晨和星光点点的夜晚，难以忘怀……多少个冬天，童年就是数着窗格、看着多彩窗花度过的。

沂蒙山区的房子大都是石头垒的，有砖砌的，也有土坯的。

只在朝阳的南面开窗子，窗子不大，只要光线或空气进入室内就行。条件好的人家，那窗棂一般都制作成木格状，条件差点的，窗户用木条做成格子形状，窗棂成为一方小天地。在玻璃窗还没有进入农家的年代，各家各户的窗户都是贴上报纸或者白纸，封闭起来。春夏秋三季，大多数人家窗子是空的，只用纸把窗子的下半截糊起来，既能遮挡生活的隐私，又能透进新鲜空气。到了冬天，家家户户用纸把整个窗子都糊起来。寒风一吹，纸就瑟瑟战栗，发出蚊蝇般鸣叫的声音。久而久之，纸会被山风扯开小口子，口子会越扯越大，窗户纸进而被风撕得褴褛不堪。

早些年山套里、山村里风大，再加上窗台和窗棂上会积雪，太阳一出来雪就融化，贴在窗户上的纸很容易被濡湿，随时会从窗子的木格上剥离，红纸剪的窗花被雪水一湿，就把窗户纸染得杂乱无序了，被阳光一照，室内的地面上会叠印出窗棂的阴影。

冬天，地里没了农活，这时婆婆、媳妇和少女们最忙碌、最愿意干的事情，就是三五成群地围坐在一张土炕上，纳鞋垫或者摊开五颜六色的纸张，手持一把小剪刀，互相商量着、观摩着剪窗花或鞋垫。她们把窗花看得很神圣。谁剪得好，大家都观赏和夸奖；如果剪得差，脸上无光，别人会说手不灵巧。有的媒婆说媒，怀里还揣着姑娘剪的窗花，到男方家，把窗花一亮，忒有说服力了。农村人把剪窗花与缝衣服、干家务直接联系起来。剪出好窗花，肯定能缝出好衣裳；缝出好衣裳，才能过出好日子。

窗花这么重要，村里媳妇、姑娘会剪，集市上也可买卖。原来乡下集市上有卖窗花的摊子。一般摆张大桌子，上面放着一沓沓、一摞摞的窗花。看那窗花，有耕种、纺织、牧羊、养鸡的场景，有人物、山水、飞鸟、游鱼、珍禽、猛兽，有盛开的花朵和饱满的硕果，每一幅都色彩缤纷，栩栩如生，那丰收的喜悦、耕作的欢快、自然的单纯、团聚的祥和，似乎进入人间仙境。经过多家比对和讨价还价，人们大都买到自己中意的窗花，高高兴兴地回家。挑个天气好的日子，把窗户上已经黄旧的报纸扯下来，用笤帚扫尽窗棂上的尘土，重新糊上一层新的白纸，然后贴上集市上买来的窗花，这一年的日子就亮亮堂堂、红红火火、顺心顺意了。

多年来，农民追求的是五谷丰登、丰衣足食，只要有鱼有肉、有米有面就能过年，按说贴不贴窗花照样能过年。可家家户户都要贴上几对窗花。乡下过年时，尽管人们杀猪宰羊，穿新换旧，但最艺术、最奢侈的就是贴窗花啦。一张张红纸被人们剪成财神、灶王、圣佛等人物肖像和花鸟虫鱼等各种吉祥祈福类的图案，农家对明年生活有什么祈求，都藏在这一帧帧窗花里。其实贴窗花是祖传的带有山乡文化基因的欣赏习惯和审美趣味，透出对春节这个重大节日的尊重和礼遇。最直接的想法就是驱灾消难，降临富贵。春节前后，北方的冬天是无花的季节，花草树木都冬眠了，而家家户户鲜艳的窗花，加上姑娘、孩子们的花衣裳，山村真是鲜花盛开、春色满园。一幅幅窗花，栩栩如生，活灵活现，再配上各种颜色，越发争奇斗艳了。

中国农耕文化兴旺的奥秘，就是满足了人们衣、食、住、行等最基本的生存需求。祖祖辈辈的庄稼人对土地爱得死去活来，爱着自己亲手种的每棵庄稼和庄稼地里的每粒阳光、每滴露珠，一直唱着《在希望的田野上》，追逐着丰衣足食的梦想。"耕读传家"更是代代中国人、中国文人的生活理想和最理想的家庭生活方式。默默无闻的父老乡亲们像牛一样辛勤耕耘，养成了勤劳、朴实、憨厚的性格，养成日出而作、日落而息的韧性。女性更是克俭克勤，操持家务，下厨做饭，毫无怨言。在"忙吃干，闲吃稀，不忙不闲半干半稀"的年代，群众恨不得数着米粒下锅，扳着手指过日子。吃饱喝足、丰衣足食，满足日益增长的物质需求之后，开始更高层次的追求，文明作为生活理念、生活方式，渐渐成了一种时髦时尚。每年腊八节过后，家家忙着扫家舍，剪窗花，写春联，蒸馍馍，购年货……清晰听见"年"的脚步声。红彤彤的对联和窗花，欢响的鞭炮，大红的灯笼，渲染着迎新年的喜悦。

我家最早在村东岭上为地主看地，房子简陋；后来搬进村里，因条件所限，房子盖得不是很好。那老房子低矮，给我最直接的感觉是沉重，太多的沧桑沉寂在房屋院落的旮旯旯儿。白天，趴在窗台上，透过窗花，望着院落里的那棵梧桐树和那清幽的树影。晚上我躺在炕上，双手拢在脑后，看皎洁的月光穿过木格窗棂照射到炕上，窗子的剪纸变成了黑影铺在地上。我们家窗棂是木制方格，每逢过年也都贴窗花。母亲就坐在炕头缝补衣裳、剪窗花。记得我老母亲就说："窗花不撑肚皮，不当棉衣，是个念想，映照着红火的好日子。"母亲坐在煤油灯下，除了剪窗花，就是拽着针线纳鞋底，有时也会停下手中的活，听我读书，背诵课文，脸上洋溢着一种神奇的幸福。母亲不识字，我的作业她根本看不懂，但知道老师在作业本上划"√"是对的意思，每当看到那成排的对号，就像我给家里干了惊天动地的事情，露出满面的笑容。窗花映照下的母亲陪学的画面凝重温情，我知道娘是祈盼我通过自己的努力走出这老屋，走出双脚插在农地里贫穷苦熬的生活。母亲的愿望不动声色，简单朴素，炽烈而纯净。多少个月光皎洁的夜晚，我躺在土炕上暖暖的被窝里，看一缕缕月光透过窗棂照在窗花上。盛开的蜡梅，跳龙门的鲤鱼……好像都活灵活现，我渐渐进入甜蜜的梦乡。

我记得我结婚时，我父母把筹备婚礼作为一生中最大的事。因为日子定在寒冬腊月，我母亲早早养肥了猪、牛，养足办喜宴用的鸡，光用糯米炸的送亲戚邻居的炸果，就盛满了家里的盆盆罐罐和所有提篮。剪窗花更是凝聚家人喜悦心情和美好祝愿的重头戏。记得我母亲叫上我擅长剪纸的二姑，盘腿坐在炕头上，铺开一张大红纸，对折了又对折，手握剪刀，微眯着双眼，仔细地揣摩。调匀呼吸以后，开始哼起不知名的歌谣，剪刀一路蜿蜒曲折，随着碎纸屑不断落地，再把红纸打开时，一幅漂亮的红双喜字就剪出来了，接着又剪出大红公鸡，取"双喜临门"和"大吉大利"之意。怎么贴这红双喜也挺讲究。母亲先把往年已经泛黄的窗户纸和窗花一点点撕掉，然后用鞋刷子细心刷掉窗户格子上的尘土，再用湿抹布把窗棂格擦得一尘不染，然后在擦拭一新的窗户贴上洁白的纸，屋子顿时亮堂起来。接着用小火熬的黏黏的糯糊把红双喜贴在窗户正中央，站在远处端详半天，直到脸上露出满意的笑容。

如今，我们村绝大多数人家都已住上宽敞的大瓦房，窗户换成了明亮的玻璃窗，可乡亲们过年仍然继续贴窗花。"乡愁"越来越成为一个时尚词，其实乡愁大都源于对农耕文明生产生活方式的美好记忆，是站在故乡之外对往日故乡的回忆与思念，是一种文化积淀与传承，是一种生命体验与认知。

历史文化其实就鲜活光亮地活在乡村的各个领域和角落。在我们这样一个历史悠久的国度里，即使是再偏远闭塞的乡下，无论是地名还是村庄、村院、房屋建筑、门牌号码，山名、河名，一条小街、一个小胡同，甚至千百年来固有的一些生产方式、生活习惯、民俗文化传统，包括已渐渐淡出人们记忆的饮食和手工艺，往往都融入了文化的因子，浓缩了历史文化的精华。生我养我的那个小山村，那个再普通不过的小山村，遍地也是文化记忆、文化遗产呀。

窗户是农户也是山村一双明亮的眼睛。凭窗而立，透过窗棂，细数窗外那幽亮的星辰，山乡崇尚文化和文明的故事与记忆汹涌而来，地上是一片跌碎的月光，那是跳动的音乐曲谱。当我们用心寻找这些历史的、文明的碎片，足以让你感到晨钟暮鼓般的恢宏与旷远，让你对这十分熟悉却又普通的小山村，顿增一份由衷的崇敬与膜拜。

农民一剪刀一剪刀剪窗花，慢慢把苦日子剪掉，剪出幸福美满的好日子和开放在心中的芬芳与美丽，四季不凋零。今夜，我站在济南这座大城市的灯火阑珊处，怀想起贴在童年窗户上的窗花，岁月的刀闪耀着美善的光芒，在一缕缕刻剜乡愁之疤，密匝匝的记忆被编织拧结成文化根脉，我心头分明盖着一枚农耕文化的文明印戳。

原载《人民文学》2017 年第 12 期

村　医

———————————

　　时光跨进 2021 年门槛，冰雪和寒潮汹涌而至，几十年罕见。沂蒙山区寒风呼啸、冰天雪地，山川河流、田野树木银装素裹，村庄上空偶尔飘出一缕炊烟，是如此清晰和温暖。

　　我乘高铁到离我村五华里的厉家寨站，站上人不多，但新冠肺炎疫情检查依然很严格，戴口罩、测体温、亮绿码。

　　在我们村，老少爷们遇到头疼脑热，包括患上疑难杂症，会首先去找村医。

　　我们村的村医，曾是"赤脚医生"，今年刚过六十岁，我虽然当过他的高中老师，可论辈分我得叫他爷爷。

　　二十世纪六七十年代，国家为解农村医疗卫生之急，各村配备了未经正规医疗训练、掌握一定医疗技术、本地农业户口、"半农半医"的农村医疗人员。他们有个接地气的名字叫"赤脚医生"。1975 年，我高中毕业回乡教高中时，还买了一本《赤脚医生手册》，也自学了一点皮毛的医务知识。

　　去年清明节，我回村祭祖。正巧村医在参与村里的新冠疫情防控，他告诉我："我现在负责附近四个村庄的防疫，还挺忙活!"言谈中透出辛苦的成就感。我笑着说:"疫情防控,你也有一功呀!"

说实话,赤脚医生并不好当,老百姓头疼脑热什么病都得懂,无论刮风下雨、深更半夜,村民随叫随到,绝不延误。即使大年三十,一家人正关门吃饺子,若有人生病,也要放下饭碗出诊。村民们朴实淳厚,与村医关系处得亲近,村医像"保护神",用心呵护着我们村和周边村老少爷们的健康。

我没有见过我们村的村医穿过白大褂。他的衣着,和村里老少爷们没区别,与乡亲们知根知底,彼此信任。他的医疗器械也很简单,似乎只有一个印有红十字图案的药箱,里面有听诊器、温度表、铝皮盒装着的针管和针头,以及部分应急的药品等。每一次出诊,他都背着这几样家什。记得小时候人们好像不怎么得病,感冒发烧了,喝碗姜汤,挺挺也就好了,也可能是怕那明晃晃的针头吧。

记得有一次我娘发高烧,实在挺不过去,我急忙请来了村医。他量体温、听诊,叮嘱我找来暖水瓶,把针头和针管放到干净的饭碗里,用开水烫泡几分钟,算是消了毒。接着,掀开药箱盖,取出了两支"氨基比林",啪啪敲开,吸进针管,很快就打上针了。

我娘晚年曾一度体弱多病。我也带着她看过几个大医院,可娘内心深处,还是最信赖村医。记得在县医院住院时得了蛇缠腰(带状疱疹),因免疫力下降,治疗效果不理想。娘要求村医来治,但正规医院不敢用土医生、土方子。最后,我们尊重娘的选择,做通医院工作,请村医专程跑了一趟。说来神奇,很快就好了,娘高兴地说:"院士和村医看病,最管用。"

我们那个小村人少地薄，民风淳朴，生活宁静。村里人连大点声说话都觉得突兀，在外工作久了，回村说话更不能变腔改调。否则，被戳脊梁骨。

父母离世后，我依然喜欢回老家走走、看看，每年清明和腊月底，努力回老家祭祖。望着自家宅院、菜园和熟悉的树木庄稼……心里既坦然又茫然，既踏实又飘忽无依。我对乡村和农民命运的担忧，是不是就是流行的思乡病？

村里没有诊室，村医的家就是。他家那四间屋，既是一家人的安乐窝，又是他给人看病、治病、抚慰心灵的场所，大门经常吱扭吱扭地响。

那天，他放下肩头的药箱，我们聊了一会儿。他说："最近疫情防控又紧了。村医是个良心差，我干了一辈子。我知道这差事的分量，人命关天，不敢马虎，也不会马虎！""通过帮村里宣传疫情防控知识，配合做消毒和检测，又长了不少见识。""平常无论谁的电话、什么时间打电话，都得赶快接，不敢耽误。"

我们村百来户人家，村子小，彼此都熟悉。病人不少，"穷"是病根。他高兴地告诉我："自从有了医保政策，医药费国家扛了大头，乡亲们也重视健康了，看病不像过去那么'抠'了，该住院都去住院了。重农活少了，得病的人也少了，但好像有心病的人多了。"这句话深深地刺痛了我。

一位慈眉善目的老中医，他曾告诉我："任何药物，如果没有爱做引子，都不可能有疗效。医病容易，医心难呀。"

医生看的是病，救的是心，开的是药方，给的是真情。

村医又说："身上的病大都有药可治。心病是百病源，心上的病看不透，不好治。"

我们又聊到他上高中时的事，问他："你说鲁迅当年为什么弃医从文？是不是想去治这种病？"

他笑着说："哈哈，这么深的问题，我说不明白，这得听老师你的！"我说："人心是肉长的，柔软，热乎，烫人。甭愁，一把钥匙开一把锁，重在调养。"

各家责任田和菜园里的庄稼、茶叶、中草药和蔬菜被雪覆盖了，偶尔能透出绿色，虽说少了病虫害，但却是一场考验。清晨，悠长的鸡鸣声、浑厚的狗叫声和发动汽车的轰鸣声打破村子的寂静和我的梦，农家地道的饭菜香，又浸润温暖着我的心房……

原载《中国艺术报》2021 年 1 月 18 日

赊小鸡

　　乡下人说话算数，落地砸个坑。我的故乡沂蒙山区，更是人实诚，民风好。在我的童年记忆中，最能体现这点的就是"赊小鸡"的故事了。二十世纪六七十年代，刚开春，树才冒芽儿，村头就响起"赊小鸡嘞——赊小鸡"的吆喝声。所谓"赊小鸡"，就是农家春天买小雏鸡，秋后再付账。卖雏鸡的商贩挑着两个大笸筐，或用自行车驮个大笸筐，颤悠颤悠的，翻山越岭、走村串巷，从村这头吆喝到村那头。哪村哪家什么日子赊了多少鸡仔，他一一记在小本子上，秋后再带这个皱巴巴的小本子来收钱，谁家如果实在没钱，也可拿鸡蛋来顶账。当时我就琢磨，假如赊鸡的人不认账怎么办？小本子弄丢了可咋办？

　　商贩一落担，最先围拢过来的是蹦蹦跳跳的孩子。孩子们调皮地学着卖力吆喝："赊小鸡嘞——赊小鸡！"婶子大娘们赶过来了，商贩赶忙招呼说："婶子大娘，头茬鸡便宜卖。母鸡两毛，公鸡一毛五。"大家围着笸筐，问明赊法，便像一群小鸡一样叽叽喳喳地挑选。笸筐里满满的鸡仔，鹅黄色，绒球似的，张着小嘴，发出细弱嘈杂的叫声。小鸡一边鸣叫着，一边拼命往边儿上挤，煞是可爱。伸手触摸，柔软舒服，心里暖洋洋的。

我娘挑雏鸡，我大都跟着当勤务，主要是挎着竹提篮盛小鸡。娘先在大笸筐边观察，看哪几只叫得欢。然后伸手在笸筐里挑，把顶精神的几只拿出来放在脚前的地上，让它们跑，让它们叫。那些不活泼的，顺手又送回笸筐里，再换出几只。有一只特别调皮，放在地上就往远处跑，娘笑嘻嘻地把它捉回来，嘴里嘟囔着："我让你跑！"一把放进自家的提篮里。

挑出品质好的雏鸡，然后再辨公母。在那个生活困难的年代，各家各户养鸡主要是下蛋，以便换取针线、火柴、食盐等生活的必需品，因而小公鸡并不吃香。轻轻拿起叽叽叫的小鸡，仔细端详它的爪子、屁股和鸡冠子，十有八九能认准公母，实在没看准，收款时可以再作说明。没顾上回家拿工具的，就直接用簸箕、竹筐或者褂子的前襟兜着。挑选够数后，主动让赊小鸡的过数、记账。

新赊的小鸡，刚出壳没几天，不敢散养，一般放在肚口大而深的竹提篮或者圆口簸箕里养着，底下还要铺上干净柔软的布。定时喂些泡过的新小米，有时还拌上些又嫩又碎的白菜叶，用布罩起来挂在屋梁上或者挂院子里，主要是怕小鸡跳出来跌伤，还怕被猫、黄鼠狼吃了。等小鸡长出翅膀，有了自我保护意识，能听懂呼唤声时才能撒开。

我曾经问娘有人赖账怎么办。娘说不会的，咱村没有这样的人。真要是赖账，会被人戳脊梁骨，唾沫星子能把他淹死，孩子们在村里都抬不起头来。记得有一年我娘挑了二十只雏鸡，可没养几天就死了四五只。秋天商贩来收款时，按规矩可以扣除死去的几只，可娘竟然全额付了钱。我忍不住问："小鸡死了也收钱?"商贩睁大眼睛问我娘,娘瞪我一眼:"别听孩子瞎说。"事后娘告诉我,人家赊小鸡的挺不容易,咱不能让人家吃亏。各家各户的小鸡,大都会长成大鸡,但也有被黄鼠狼叼走的、被猫吃了的或拉肚子拉死的;有的人家只剩下两三只,还有的甚至"全军覆没"。秋后都会按当初谈好的价格十分爽快地把钱交给赊小鸡的商贩,没有赖账的。当然赊小鸡的也会区别不同情况,给予适当优惠、照顾。

我儿子五六岁的时候,每年开春来了赊小鸡的,他总会赖在箩筐边上用小手抚摸着那些可爱的毛茸茸的小鸡仔,久久不肯离去。我娘每年都挑上二十只小公鸡,精心哺养到暑假,每只都长到一斤左右,儿子放暑假回家,娘每天宰一只,犒劳她那馋孙子。前不久,我们全家陪父母逛天安门,儿子用轮椅推着奶奶,累得满头是汗。目睹此景,我夫人感慨道:"小公鸡真是没白吃,他奶奶没白疼呀!"

弹指一挥间,半个世纪匆匆而过,"赊小鸡"的行当虽然消失,可回想起那充满诚心善意的淳朴民风,依然温暖心窝。

原载《文艺报》2013 年 11 月 22 日

赶年集

"小孩小孩你别馋，过了腊八就是年。"唱儿歌，赶年集，迎新年，是我美好的童年记忆。

我故乡在沂蒙山区东部，山多岭多，交通不便。农村大都五天一集，集市像块磁铁，把方圆十几里的人们聚拢在一起，自由买卖，享受属于乡村独有的喜悦。我们公社驻地逢五、逢十是集。一入腊月，地里没活了，年味就渐渐浓起来，丰收的喜悦挂在乡亲们脸上，见了面格外客气、嘘长问短。年底时，崎岖的山路上人群熙来攘往，馒头、油条、猪肉、粉条等大包小包的年货在涌动。小孩子跟在大人的后面，蹦蹦跳跳地赶集、串亲戚。

春年快到了，不管贫富都要赶年集置办年货。人们会把一年省吃俭用节省下来的钱，花到最后一个年集上。在穷乡僻壤，赶年集，是孩子们迎新年的头等大事，多数孩子兜无分文，就是看热闹。腊月三十最后一个年集，头天夜里又下了一场雪，我和伙伴们还是执意相约赶集。临行前，母亲给我套了件又厚又沉的大棉袄，父亲从兜里掏出两张五角的新钱，顺手给了我一张，我高兴得几乎跳起来。这时，在一旁微笑着的母亲，狠狠瞪了瞪父亲一眼,父亲心领神会,又把手里那五角钱塞给了我,然后拍拍我的头说:"去吧,看放鞭炮,隔远点儿哦。"

跑出村口,只见赶集的人很多。雪后的山路被手推车、自行车和脚印踏成一条黑色弯曲的长丝带,清晰而漫长。甩年货、购年货的都着急,牲畜的叫声、车轮声、笑声、歌声此起彼伏,相映成趣。只记得公社供销社商店的外街用红漆刷着"发展经济,保障供给"八个大红字,工整厚重,格外显眼。集市,就在公社居地村西侧宽阔的河滩上。河里结了冰,地上是薄薄的雪,摊位沿道路两侧展开,依次摆满小树林,商品琳琅满目,人们摩肩接踵、熙熙攘攘,非常热闹。

鞭炮市场最热闹。手工制作的鞭炮品种繁多,编排为磨盘状的鞭、圆柱形的雷子、二踢脚,还有窜天猴、连环炮、花旋风……男孩眼馋,就缠着大人买。卖鞭炮的为吸引顾客,干脆比赛似的噼噼啪啪地试放起来,突然试放的鞭炮意外地把鞭炮摊点燃了,很快殃及了邻近的摊位。鞭炮被炸得四处乱窜,工具都被烧焦,声音震耳欲聋,摊主心疼得跺脚流泪,孩子们惊吓之后,默默庆幸自己赶巧观了景。我走遍了所有鞭炮摊,仔细分辨着品质和价格,盘算比较着买哪种。过够了眼瘾,花三角七分钱买了一盘年夜放的鞭,还买了三个大雷子。小伙伴们抢过来握在手里欣赏一番,眼里净是羡慕。买上全家人过年的响声,就甭提多高兴了。

时近中午,年集达到了高潮。河滩上用竹席临时撑起的棚屋,一个挨一个,大勺小勺叮当响,各色小吃应有尽有,香味扑鼻。

赶年集有规矩:女孩买花,男孩恋炮,婆婆买鞋,老头购

帽。割肉、买菜、买鞭炮，再购对联和年画。男孩子只关心鞭炮
和牛肉锅、烧饼摊。女孩子只关心红绒花、红头绳和花布。我母
亲不舍得花钱，从来不赶集，过年自己什么新东西也不添。下午
快散集的时候，我找到绒花摊。红绒花是一种纯手工制品，花
蕊、花瓣、花叶活灵活现，粗大的麦草捆上插满密密麻麻的绒
花，在风中颤动，疲倦地招引着客户。

"大爷，我买六朵绒花，三根红头绳！"我底气十足地说。

"不还价，两毛！"卖花的大爷顺手帮我插在一截高粱秸上，
像是开满绒花的树枝。

望着远处手拿风车纸花的女孩，心中盘算着如何把绒花分给
妹妹和操劳忙碌的母亲。这新年礼物虽小，但很珍贵，饱含温暖
的年味和对亲人美好的祝福。等望见老家屋顶的那缕炊烟，才想
起没吃午饭，肚子咕咕地叫了。正在拽着针线纳过年棉鞋的母
亲，从锅里给我端来预留着的热乎乎的饭，用力搓搓我被冻红的
耳朵和手，心疼地埋怨我回来晚了，饿坏了……

年集是一幅凝聚着热闹繁荣与美好憧憬的乡俗年画，又是生
活变化、社会进步的缩影。

不知不觉，年集已远离我们，百姓富足阔气了，年味却越来
越淡。我心中依然涌动着对年集的美好记忆和对团聚的渴望。听
着噼里啪啦的鞭炮声，我仿佛回到少年时代，身穿新棉衣，手捧
父母的呵护与微笑，跑进新年每一缕阳光里……

原载《人民日报》2017 年 1 月 14 日

赤脚走在田野上

人一生有许多美好的记忆，随着岁月的流逝和年龄的增长，会更加清晰，更加值得留恋和怀念。居城市久了、烦了，偶尔到乡下走走，最让我感动和兴奋的，仍旧是脱下皮鞋，赤脚到田里走一走、跑一跑，寻回那种亲近土地和自然的感觉。

我的故乡在沂蒙山区莒南县的一个小山庄，村庄小得连县里的地图都不舍得标上一个点。但它却具有所有乡村的共同历史和命运，透出乡下人相同的精神与品质。那里有翠绿的树木和茂盛的庄稼，有学大寨时整修得平整的山地和弯曲的沙土路，有袅袅升起的炊烟和粗犷豪放的歌谣，还有我童年美好的记忆和说不清道不明的憧憬与向往……

我深爱这片土地，缘于我的祖辈，尤其是我的爷爷。我爷爷一生坎坷，七八岁时就给地主家放牛，新中国成立后有了自己的土地，便把土地当作了命根子，从不亏待每一寸山地，每一棵庄稼。无论是耕种、管理、收获，都精打细算，妥妥帖帖，用时下的话讲，就是高标准、严要求。每次下地，必须先把鞋脱了。爷爷说，地是通人性的，不能用鞋踏。如果踏了，地就喘不动气了，庄稼也就不爱长了。爷爷恨不得一天就把他种地的那套理论和实践全传授给我，让我成为左邻右舍称赞的种地好手。我生来就喜欢土地，也立志把地种好，因而也尽心琢磨种地的道道，爷爷关于种地、耙地的经验，我还真学了不少。

爷爷干农活，从来没有丝毫的马虎，最拿手的是耙地和打麦畦子。秋天，收完玉米和地瓜，就要种小麦了。爷爷先把地深深耕一遍，我背着一个大竹筐，跟在爷爷身后，赤脚踏在刚刚耕出的十分柔软的鲜土上，跑步捡拾从地里翻出的地瓜、花生、树根，就连石头、瓦片也要一同捡出来，放在地头上。一块地耕下来，地头上也堆了一大堆捡拾来的东西。山区的地其实是浇不上水的，因为没有什么水源，完全是靠天吃饭，但我家那麦畦必定要耙得很平整。地耙这么平，完全是一种假设。假如天旱了，真来水了，那水流得既不太快，又不太慢，水从地这头到地那头，地正好喝饱了，又节约了水。我爷爷耙地的水平，确实让我佩服。无论地被耕得多么起伏不平，到爷爷手里，总得耙得平整如镜。耙前，爷爷先趴在地头上进行目测，设计好如何耙地，然后一会儿到地中央，一会儿再到其他的地角上瞭望。哪个地方高了低了，或者还有比较个大的坷垃块，都必须重耙一遍，直到满意为止。地耙平了，就开始调地埂。这时，爷爷就赤着脚，从地这头望着地那头的参照物，先用脚画出一条线，然后再沿着线用镢头刨起土堆起地垄。来回刨上两遍，个别地方再做点调整，那地埂便成了，就像木匠打了墨线一样直。一垄垄的麦畦打好了，远远望去好似金黄的波浪。

秋天的太阳是暖洋洋的，庄稼人的心情也是暖洋洋的。赤脚走在旷野上，吮吸着庄稼的芳香和新鲜的泥土的气息，看着远处天边的白云和慢悠悠跋涉的老黄牛，望着田野里异常忙碌的众乡亲和成垛成捆的庄稼，听着爷爷那别有韵味的吆喝声和叫不上名字的鸟鸣声，心中掩藏不住喜悦，心情异常舒畅。休息时，我爷爷撅着一把山羊胡，吸着那根很长的旱烟袋，微闭着双眼，好似喝了二两二锅头酒，是那么惬意和陶醉。我有时悄悄走上前，拽拽爷爷的胡须，爷爷笑着打我一巴掌，竟是那么亲切。我高兴极了，干脆躺在地上，或者打上几个滚，与土地亲如一家，柔柔的，暖暖的……

伴随经济的繁荣和生活方式的改变，谁能像守候生命一样守护土地？钢筋和水泥正在大口吞噬土地，土地一味地被掠夺，许多农民含泪抛弃了与自己祖辈相依为命的土地。土地是富有灵性和感情的，也是很有性格和脾气的。爱土地，就是爱自己的家园和未来。

我盼望赤脚走在田野上，寻找亲近土地的感觉。

原载《读者》（乡村版）2006 年"试读号"

攥一把芳香的泥土

　　土生万物。所有庄稼、花草、树木都在泥土里生长，都是大地的孝子贤孙。

　　开春时节，乍暖还寒，绿色开始缠绕村庄，山润水软，百草生香，山坡上的桃花、梨花含苞待放。我和妻子借假日返回地处沂蒙山区东部的老家，守着年迈的父母共享天伦，攥一把山乡的泥土，品味家乡泥土的芳香……

　　故乡三面环山，土地不贫瘠也不肥沃，依然保留着传统农耕文明的习俗和风貌。阳光煦暖，空气清爽。站到村头巷尾，听那熟知的乡音土语，闻那亲切熟悉的土腥味、牛粪味、灶烟味、饭香味，忆起童年的往事、趣事、开心事，就像听到母亲呼唤自己的乳名，立刻心花怒放。置身故乡的田间地头，格外兴奋踏实。泥土的故乡，扎满我生命的根须，是我心灵皈依和朝拜的圣地。

　　春天的山村就像处于变声期的孩童，日渐丰满，悄然漂亮，四处散发泥土的清香。早饭后跨进父母精心打理的菜园，只见韭菜、大蒜、小葱、白菜、生菜都已青枝绿叶，你挤我，我挨你，长得亲密兴旺。夜晚与爹娘拉上半宿呱，像品尝味道醇正的陈酿，甘美香甜，余味悠长；盖着母亲提前晾晒过的被子，只觉得厚厚的、暖暖的，有一股阳光的味道一直暖到心底，滋养着宁静、甜美、温馨的香梦。

难忘童年时代，我放学后扔下书包就去沟底剜菜、割草、放羊。麦苗浇过返青水，麦苗间弥漫着清香的雾气，伴随各种野花的淡香，沁人心脾。夏季，田间、沟底、河沿上的野草紧紧抓住大地，长得墨绿、茁壮、坚韧，那是上等的牲畜饲料。弯腰割草、拔草，手掌心常常划出道道血口子，手上的绿草汁几天洗不掉。麦收时节，田野里、公路上，到处弥漫着麦香和爽朗的笑声。有时劳作时，不小心伤及皮肉，不用消炎药，就地找块干坷垃，用手掌搓成细土面撒上去疗伤，三五天就能恢复如初。

我深爱土地，缘于我的祖辈，尤其是我的爷爷。我爷爷一生坎坷，七八岁时就给地主家放牛，新中国成立后有了自己的土地，便把土地当作命根子，无论是耕种、管理、收获，都精掐细算，妥妥帖帖。每次下地，必须先把鞋脱了，直接光着脚板。爷爷说，地是通人性的，可不能用鞋踏。如果踏了，地就喘不动气了，庄稼也就不爱长了。因而全家人把土地当作恩人、亲人，春夏秋冬，义无反顾地爱惜、保护着土地。

父亲好像能感觉到土地的体温和脉动。那责任田总得深翻整平、刨垄调畦，体味土地苏醒的喧哗与冲动。那年播种前，父亲走到地中央，深深刨了几镢头，轻轻跪下右腿，将十指插入鲜润的泥土中，用力攥一把，看一看土地的墒情，放到鼻子前闻一闻，口里念叨着："这泥土，多香呀！这土，多肥呀，肯长庄稼，种啥都成！"然后把泥土捏出心中渴望的形状，再虔诚地一丝丝地撒落在地里。那是父亲一生重复了许多次的庄重礼仪和独特享受。人勤地不懒。那普通的土坷垃，在串串汗珠的浸润下，长出沉甸甸的丰收谣曲；那小麦、地瓜、苞米开放的花朵，点缀着全家人幸福的鼾声；那把弯弯的镰刀，在父母布满老茧的手里，飞快地收割生活的希望。

记得童年时我和小伙伴们一起玩捏泥巴、塑泥哨、摔跤等游戏，每项游戏都离不开泥土，伙伴们都壮得像小牛犊，很少生病，大人们说这是因为吃了土、接了地气。我们还疯狂地洗过"黄土澡"，醉倒在泥土里。山地上的土壤是砂土质的，干净，爽气。大家沐浴着温煦的阳光，手里抓满温软的浮土，让土从指缝里慢慢漏下来，看细土面在头皮上、脖子上、肩膀上、胳膊上水一样流淌，挂在密密的汗毛上。有时还把手掌伸开，迅速按上身边平整的浮土。那浮土又绵又轻，烟尘般从手掌下溅起来，水一样从手指下漾开，散落到脸上、头上、身上。泥水、汗水、泪水和口水交织在一起，一会儿工夫，个个除了眼睛外，都成了"泥娃娃"。然后跳到池塘或河溪中冲洗干净，周身光滑，留下泥土淡淡的香味。那是多么惬意和幸福的童年！

对游子来讲，身体和心灵都是泥土塑的。因为根扎在泥土中，血液流淌在那片土地上，心里始终装着乡村的碾磨、土坯房、庄稼地和亲人，于是就有了根深蒂固的乡情和刻骨铭心的故园情结。虽然曾经的人和事、景和物不会复原，但时常会在记忆的底片上清晰地显现出来、鲜活起来。脱去鞋子，走在柔软、潮湿而又平坦的田野里，一股地气从脚底板一下传遍全身，大口呼吸乡村那伴有泥土味的新鲜空气，真是美不可言！

年复一年，土地一声不吭地奉献。只要用犁深翻，依然露出一层层新土，土地会越来越肥沃。万物生长于泥土，又回归于泥土。故乡的土地上，有我的祖辈辛勤耕耘的足痕和生活艰辛的哀叹，记载着一代代人的苦乐、荣辱与辉煌，孕育着一代又一代新生命，常有婴儿清脆的啼哭划破黎明的山乡……

生命与泥土相偎相依。城市人是被泥土里长出的庄稼、蔬菜营养着长大的，但不喜欢泥土，更反感泥土和风相互缠绵、嬉闹的情景。虽然泥土烧制的砖块垒起了城市的眼光和高度，但城里人还天天嚷嚷缺钙、补钙的时尚话题。化肥、农药的普及和污水的流淌，留给肥沃的田野声声叹息和呻吟，也削弱了故乡泥土的香醇，让人焦虑、心痛！我尽管脱除粗布衣衫，换上西服、皮鞋，成为城市的一员，但像一棵被山风移栽进城市的庄稼，依旧坚守泥土的品格，留恋泥土的芳香。

初夏时节，赤脚走在故乡的土地上，用力攥一把山乡温热的泥土，攥一把泥土的芳香，泥土那奇妙独特的芳香入鼻、入心、入骨。心灵注满泥土香，凝聚人生底气，周身气血通畅，顿增昂扬向上的力量。

原载《人民日报》2012 年 8 月 15 日

麦收时节

　　望着蓝天白云下金黄的麦浪，闻闻漫山遍野沁人心脾的麦香，总会想起弯腰割麦的时光。

　　我的故乡沂蒙山区，山多岭多地薄雨少，小麦熟得快。清晨沉甸甸的麦穗还泛着嫩杏黄，西南风一吹，中午麦芒就炸开了，风一刮，麦穗麦粒容易掉地上。真是"麦熟一晌"，虎口夺粮。

　　割小麦是当地庄稼人一年中最累的农活，"过一个麦季，脱一层皮"。我记事时，村里以生产队为单位统一收割小麦。头天晚上，家家户户"磨镰霍霍"，用磨刀石把镰刀磨得锋利无比。第二天天不亮，麦地里就已经人头攒动。趁着太阳刚露出山头，气温不高，收割小麦最出活儿。队长弓腰割麦在前，社员们随割其后，如徐徐展开的"人"字形雁阵。人人镰刀如飞，步伐稳健，一会儿工夫，衣服就湿透了，刚才还有说有笑的，转眼就鸦雀无声，只有镰刀割麦的唰唰声了。

　　麦芒刺扎在身上容易过敏起红疙瘩。割麦子时，大都穿深色长裤长褂，将袖口、裤脚系紧，胳膊和腿尽量少暴露。中午时分，火辣辣的太阳像黏在了脊背上。趁天气晴朗，脱粒、晒麦、扬麦场。生产队里的麦场有足球场大，四周堆满了山一样的麦捆子。脱麦粒，不再用石碾压，而换成了烧柴油的脱粒机，机器飞转，尘土飞扬，脱粒的人忙得大汗淋漓。打麦场是孩子们的欢乐场。麦秸垛像弹簧床，放了暑假的孩子们一边帮父母堆麦秸垛，一边在麦秸垛上又跳又闹。队长喊收工时，孩子们也在麦垛上睡着了，月亮已挂在村头的树梢上。

麦收后，家家分到了新小麦，农家日子也就滋润起来了，家家灶膛里散发着醉人的麦香。当然，那年月农家日子穷，只有逢年过节、家来贵客，才舍得吃上顿小麦细粮。手巧的媳妇、姑娘用麦秸秆，编织出漂亮的草帽、蟋蟀笼、手提袋、蒲团等日常用品，装饰着清淡的生活。

到二十世纪八十年代，家庭联产承包之后，开始一家一户割小麦了。记得那年暑假，我赶回老家帮助父母收小麦。云不动，树不摇，麦田真像个热气腾腾的大蒸笼。临近中午，我感觉全身的水分都被烤干了，嘴唇干得起皮。可娘割麦的动作依然流畅自如，腰弯得超过九十度，左手揽麦，右手挥镰，镰刀几乎贴着地皮，嚓嚓嚓几声，一抱沉甸甸的小麦就被顺势堆在了地上。我直直腰，感觉胳膊上被麦芒划出的小口子，沾上汗水后，钻心地疼。不一会儿，娘开始打捆了，父亲和我割麦。父亲割八行，我割五行，我拼命地挥舞镰刀往前赶，但仍然被越落越远。腰痛得实在难以忍受了，我只好直直腰，喘口气，手心也被镰把磨出血泡。我割着割着，竟然觉得越来越省力，很快赶上了父亲。这时，我陡然发现，实际上我只割了三行，那几行父亲早已替我割了。这时娘起身从地头苇笠盖着的铁桶里盛来半瓢绿豆汤，还用衣袖擦了擦我脸上的汗和尘土。"来喘口气，喝口水，长时间不干手生。"我仰起脖子咕咚咕咚连灌几口，娘笑着劝我："慢点儿，慢一点儿。"那缕甘醇直沁心底，让我神清气爽。不几天工夫，各家各户大小不一的麦秸垛，你挨我、我挤你，犹如满锅的馒头，排列在了场院和地头。

后来，每年麦收季节，我们单位就用大客车拉着大家到省农科院的麦田里割小麦，每人发一把镰刀、一顶草帽，割一会儿还让大家擦擦汗、直直腰。领导告诉我们：就是让你们年轻人体验一下割麦的辛苦，明白一粥一餐来之不易的道理。

进入新世纪，小麦收割机逐步普及，连我家乡的山地也用上收割机了，不仅价钱适中，活还干得利索妥帖，省心、省力、省时。乡亲们不用像过去那样手拿镰刀弯腰弓背割小麦了。收割机在地里来回穿梭几趟，轻轻松松就把大片麦子收割完成，麦粒自动装入布袋，麦秸秆直接粉碎在田地里，有的还能同步播种上秋季作物。

"夜来南风起，小麦覆陇黄。"有了新小麦，娘就会给我们包水饺，还会蒸馒头、擀面条、烙锅贴，那饭真是越嚼越香、越品越美，那纯正香甜的滋味一直萦绕在我心头，至今回味无穷。

原载《人民日报》2019 年 5 月 8 日

山东印象

中国版图上纵卧的太行山隔出两个省：山东和山西。两省的人都喜欢夸赞自己的家乡。山西人唱《人说山西好风光》，山东人更直爽，直接夸《谁不说俺家乡好》。

一方水土养一方人，好山好水养育和成就山东人。壁立千仞的泰山给了山东伟岸的身躯，容纳百川的大海给予山东博大的胸怀，百弯千曲的黄河赋予山东顽强的品格，古老悠久的历史孕育山东的厚重与沧桑，山东伴随五千年中华文明精彩、闪耀、超越……

印象一："俺家乡也就一山一水一圣人"

山东古为齐鲁之邦，地处黄河下游，东临大海，西为华北平原，南邻鱼米之乡，北接燕赵大地，拱卫京畿，地理位置十分重要。

山东的确是块宝地，物华天宝，锦绣壮美，男女老少都能如数家珍。据说，过去曾有两举子在京会考，两人争夸自己的家乡好。江南举子夸："俺家乡是千山千水千才子。"山东的举子沉思半天则说："俺家乡也就一山一水一圣人。"

"一山"：即历代皇帝叩拜封禅的泰山，受命于天。《诗经》曰："泰山岩岩，鲁邦所詹。"汉武帝登泰山封禅，感叹泰山："高矣！极矣！大矣！特矣！壮矣！赫矣！骇矣！"民间称泰山为"国山"，"泰山安则四海安，泰山稳则四海稳"，自古泰山就是国泰民安的象征。

"一水"：即趵突泉，济南素有"泉水甲天下"美誉，趵突泉"水涌若轮"，被誉为"天下第一泉"，是省会济南清澈闪亮的眼睛。亦有黄河之说、大海之说，但都不够独特。

"一圣人"：即孔子，弟子三千，"半部《论语》治天下"。孔府大门上有清朝大学士纪晓岚写的一副对联："与国咸休安富尊荣公府第；同天并老文章道德圣人家。"上联的"富"上边无点，意寓"富贵"不封顶；下联的"章"字出头，意为文章通天传千古。

历朝历代的皇帝大都往山东跑，不是祭泰山，就是拜圣人。故山东境内关于皇帝的故事、传说很多。你可以在故都遗址上寻觅齐桓公九合诸侯的霸气，在"弟子读书，孔子弦歌鼓琴"的杏坛旁感悟儒家精神的智慧。

山东中部为隆起的山地，东部和南部为起伏的丘陵，北部和西北部为平坦的黄河冲积平原，环抱着渤海湾，海岸线长，气候温和，四季分明，物产丰富，风光秀美。《史记》记载："山东多鱼、盐、漆、丝、声色……"地下有煤、有油、有黄金，地上盛产庄稼、蔬菜和水果，黄海、渤海鱼虾种类繁多，自给自足，餐桌丰盛，不愁吃不愁穿，日子过得舒坦。怪不得郑板桥早就为山东农产品代言，"烟台苹果莱阳梨，赶不上潍坊萝卜皮"。

印象二："山东人比较上最有做中国标准人的资格"

文明的源头璀璨深邃，跨越时空，照耀心灵。山东既有农耕文明的纯粹与厚重，又有海洋文明的开放与包容。

四五十万年前，"沂源人"就在这里直立行走；山东的文明史可以上溯到五千年前，这片土地很早就点燃文明的火苗，土著民族东夷族成为华夏族的一个源头。在山东发现中国最早的文字"大汶口陶文"和丁公村"龙山陶书"，发掘出中国最早的城邦"城子崖龙山古城"，拥有中国最古老的长城——齐长城。到大汶口文化繁荣阶段，就初步形成男耕女织的自然经济状态。某个不起眼的小山村，说不定就曾是某个诸侯国的国都。

自古英雄辈出、人才济济，是儒家文化发祥地，也是兵圣孙武的故乡，"文武双全"。圣贤智者群星灿烂，英雄豪杰层出不穷，孔子、孟子、墨子、曾子、孙子、管子，范蠡、鲁班、诸葛亮、戚继光、王羲之、李清照、辛弃疾、蒲松龄，文圣、武圣、书圣、算圣、商圣、孝圣、棋圣等巨匠耀眼夺目，都是齐鲁文化的杰出代表、中华民族的骄傲，光耀千古。可谓"百年圣贤几登临，天下名士看山东"。

德国学者雅斯贝尔斯说的"轴心时代"，孔子同苏格拉底、释迦牟尼齐肩，若恒星照亮着人类文明的天空。

山东出有血有肉、有情有义、敢爱敢恨的好汉，又出王侯将相和文人墨客。梁实秋说："一般山东人的特性是外表倔强豪迈，内心敦厚温和。"这里拥有世界历史上第一所官方举办、私家主持的高等学府——稷下学宫。

国学大师钱穆在《中国历史精神》一书中说："若把代表中国正统文化的，譬之于西方的希腊般，则在中国首先要推山东人。自古迄今，山东人比较上最有做中国标准人的资格。"山东孕育人文情愫，涵养人性温度，人才辈出。2009 年，中宣部、组织部、统战部、解放军总政治部等 10 多个部门联合组织开展评选"100 位为新中国成立做出突出贡献的英雄模范人物和 100 位新中国成立以来感动中国人物"，29 名山东人入选"双百"候选人，最终有 19 人荣膺"双百"人物，其中于化虎、马立训、王尽美、任常伦、张自忠、杨子荣、明德英、赵登禹等 8 位入选"百位英雄模范人物"，孔繁森、王杰、王乐义、许振超、宋鱼水、张海迪、时传祥、李素芝、李登海、焦裕禄、韩素云等 11 人入选"百位感动中国人物"，数量约占全国十分之一。2018 年，党中央颁授 100 名改革先锋奖章，其中山东籍和在山东工作的王伯祥、孔繁森、许振超、李雪健、张瑞敏、韦昌进、周明金和倪润峰等 8 位受表彰。这些山东人是纯粹的种子，是高尚的镜子，净化人们的内心和灵魂，犹如夜空中一颗颗璀璨的星辰，彰显无上荣耀和时代光芒。

醉眠共被的李白、杜甫在济南饮酒、赋诗，"诗圣"杜甫感叹"岱宗夫如何？齐鲁青未了"，"海右此亭古，济南名士多"。人们想起孟子那句"孔子登东山而小鲁，登泰山而小天下"，感觉不登蒙山、泰山，就留下遗憾，就感悟不到圣人的人生境界。

山东人，省内一个亿，省外、境外还有一个亿。世世代代的山东人才星罗棋布，比比皆是，无以言尽。我们到庙宇首先会看到大门左右两侧各一尊"门神"，左武门神，右文门神。武门神即济南人秦琼。在李渊父子推翻隋炀帝的战争中，好汉秦琼立下汗马功劳。忠、孝、义、勇、信，涵盖了秦琼的一生。唐朝建立后，他被封为"护国公"。百姓尊其忠义，将他和山西朔州的尉迟恭奉为门神，祈求驱鬼避邪、国泰民安。

在浩渺如烟的历史长河中，人人都是历史瞬间。无数闪烁的瞬间，齐心照亮人类文明的天空。

印象三："诚信仗义是奔腾在血液里的遗传基因"

农耕与礼治，孕育崇尚伦理道德的儒家文化。"对国家忠，对父母孝，对朋友诚"，这三根柱石，支起山东人"吾日三省吾身"的镜子，复活诚信本土化、平民化、生活化样本。在权威媒体公布的中国诚信指数中山东一直位居前列。

诚信是心灵最圣洁的鲜花，是中华民族自古推崇的传统美德。诚信既是山东金光闪闪的品牌，更是山东人的基因密码和"第二本身份证"。诚实、忠信、尚义、节俭、好客、粗犷、豪放等美德融合在一起，塑造正统、地道的山东人，头戴礼仪之邦的桂冠。山东人本性忠厚老实，不善言辞，不擅心计，关键时刻能担当、顶事。有人说："山东人乃中华民族的'长子'。"

《论语》屡屡谈及诚信问题。孔子从"文、行、忠、信"四方面教育学生，诚信占半壁江山。子曰："人而无信，不知其可也。"子夏曰："与朋友交，言而有信。"与知己朋友同生死共患难，两肋插刀。春秋时期"管鲍之交"、伯牙子期泰山之阴"高山流水遇知音"的故事流芳千古。

山东人是最正统的中国人，对革命的忠诚与奉献更是有口皆碑。抗日战争最艰难的岁月，沂蒙红嫂明德英危急时刻乳汁救伤员；沂蒙母亲王换于和儿媳张淑贞，冒着生命危险，抚养四十多名八路军后代，自家四个孩子却因营养不良夭折。这真是超越时空、感天动地的大爱情怀！

山东的精神气质和深厚的文化积淀，持续不断地向文明根脉输送诚信营养，心灵原野开放着芳香的花朵，孕育出诚信的累累果实。

诚信仗义的品格，锻造着时尚的山东品牌，成为纵横天下的无形资产。有史学界的专家说：诚信仗义是奔腾在山东人血液里的遗传基因，堪称价值连城的传家宝。

"不义而富且贵，于我如浮云"，"君子爱财，取之有道"，造就了诚实守信、厚道担责、鄙视见利忘义、敢于公平竞争的鲁商群体。海尔砸活诚信这笔无形资产。世界驰名品牌海尔，前身是青岛电冰箱总厂，1985 年，刚任厂长的张瑞敏发现冰箱有质量问题，抡起大锤砸下第一锤，砸得职工痛流眼泪。张瑞敏告诉大家，有缺陷有瑕疵的产品是废品，质量和诚信才是金字招牌。

说话办事凭天地良心。山东乡间一直流行"好借好还、再借不难"和"受人之助、感恩回报"的淳厚风尚，对人对事豁达洒脱，不小肚鸡肠，不要小心眼。困难时期，邻居、对门互相借粮食，接济生活。没钱可以像买鸡雏一样先赊着，最终多数人借少还多，甚至"借驴还马"。家里来亲戚客人，即使家境贫寒，宁愿自己饿肚子，砸锅卖铁也得让客人酒足饭饱。高山流水觅知音，肝脑涂地为知己。话语落地砸个坑，生命藤蔓上不开谎花。我是土生土长的山东人，地地道道的沂蒙山人，传统思想观念比较重，外出工作四十多年，乡情不变，乡音不改，心无旁骛，工作单位也能从一而终。

山东交通学院率先在无影山校区建起"诚信驿站"。倡导：你尊重我，我必须自尊；你信任我，我不能失信。"五角钱的本子和几块钱的笔，以小见大，折射出心灵纯度和亮度。"诚信用餐、诚信自行车、诚信水站、诚信报摊、诚信剧场、诚信考试……汇成"诚信山东"的洪流。

精诚所至，金石为开。

印象四："山东的棋下活了，全国的棋也就活了"

凝望中国版图，山东位于中国心口窝。近代以来，山东的命运更是和国家命运紧密相连，一度沉沦于被瓜分和侵略奴役的命运。刘公岛甲午海战以惨败告终，清政府吞下这一粒苦涩的药丸。当然，这也成为中国近代由惰性自满走向民族觉醒的重要转折点……

凡是来过山东青岛的人，大都与"五四广场"上火炬形状的红色雕塑"五月的风"谋过面。1919年爆发的伟大的反帝爱国运动——五四运动，导火索是青岛的主权问题。这尊雕塑是一缕螺旋上升的红色的风，代表着百年青岛对历史和民族荣辱兴衰的追忆。

此后，山东新文化运动蓬勃兴起，马克思主义得以传播。王尽美、邓恩铭作为济南共产党早期组织的代表参加中共"一大"。雷神庙战斗打响胶东抗日第一枪，徂徕山起义拉开山东党组织独立自主参加抗战的序幕。1938年年底，山东各地的抗日起义武装组成八路军山东纵队，与次年入鲁的115师，齐力开辟山东根据地，坚持敌后游击战争。血战台儿庄，海阳地雷战，铁道游击队，沂蒙"红嫂"群体，可谓惊天地、泣鬼神。在抗日战争最艰难的时期，沂蒙山区沭水县板泉区渊子崖村（现属莒南县），抗日群众用大刀、长矛和土炮浴血抗击近千名日伪军的进攻，村民壮烈牺牲147名，毙伤日伪军112名。南方"三元里抗英"，北方"渊子崖抗日"，这两个故事早已镌刻进中华民族抵御外敌侵略的英雄史诗。

毛泽东评价山东抗日根据地："山东的棋下活了，全国的棋也就活了"，"北占东北，南下长江，都主要依靠山东"。解放战争时期，在山东境内发生的莱芜战役、孟良崮战役、济南战役等大战、恶战，解放军越打兵员越多，越打地盘越大。解放区开展轰轰烈烈、开天辟地的土地改革，翻身农民自觉参军、参战和支前，形成淹灭蒋家王朝的洪流。战争的胜利，是角力党心军心民心的结果。

是的，山东人的忠是大忠，是敢于为国舍命、为民舍命的忠。新中国成立前，在抗日战争时期，山东有30多万人参加了八路军；解放战争期间，山东有1100万人（次）支前，近100万人参加了人民解放军；山东在册烈士22万多名。山东还有10多万名将士、干部北上、南下。近几年，省里建设"山东老战士纪念广场"，已经登记镌刻7万余名山东籍普通老战士的名字。每个名字都闪耀一份荣耀，都凝聚一个家族，都是活生生的一部史书！

山东人赤胆忠心，日月可鉴，基因代代传承。1977年恢复高考，各省自行命题，山东的作文是《难忘的一天》。多数学子饱含深情地写了1976年9月9日毛主席逝世这一天的见闻与感受，表达了对党、对毛主席的深厚感情。山东小伙子身体棒、体格壮，是"当兵的好材料"。部队喜欢山东兵。山东一直是兵员大省，每年向部队输送的兵员约占全国的8%。青年人看重事业和功名。看看山东年年蹿高的高考分数线，就知道山东的孩子和家长是如何拼命了。谁家孩子有出息、有成就，就哼起小曲、心头就抹蜜，否则就抬不起头，好像全世界的人都盯着他的家庭一样。

无论是革命、建设，还是改革开放新时期，国家有难，山东人一马当先，冲锋在前。"非典"那年，为"让患者身上流淌着共产党员的鲜血"，血库立刻盈满，纷纷签字等待召唤。2020年新冠肺炎疫情初期，山东又全力驰援武汉。山东的医疗器械和蔬菜、大蒜、苹果、大米、土豆、挂面、煎饼、杂粮等源源不断运往湖北抗疫一线。这种"无死角"式的援助被网友赞为"搬家式"驰援。

山东人走南闯北，留下好口碑。到祖国各地，尤其是东北、南方的几个省份，经常有人自豪地说："我祖上山东!"

印象五："齐一变，至于鲁；鲁一变，至于道"

以山东人为主的"闯关东"，是中国近代史上重大的人口迁移。两个世纪前，齐鲁大地上的农民推车、挑担、乘筏，用自己的双腿和双手开拓了充满艰辛与血泪的"闯关东"之路，说到底，这是被穷"逼"的。有人测算过，从清代到新中国成立前，前往东北的山东人约2000万以上。也可以说，东北大开发，山东人立下汗马功劳。乡愁万里，根系一脉。

国运和山东命运紧密相连。近代以前，以农为主，山东曾设置107个州县。代表性的城市分布在两条交通线上：南北走向经济大动脉的大运河沿岸的济宁、临清、德州等，东西走向沿鲁中北麓的济南、周村、博山和潍县等。直到十九世纪中晚期，随着海上交通的发展，大运河航运功能衰落，沿岸城市日趋衰落，山东半岛沿岸兴起了烟台和青岛两个海港城市。胶济铁路通车后，打破了自给自足的自然经济，刺激了商品输出。济南、博山、潍县相继成为贸易中心，并通过烟台、上海、天津等通商口岸，与国内外市场联系。新中国成立后，山东坚守农业大省的传统和优势，在很长一段时间内城市化水平发展缓慢。脚踏古老传奇的土地，追寻"五侯争霸""战国七雄"时的雄风，难免产生大省尴尬。改革开放以来，山东凭借改革开放优势、沿海区位优势和率先发展的高速公路，城市化沿着海岸线和胶济铁路依次展开，青岛、烟台、威海和淄博、潍坊、济南，形成新"T"字形发展态势，青岛、济南、烟台三座城市正"三核"驱动。

新中国成立后，山东一直给国家长脸，伴随共和国精彩。"愚公移山，改造中国，厉家寨是一个好例"，1955年至1957年，毛泽东主席三次亲笔批示，肯定推广莒南县厉家寨、王家坊前、高家柳沟三个村的典型经验，指导新中国成立初期的农业、农村工作。改革开放，像一把神奇的钥匙，开启山东由农业大省跨入经济大省的伟大征程，激活山东大地沉睡的发展潜能，创造诸多奇迹，树起诸多农业、工业改革的样板。

近些年，相伴奋起的沿海省份已渐行渐远，追兵越来越近。新时代，新机遇，责任重大，形势逼人，山东人聚焦"走在前列、全面开创"的目标定位，红着脸承认差距，从沂蒙山到鲁北平原，从东海岸到大明湖畔，真的睡不着、坐不住、等不起。当然有困惑、有烦恼，有反思中的醒悟，更有自信、底气、勇气与希望！

《论语》中有这么一句话："齐一变，至于鲁；鲁一变，至于道。"千变万变，量变到质变。《易传》曰："天行健，君子以自强不息。"山东大地有高有低，山东人能屈能伸。大大咧咧、风风火火的山东人头拱地爬坡迈坎，"腾笼换鸟"，"凤凰涅槃"。

没有比人更高的山，没有比脚更长的路。这两年，山东痛定思痛，聚力高质量发展，吮吸八方新鲜空气，奋勇攀登"泰山十八盘"。量的积累、质的转变，"由大到强"的历史性跨越，恰如硕大的花蕾憋着劲绽放，光彩夺目，芳香四溢。

有次我和朋友聊天，他突然问我："假如春秋战国时代，齐国灭了秦国，中国历史该如何？""假如齐文化兴盛，山东会如何？"我说："历史没有回头路，也没有假设！"山东的文化与性格是把双刃剑，喜忧参半，何为管用的"方剂"呢？唯文化这把金钥匙，能打通蜕变崛起的命穴！

2017年秋，我因公出差深圳，站在莲花山深情凝望邓小平阔步向前的雕像。伟人睿智坚定的目光，曾专程校正过山东改革开放的航标！

印象六："有朋自远方来，不亦乐乎"

山东人忠厚诚信、勤劳智慧、勇敢朴实的品格和浓郁的民风民俗，形成豪爽直率的行事风格。

山东可看的地方多。古城人家、小镇人家、山中人家、海岛人家、运河人家、黄河人家，泉城大明湖，青岛栈桥，烟台山的灯塔，国色天香的牡丹，满天鸢飞的风筝，"狐妖花仙"的传说，戴石头帽子的"峾"……只要你进入山东，游览于山水名胜之间，处处有古迹和美妙的景物，随时能嗅到历史的余香和乡土气息。

山东菜，是中国四大菜系之一。历史悠久，鲜咸脆嫩，风味独特，享誉海内外。其中尤以"爆、炒、烧、塌"等最有特色。品尝"鲁菜"，结识热情豪爽的山东人。每个地方都有自己的招牌菜，集市、庙会上随处可品尝到正宗的地方小吃。"煎饼卷大葱"是山东代表性的吃法。喝酒、蘸酱、吃大葱、啃煎饼，这与山东人豪爽淳朴的性格相投。山东是农业大省，在物资相对匮乏的时代，人们外出劳作都随身带着一沓煎饼，饿的时候拿出来嚼几张充饥。

在山东"无鱼不成宴，无酒不成席"。几千年的岁月更迭，沧海桑田，刀光剑影，酒是忠实陪伴者。贾思勰早在《齐民要术》中就概括了酿酒技术。王羲之、李清照、辛弃疾以及客居山东的李白、杜甫、苏轼等，都因酒激发出万丈豪情。武松景阳冈下喝酒揍死老虎，连喝十八碗不倒，成为百姓心目中最英雄、最精彩的喝酒故事。"杯中乾坤大，壶里日月长"，山东人豪爽大气，不是酒量最大的，不是喝酒最快的，也不是最猛的，但喝酒的规则、倔强和"劝酒"的套路，足以让你记一辈子。

当然，如今山东人的"热情好客"更体现在文化上，文化大餐正在加温，精神大餐更是指日可待。

山东正以开放包容的姿态喜迎八方来客、广纳天下英才。乡风淳朴，尊老敬贤，待人热忱，涵养家的温暖。在外省工作的人，大都喜欢回山东养老。李白在山东待客，"但使主人能醉客，不知何处是他乡"。他在济宁住过二十多年，留下一座太白楼和诗歌高峰。

泰山之巅，拨散浮云，遥望一个新时代的新山东正拔地而起。"胜日寻芳泗水滨，无边光景一时新。等闲识得东风面，万紫千红总是春。"还是孔圣人那句老话："有朋自远方来，不亦乐乎。"

我们坚信："好客山东"，品行天下！

原载《大众日报》2020 年 4 月 19 日

桃花源里可耕田

　　《桃花源记》是东晋陶渊明所著千古传颂的美文。陶渊明笔下的桃花源是没有租税、没有压迫、人人平等、人人安居乐业、彼此和睦相处的"世外桃源"。尤其那远离贫穷与忧愁、战争与伤害的社会氛围，那宁静和谐、天人合一的人居环境，那"采菊东篱下，悠然见南山"的恬适情境和生活方式，那芳草鲜美、落英缤纷的景色，那悠然自得的生活状态和对人生放达豁然的生活态度，千百年来始终被人津津乐道，令人向往。当然，与外面世界隔断、脱离社会现实的想法不妥，但追求安宁幸福生活的愿望没有错。

　　1959 年，毛泽东在《七律·登庐山》吟诵社会主义建设事业豪迈之情时写道："陶令不知何处去，桃花源里可耕田？"

　　2021 年 3 月 27 日（星期六）午饭后，儿子开车带我们全家直奔"高颜值"的沂源桃花岛，刚下高速，就望见山东财经大学乡村振兴学院和万亩优质桃示范园的宣传牌，杏花正盛，漫山遍野的桃花正含苞待放，龙子湖畔正在举办"齐鲁论语研读 101 次公益活动"，台下是本地村民和参加活动的学子。谁曾料想，在大都市里司空见惯的博物馆、艺术馆、文学馆被搬到了乡亲们的房前屋后田间地头。这是不切实际的纯艺术行为，还是文化振兴的大胆尝试？如果翻翻沂源的历史，就能找到一种必然。"沂源猿人"化石是 1981 年下半年，在沂源县骑子鞍山东麓的一个石灰岩裂隙中出土的，形态特征与北京猿人相似，首次揭开山东省所在区域新石器时代人类生活的神秘面纱，闪烁着东夷文化的光芒。沂源平均海拔 401 米，是山东省平均海拔最高的县，被誉为山东屋脊。"因系沂水之发源地，故名沂源。"沂源县鲁村镇南端龙子峪村山前那股涓涓溪流，就是纵穿沂蒙山区南北、临沂母亲河——沂河的源头，承载着丰润的文化内涵。沂河由此顺流而下，沿岸有鲁山溶洞群、"沂源猿人"头骨化石、大贤山织女洞、东安故城、北寨汉画像墓、阳都故城、金雀山银雀山汉墓群、郯国故城等古迹，自江苏入海。

沂源县是典型的山区农业县。山连山，沟壑纵横，土地瘠薄，长期以来，"棒槌麦子，穷一辈子"。历经几十年，农业产业结构已由单纯种庄稼转向抓林果业，当下转向生态林果、特色农业。沂河源田园综合体覆盖刘家庄村、姬家峪村、刘家坡村、鹿角山村、北徐家庄村、西徐家庄村、龙子峪村等七个村，正在建设高标准农田，已经重点打造了龙子峪村和刘家坡村。

"我一生忙于城市建筑，一定要留一件作品给中国的农民。" 2017 年 6 月 6 日，法国世界建筑设计大师、我国国家大剧院设计者保罗·安德鲁与北京东方君公益基金会董方军先生签订合作协议，共同打造"艺术振兴乡村"项目，在当地政府支持下，靠艺术和文化活化乡村。日本设计师安藤忠雄、宫岛达男、北川富朗等世界级大师亲笔勾勒，本地农民和匠人勤劳巧妙地垒砌，遍地的石头复活了记忆。就连昔日的牛圈，也摇身变成游客流连忘返的"陌上花开"景点。

早饭后，董方军带我们去龙子峪村东南感受正在按规划打造的"哲学小道"，偏僻山村的农民兄弟正走出"问今是何世，乃不知有汉，无论魏晋"的封闭与愚钝，活出清醒与明白。这是一条蜿蜒在山峪之间的小路，一切都顺其自然，路两旁是零散的农田、树林和祖坟，不久将建起观天台和"墨"两座地标性建筑，凭吊远古，倾听天籁，无穷的忧虑、哲思与灵感伸展进沂河源头静谧的丛林和欢唱的溪流中，顿悟人生的真谛：生活重复且单调，内心却有万般宠爱的期待与色彩，人生起点也是终点，因热爱而灿烂。

在这个世界上，如果有鞋穿，没人愿意光着脚。

正值仲春时节，花果山艺术区、孔雀谷、梅花山谷景点在热火朝天地建设。村民们从拒绝、观望到接受，然后积极热情参与，经历了几年的磨合与领悟。每一块石头，每一道墙，每一座房子，都传递老人与孩子的欢声笑语，袅袅炊烟飘浮着图腾与希冀。

远远望去，梯田在山岭丘壑间绵延起伏，蜿蜒山路两旁的树木恰若五线谱波动的音符，田间到处是正在挖坑移栽梅花、樱花、海棠的村民，沉睡多年的镐和锨开始弹奏轻快悠扬的田园牧歌。晶莹剔透的春雨正与漫山遍野的桃树对白，讨论何时盛开、绽放桃花盛宴？我和妻子、儿子、儿媳、小孙女全家在桃花岛上挖坑、移栽下梅花，还坐在红梅峭岩上迎着山风小憩，翻阅散发缕缕墨香的书籍，恣意体验历代文人墨客崇尚的耕读生活。

董方军当年为了跳出这山峪、落下北京户口拼命读书，当商海拼搏成就人生后，故乡的山峦、溪流和遍地的石墙、石屋、石街、石垛震撼着他的心灵，文化因子的坍塌废弃和流失，焦灼的故乡情结立刻激发了他救活乡村的梦想。他分明是一团熊熊的烈火，燃烧着自己，送给沂蒙大地一束亮光，传递给更多乡亲生活的温度。

眼下，他十二岁的儿子都萌生了把户口转回龙子峪的想法。

进村的路口正在搭建"龙门"，村头的"土地庙"保存完整，街巷全是石板路，弱电下地，雨污分流，街巷口的公共厕所也承包给了农户管理，许多农家办起了民宿。夜晚的龙子峪村灯火和星光交汇，远处"绿水青山就是金山银山""推动乡村振兴，打造齐鲁样板"的灯光字清晰夺目。白天我执意去村里走访，妻子帮我去敲门。因还没到午饭时间，家家闭门锁户，只有门前的花草迎接远方的来客。孩子去了学校，年轻人外出打工创业，六十岁左右的老人都去山峪挖坑栽树去了，一天至少能挣上百元。没拜访到有劳动能力的农民，虽说有些遗憾，但村民们有活干、有钱挣、各得其所、日子过得红火，更令人欣慰。我拜访了一位九十四岁的老大娘和一位八十八岁的老大爷，他们说："地入了合作社，不用自己种了，也种不动了。"说这话时，他脸上绽着笑容，心中盈满开心和满足。现代都市的时尚与舒适，分明已镶嵌进这世外桃源般的田园风光和百姓生活。眼下，梅花谷二十万株规模的生态林已基本移植完成。董方军笃定动情地说："碧水蓝天，山清水秀，田园风光，幸福生活，这是历代人的梦想，是我们这代人的责任，也是我们应当留给后人的家业。除了成功，我们无路可走！"

我们去董方军的老宅子家访品茶。茶室是在原来盖草垛的地方改造而成的阳光屋。一碗水还没喝完，已得知他回家的邻居，送来了一竹筐箩用盐粒炒的花生米和一包刚从老杨树上摘下的杨树花。我品尝那炒花生米时，还烫手呢。烫手的是花生米，暖心的是邻里乡情。

我们返程时，不到四岁的小孙女，刚上车就迫不及待地喊着："我还来！我还来！"

选自长篇纪实文学《沂蒙壮歌》

家乡茶的清香

百姓开门"七件事",柴米油盐酱醋茶。迎一缕山风,煮一壶热茶,仔细品一口,是多么惬意。

我的故乡山东沂蒙山区,乡亲们有早晨喝茶的习惯,尤其上了年纪的人。"寒夜客来茶当酒,竹炉汤沸火初红。"茶水融合着亲情友情,待客敬茶成为沂蒙山区乡村人家的礼仪风尚。

原来乡下生活条件差,我记得早年间,乡亲们喝大碗茶,后来兴起搪瓷茶缸,有的直接放到火炉上烧。麦收时节,有的用做饭的铁锅煮茶水,盛进木筲或铁桶担到地头上。后来条件好了,喝茶也讲究起来,好多人家用上当年比较时尚的"快壶"烧水泡茶。

快壶,是沂蒙山区农村的一种烧水工具,如今基本见不到了。它全身都是铝皮做的。底部三条腿,壶的主体是圆柱形,中间竖着上细下粗的圆锥形内胆,也是烟筒。外层铝皮与烟筒之间能盛一两瓢水,盖上铝皮盖,既卫生又保温。壶的一边是壶嘴,另一边是壶把。可用木柴、树根、树枝或庄稼秸秆做燃料,点上火从上而下放进烟筒,一会儿就能听到水的响声和沸腾声。水烧开后，先倒掉壶嘴里不开的那截水，再倒入暖瓶，然后冲进放好茶叶的茶壶，闷上几分钟，就能倒出茶香扑鼻的茶水。

记得有一年"五一"假期，我和妻儿回到沂蒙山区的老家厉家泉村。天刚蒙蒙亮，院子里大公鸡的啼鸣声、呱嗒呱嗒的风箱声和快壶里木柴燃烧的噼里啪啦声，就把我吵醒了。我赶忙起床，只见爷爷正坐在木墩子上，用斧头劈一根老槐木往快壶里填，要烧水泡茶喝。父亲刚担回两桶清冽的泉水，在洗刷茶壶和茶碗。母亲则在忙着做早饭。

"这是咱村炒的新茶，咱尝尝吧。"父亲递给我一包用粗糙的牛皮纸包着的茶叶，我小心翼翼地打开，一股淡淡的茶香扑面而来。我按长辈示范的规矩，开始往茶壶里放茶叶、倒开水。待茶叶在茶壶里闷了几分钟，把最先倒出的半碗茶水重新倒回茶壶里，轻轻晃了晃，然后用蜻蜓点水的方式先"点一下"，再抬高茶壶倒茶水，漫过半茶碗就好。那茶水黄绿明亮，清香诱人，我用双手把第一碗端给正在得意地看我倒茶的爷爷。爷爷捋了捋胡须，高兴地喝了一口，烫得一激灵。我被吓了一跳，爷爷仍然直夸："好茶，好喝。"然后我依次给全家人每人倒了一碗茶。习惯"粗茶淡饭"的人家，小院里立刻茶香萦绕，欢声笑语。这一壶热茶，把这个山村的早晨泡得暖意融融。

我们村东、北、西三面有山，尤其东侧的南北山云雾缭绕，这里的气候、土壤等自然条件适合茶生长。这些年，人们生活品位提高，喝茶越来越讲究。种茶、卖茶叶成为我们村父老乡亲的重要营生。村四周全是郁郁葱葱、生机勃勃的茶园，迈出家门就能看到翠绿养眼的茶树丛。清明时节，光滑油润的茶芽在春风春雨中摇曳。茶芽尖上，晶莹的水珠闪动着一丝微亮的光芒。

　　无论回到故乡还是身在外地，不管是忙于工作还是闲读写作，我养成每天都喝一杯地道家乡茶的习惯。每天清晨，迎着第一缕阳光，煮一壶故乡的茶。沸腾的茶水如云雾翻滚，那味道满室飘散，清甜醇香。茶水入口的瞬间，顿感与故乡血脉相通、根脉相连，身心一时澄澈清明起来。

　　故乡，让我念念不忘的，何止是这一壶热茶呀！

原载《人民日报》2022 年 5 月 25 日

辑三

国 · 天地和同

地气重凝

　　每天，我们第一件事往往是关注天气，也经常问别人"今天天气怎么样"，很少有谁问"地气怎么样"。

　　立天地间，天气有阴有晴，看得见、触得着，地气却不然。记忆最深的就是小时候跟伙伴们满地追逐、摔跤、捏泥人、弹琉璃球……小伙伴们个个壮得像牛犊，很少生病。有家长说："多亏吃了土，接了地气。"那个年代各家孩子都不少，父母照顾不过来，才让孩子一个个疯跑疯玩。大家也不知因衣服脏了、破了，挨了多少骂。现在的孩子就没那么"幸运"了，想接触点儿泥土或玩玩我们玩过的游戏，已是一种奢望。衣服和手掌稍微有点儿脏，家长就会立马给冲洗干净，有的甚至还要专门消毒。

　　"让孩子接触地气"，现在的年轻家长也很难认同。我的一位同事的孩子经常生病，他只好把孩子的奶奶从乡下接进城，劳其照看。奶奶照看孙子自然会用心尽力，这一点毋庸置疑；可儿媳对老太太还是有些"怨言"。原来，老太太经常带着孙子到楼下的空地玩耍，儿媳对此与老太太产生了分歧。老太太说："让孩子晒晒太阳、吃吃地气，就不生病了。我的几个孩子都是这样带大的。"虽然"孩子见土长得壮""不干不净,吃了没病"这些老话耳熟能详,可老太太说不出科学依据,只得退让作罢。

记得早些年下地劳作,长辈要求我必须先把鞋脱了。"地是通人性的,不能用鞋踏。如果踏了,地就喘不动气,庄稼就不爱长啦。"被耕种过的土地、有人住的地方,才会凝聚地气。地气旺人气,人与自然齐生共荣添灵气。地气伴随春天醒来,让人耳目一新,还会渗入无色无形的空气,让你嗅到、感觉到。她用这些方式告诉我们,她的脚步敏捷而轻盈,她的美丽无处不在。

开春的大地仿佛有一种声音,隐隐约约,丝丝传到耳畔,听不清,道不明。侧耳谛听,隐约的,不是风滑过树梢,也不是管弦丝竹的余音……噢!那分明是地气在涌动!她从遥远的土层深处穿越而来。当布谷鸟的歌声倏然滑过田野上空,冰凌刚刚消融的土地,被地气一熏,身子松软,山冈上立刻"草色遥看近却无"。盛夏时节,悠悠的地气被正午火辣的阳光照射,愈发炎热而强烈,大地被灼烤得升腾起一阵阵、一波波热浪,清晰可见,那正是我们平日看不到的地气!丰稔的秋天,地气被丰收的声音和味道扩散着、揉搓着、浸润着,颗粒归仓。冬天,地气聚敛,谦卑地覆盖住季节的浮躁,偶尔会在避风的山沟、泉旁,幻化为白色的雾气,时隐时现,朦胧而神秘。

眼下城市摊大饼般地膨胀,许多人反而感觉无处安身。从农村走进城市,天天奔走在宽敞平坦的柏油路上,感受不到泥土的珍贵和芳香。在城里生活久了,整天脚踏水泥路,穿梭于高楼大厦,总觉得自己无根无落、越来越轻,好像要飘浮起来一般。城市日益增高的水泥森林、鸣笛穿梭的汽车、雾霾笼罩的味道,渐渐掏空人们的心灵,感到上不着天,下不触地,没了降落、抵达和栖息的地方。许多人由向往城市的繁华，变得抗拒甚至恐惧城市的繁华，转向喜欢鸡鸣狗吠的乡村、雨后清香的泥土、遍地庄稼的田园风光。一句话，那是怀想和留恋大自然的天然和地气的纯正。

地气是日月之精华，是大地母亲呼出的气息。"和也者，天下之达道也。"大地厚重地载着万物，天空任我们思绪驰骋。俗话说："天气下降，地气上腾，天地和同，草木萌动。"今年清明节我回到故乡沂蒙山区那个小山村时，正赶上乡亲们赶着牛、扛着农具下地耕种。我陪老父亲来到自家菜园地，脱掉皮鞋、双脚插进故乡松软潮湿的土地时，一股凉爽的气息瞬间传遍全身，身心被地气抚摸、浸润和包围，顿感缕缕慈爱与温暖，神清气爽。过去听说，长久躺在病床上的老人，需要下床走走，接接地气，才能逐渐康复。地气究竟是什么？记得我爷爷曾说过："开春吸几口新鲜空气，炒盘第一刀韭菜，喝碗新剜的野菜熬的粥，人就气血畅通，就接上地气了。"

说得深些，农具上没有手印，手掌上没起过血泡、磨出过老茧，对粗笨的农具就没感觉、没感情，对农民也不会动情、不会有真情。吃着农家粗茶淡饭，熟知那一长串鲜活而简朴的人和事，才理解土话里深藏的含义，才会打开内心的玄机。脚下粘过多少泥浆，心中积淀多少真情嘛！假若韭菜、麦苗都分不清，地瓜、土豆都不认识，蒲公英、苦菜、荠菜、车前草都叫不出名，就不可能真懂民情和乡事。没有"土气"，也就接不上地气。真心话是从心窝里暖出来的、焐出来的，用心用情才能接收到地气，扛得住风雨。这与每粒种子破土之前，都先憋着劲儿往下扎根、先接通地气是一个理儿。

尊天道，守地理，就是信仰自然规律。我陡然想起一句老话："人活一口气。"这口气肯定就是地气积蓄的元气、涵养的正气。

季节正在翻页，新的生命与梦想又在深厚新鲜的土壤里孕育着嫩芽苞……

原载《人民日报》2014 年 12 月 13 日

村庄的灵光

　　山岭，梯田，山路，小桥，溪水，庄稼，秋草，牛羊，房屋，太阳，月光，炊烟，村民……

　　锣鼓，唢呐，乡戏，嫁妆，高跷，秧歌，对联，窗花，鞋垫，赶牛调，舞龙狮，弯把犁，土地庙……

　　这些村庄里熟悉而亲切的景物，散发出纯正缠绵的自然与文化光泽。悠闲地咀嚼着满口幸福的村庄，让人魂牵梦萦，让你我在不经意间捡拾到唐诗宋词中那婉约清纯、恬静舒适的意境，散发着温暖人心、人性的魅力与灵光。

　　我的故乡，那个小山村，坐落在沂蒙山区东部的岭旁，东、西、北部三面环山。我小时候，村庄四周那茂密的树林，既是树木和牲畜饲料的生长地，又是百鸟和孩子们的天然乐园。村庄的夜幕蓝得透明，点缀着一轮圆缺有时的皓月和一颗颗贼亮的眨眼睛的星星，家家透出昏黄的灯火，飘散出淡淡的酒香和菜香。脚步声、说笑声、吊嗓声、狗吠声、碰杯声、婴儿啼哭声，集体上演温馨优美的村庄协奏曲……

　　田埂蜿蜒缠绵，篱笆斜斜疏疏，草垛圆满敦厚。

记忆中，村头的大槐树下，几位驼背的老人吧嗒着长长的旱烟袋，坐成夕阳下一道道苍凉古老的黑剪影。他们身后是整齐却高矮不等的柴草堆，草堆上面披挂着破旧的蓑衣和苇笠；身旁搁着生锈的犁耙，还带着斑斑点点泥迹的锄头。

在村庄，可以听见清脆的溪流声和播种、收获的歌谣，夜幕时分母亲急切地呼唤孩童声；可以看见吹吹打打的娶亲队伍和悲天恸地的送葬行列，农夫咧着大嘴微笑，眼噙着浑浊的泪花与无奈。

留恋村庄，不是因为我生长在农村，我的亲人都是农民，而是缘于我于此拥有充实欢乐的童年，那个曾经满身泥巴和草屑，在土地上滚爬摸打、学会面对风雨的童年。想起这些，胸口便涌动幸福与感动。大自然和村庄恩赐我很多，我却把村庄贴心暖肺的关怀与眷恋带进了喧嚣的城市。

我坚信，在亘古不变的传统耕作方式面前，任何语言都苍白，任何描述都无力。我的脑海里时常闪现这样一个场景：皮肤黝黑的农夫，佝偻着腰，迎着正在升起的朝阳耕作，步履蹒跚在空旷的山地上。刚刚翻过的黑油油的鲜土上，留下一行沉重的深脚印。

当扁担压得肩膀生痛，当插秧累得腰酸背痛，当因劳作双手磨出血泡时，你往往难以陶醉于陶渊明那脱离尘俗的"采菊东篱下，悠然见南山"的悠闲之境，而对"锄禾日当午，汗滴禾下土。谁知盘中餐，粒粒皆辛苦"等诗句有了真切感受，会觉得繁重的劳动其实不浪漫，细皮嫩肉的手掌在磨砺中长出老茧是痛苦的。我们凝望无垠的田野，领略绿油油的麦浪，观赏海一般辽阔的、金黄的油菜花田，的确能感受到一片诗意，那是自然的力量，是生命的奇迹，也是人类的杰作——经营这份美丽靠的是艰辛的付出。秋收季节，场院上机器在脱粒，山道在运输沉甸甸的丰收，整个村庄都在喜悦地抖动，深夜合奏起甜美的鼾睡声。

土地和家园是乡亲们灵魂的永久住所。站在村头向远处眺望，在沟壑纵横的山套里，住着许多炊烟牵挂的人家。朴实勤劳的乡亲们，在这熟悉的村庄里生长、生活几十年，留下生命神秘的遗传和互为亲人的缘分。土地与农民生死不离，庄稼被一茬茬地播种收割，农民也在一茬茬地轮回。有人站起来，有人倒下，墓地已挤满，不小心便会碰到谁的院墙和饭桌。站在山顶喊一声爷爷、奶奶，山谷里会响起久久的回声。许久以来，农民的生活来源主要靠土地，在这广袤而干瘦的土地上，一辈辈农民过着日出而作、日落而息的传统生活，他们辛劳地耕种，用那执着的精神与沉重的双手，支撑着城市膨胀的、浮华的欲望。

村庄是人类生命的图腾，简陋却具内涵和质感，原始却自然真实，贫苦却纯粹安谧，承载和创造着农业文明史。现代工业文明正在更新农耕文明和传统道德的栅栏，更替田园牧歌式传统生产、生活方式。村庄里的路，有宽，有窄，有牛羊吃草行走的羊肠小路，有拉运庄稼的沙土路，有通向集镇的柏油路，还有许多看不见、摸不着的心路。每天你怎么想，到哪里去，干一件什么事，先迈左脚还是先迈右脚，何时返回……这都是自己的事，尽是安稳富足的平凡生活。

村庄是人生的坐标系。就像卷藏在记忆深处的一幅水墨长卷，一次次被季节摊开，甚至被无数次描摹；就像刻在灵魂深处的经书，一次次被亲情和愿望翻阅和咀嚼。一缕风、一朵云、一滴露，都闪动灵光，蕴含淡然的乡愁。心有千结，情有万缕；唯独乡情人人理不清，代代剪不断。宽厚仁慈的土地，凝结和承载着厚重的历史，即使被踩在脚下，也依然坚韧博爱。这就是土地的秉性和品格。

一个人最幸福、最感人的时刻，就是思故乡、忆村庄和童年的时刻；对于游子来讲，这种想念更真切、更深刻、更难忘。唇齿相依的城乡血肉交融，城市人享受富贵华丽的现代生活，思绪却时常萦绕在农村那难以割舍的精神家园。蓦然回首，发现一棵树、一条狗、一眼井、一座破庙，以及挂不上嘴的逸闻趣事原来都那么珍贵，青山绿水涵养着刻骨的乡愁，拴系着生命的根脉。

乡村情结依然盘扎在我的心坎上，像开春的白杨树蓬勃向上。建筑、服饰、饮食上的传统习俗与泥土血脉相连、气息相通，这些乡村文化符号，放射出生命与命运的灵光。静心俯首这朴素原始的村庄，耳际传来报春鸟轻轻的鸣唱，养心暖人，亲切悠长……

原载《人民日报》2014 年 2 月 12 日

故 乡

————————————

多年来，我一直渴望以《故乡》为题写篇东西，但迟迟没敢落笔。因为这个题目外延太大、内涵太深、负载太重。

历朝历代，关于故乡的绘画、歌曲、电影、戏剧、文学作品不胜枚举。离乡、怀乡，乡愁、乡恋、乡梦，望乡、归乡，等等，让多少焦渴的心灵享受到绵延甘醇的温暖与感动，热泪盈眶，浸湿衣襟。

乡音清晰而悠长，幽深而辽阔，清纯而圣洁，可谓千古绝唱，轻轻吟唱在人类文明的血脉中和游子的心窝里。立足故乡，凝望故乡，感受故乡，身躯与灵魂默默融入故乡的山山水水、草草木木、风声雨声。心灵的琴弦被拨动，灼热的情感展开灵敏而执着的翅膀，犹如决堤的洪水冲出记忆的栅栏，双脚溅飞尘土，泪水盈满双眼。

A：故乡，记载着家庭、村落、
民族英雄而壮美的史册

经查阅字典，"故"包括时间与空间两种维度，当被用作语词的修饰成分，则侧重于经历，如故国、故交、故乡、故地、故居等。在"户籍"的意义上，故乡的指向很明确，不是"祖籍"，就是"出生地"。故乡，是一个饱含深情的词语、一个令人魂牵梦萦的地方。通俗点讲，故乡是我们的祖先出生、恋爱、劳动和葬身的地方，或者是一个人童年、青少年时期居住过的地方。故乡不仅仅是个时间、空间上的概念，而且有着容颜，有着生命年轮和亲历事件的记忆影像，需要时光和岁月作为依据，需要视觉、听觉、嗅觉、感觉的真实凭证，需要大量的真情故事和生活细节支撑……

敬畏土地是人类从远古就开始形成的神秘而古老的情感，它源于对摆脱饥馑和险恶的自然环境的渴望，最终形成图腾与信仰，这也是欧洲游牧民族膜拜古希腊大地之神的原因所在。我们这个在农业文明的浸润中长大的民族，祖祖辈辈崇拜、敬畏"土地神"。对于绝大多数中国人来讲，说起故乡，眼前闪现的是家乡的山水、土地、风俗、人情，什么古街、老屋、家具、炊烟、父母、兄妹、老友、往事、趣闻……难以忘却的是幸福、痛苦、懊恼、充实、空虚、神秘、无奈。一粒种、一块地、一段河、一棵树、一朵花、一杯茶、一缕烟、一顿饭、一句话，甚至一个眼神、一个手势，都会让游子铭记在心，咀嚼一生，时而伤感潸然。也就是这些，让天下游子在异国他乡一旦遇到与记忆中相近、相重叠的人物、景象，便立刻掀动沉睡的记忆，思乡情绪油然而生，甚至揭开已经愈合的心灵伤口，追忆起守护自己童年、见证自己青春的故乡，进而把那故乡情结、故土情怀攀结得更加牢固。

从人类开始用文字记录书写历史开始，故乡就从生产原始、生活简朴和持续创造的荣耀中走出来。没出过远门，没有远离故乡的人，以及远离故乡但情感比较愚钝的人，对故乡这个词会感觉麻木和漠然。故乡这个词，只对走出故乡的游子有意义。那一盏盏昏黄的煤油灯，点亮了多少个无知和蒙昧的夜晚；那一架架吱吱呀呀的老纺车，摇来了多少对生活热辣辣的渴盼和向往；那一条条弯曲而又泥泞的山村小道，承载了多少昼夜不分的艰辛与奔波；那一声声真诚而清晰的惦念与问候，温暖了多少风雨飘摇、孤独无助的时刻……

普通而简陋的村庄更具内涵和质感，古老与年轻同在，贫穷和富裕共存，愚昧与文明交锋，丑陋与美好同台，神灵与凡人对话，石头、泥土、粮食、蔬菜、农具和柴草、房舍都是真实的，举目可见，触手可及。山寨、村庄，都记载着家庭、民族英雄而壮美的史册……故乡给予人们最美好的、一代代传承的品格——诚实、勤劳、善良、宽容，以及尊严、仁爱、快乐、幸福。

怀念和追忆自己的祖先和自己的成长史、奋斗史的人，必定爱自己脚下这片土地，这片记载成长故事和拼搏历史的土地。故乡的山山水水、风风雨雨、草草木木，完整无缺地记载着故乡的社会变化、人事变迁和情感履历。

B：故土情结，是流淌在我们血液和灵魂中的 DNA

古人云，"举头望明月，低头思故乡"，"故乡今夜思千里，霜鬓明朝又一年"。我自豪地说，我的故乡在革命老区沂蒙山。那是从大海浴盆里横空出世的沂蒙山，那是纵数八百里横数八百里的沂蒙山，那是用甘洌乳汁为战争淬火的沂蒙山，那是用独轮车碾碎美式大炮的沂蒙山，那是英雄的土地、英雄辈出的土地，孕育了诸多英雄儿女、英雄传说和英雄史诗。

准确具体地说，我的故乡在沂蒙山区东北部一个相对偏僻的小山村。我在故乡土一把，泥一把，汗一把，水一把，磕磕绊绊地长大。因此，我对故乡有着说不尽、道不完的深厚感情。虽然到城里工作已经近三十个春秋，可故乡的一切依然鲜活，历历在目，令人魂牵梦萦。最令我念念不忘的是童年那段无忧无虑的欢乐时光。春天，桃花、杏花、梨花、刺槐花和各色的野花竞相开放，将沟沟坡坡、岭岭峰峰装扮得花枝招展、姹紫嫣红，我们挎着竹提篮、柳条筐，拿把剜菜刀，跑到田间地头挖山野菜，喂猪，喂牛羊，有时坐在河滩上望白云，盯春燕，吹柳哨；夏天，我们跳进河溪、水库，打水仗，游泳，捉鱼虾；秋天，我们天天欣赏那版画般的田野、庄稼地，一片金黄，一片火红，一片碧绿，有时还偷偷烧生产队的地瓜、花生吃；冬天，我们可以恣意地在雪地里堆雪人，滚雪球，打雪仗……虽然手脸冻得通红，但仍然乐此不疲。

在这块山地上，我们赤身裸体地摸爬滚打，村头巷尾还残留着我们粗犷、放肆的呼喊声、打闹声。我们离开故乡的时候，没有带走一把土、一件农具，只是揣着一摞记忆的相册、账本。当真正想缩短自己与村庄的距离时，才发现其实村庄已经离我们越来越远了。村庄的风物、村里人的风俗习惯和那些显得落后的处事方式，时常让我们寡言少语、缄口难言。故乡既让我们感到亲近，又让我们感到陌生。所有宝贵的东西，都埋藏和囤积在灵魂深处。

一个人假若没有故乡，就像庄稼、树木失去了汲取水分和养料的根须，难以根深叶茂、茁壮成长。正如迦梨陀娑所言：无论黄昏把树的影子拉得多长，它总是和根连在一起。不管你走多远，故乡就是你胸前的徽章，是连接你与母亲生命的脐带，是深刻在你身上的独特胎记。经历了城市的喧嚣和浮躁，心灵渐渐回归、归位的时候，才意识到只有乡村才是最好的心灵栖息地。故土情结，给人依靠和温暖，是流淌在你血液和灵魂中的纯正的 DNA。

城市与乡村、文明与自然、高贵与卑下、崇高与龌龊、失去与获得的分割和对立，会在年复一年的变迁和改变中找到一种微妙的平衡，虽然记忆中的故乡越发模糊、若隐若现，但在回忆与真实之间应该能找到一种调和或折中的途径，那或许应该是一支穿透岁月风尘的暗箭，从被城市文明遗忘的历史边缘呼啸着擦过时代的肩头。无论你在人生道路上遇到什么坎、遭到什么劫，唯一不会把你抛弃的，就是故乡，唯一能够宽容接纳你的，还是故乡。你可以慢慢地欣赏，欣赏村庄的恬淡与安然，欣赏阳光的温暖与热烈，欣赏土地的宁静与泰然，欣赏山峦的庄重与沉稳，欣赏河水的天成与舒缓，欣赏生活的悠闲与自然……

每个人心里，都有一片土地，都有一个知冷知热的故乡。逢年过节，触景生情，随时随地想着她、念着她。可以说，骨头上刻着她，心无时不咬着她。

幸福与荣耀期望与她共享；懊丧与失意也渴望她的庇护和宽容。

C：故乡，是大多数人人生的终极归宿

走在人生旅途中、身心疲惫的人，最难割难舍、最频繁想起的便是故乡，那个曾经生死相依的村庄。我国历代王朝更替，都会有大批难民成群结队外迁，整个家族、整个村子，甚至是整个地区。在中国近代史上，无论是闯关东、走西口，还是下南洋，我坚信每个人在背起行囊远行的时候，总要擦干眼角的泪花，拼命记住故乡的一草一木，因为那是记忆的原点、灵魂的巢穴。很多人有一个愿望，常常会念叨，"等我退休了就回老家"，听听乡音、叙叙乡情、品品乡味。有多少人等来等去，最后回家的只是一个冰冷的、等待入土为安的骨灰盒，留下终生遗憾。

每个人的精神世界中的故乡，都是一个无可替代的坐标系，是其打量和评价这个世界的出发点。不管走多远，无论经历多少荣辱兴衰，故乡都静静地藏在心中，沉默无言，像一个饱经风霜、沉稳成熟的老人，关键时刻会出主意或给予一丝温暖的光亮。

我的故乡沂蒙山区，那是一片贫瘠与肥沃并存的土地，是一片古老而英雄的土地。这片土地沉积着民族太多的苦难，记录了革命老区百姓经历的苦难、辛酸和他们舍生取义、大仁大爱的英雄风范。对于我来说，故乡就是一道深奥而又充满了激情和诱惑

的人生课题，我始终无法透过她的风土人情，去真正读懂藏在其背后的内质，闲暇时又忍不住挖空心思地思考，节假日想方设法回乡下去感悟，去品读。

感受过故乡大地的博大与宽容、古老和沧桑，无疑对故乡大地充满了景仰和敬畏，对养育自己的土地发自内心地留恋和感激，情不自禁地倾诉：我自愿终生成为故乡的一名歌者，普通平常；成为让人怦然心动、静心、净身的故乡的虔诚朝圣者；或者故乡古老而年轻的壮美史诗的忠实见证者和记录员。故乡是一朵暗伏在我生命线上的山杜鹃，这似乎昭示了无论我如何虔诚，都只能顺应流金的岁月，即使没有春天的请柬，我的双足也要踏上故土的脊梁，让梦想在故土扎根萌芽。

我告别生我养我的小村庄三十年，像一只无名小鸟在城市的狭缝里觅食、生存。那被楼群分割得有棱有角的天空，时常让我感到惶恐和迷惑。我曾经两次登上千佛山的山顶，站在济南这座城市高高的额头上，打着眼罩、拉长目光，远眺故乡，分明看见家乡那些堆得高高的柴火、草垛、青石黑瓦，听见黄昏时分大黄狗迎接落日的声声吠叫，怀想总是将一个异乡人瞳孔里的苍茫与孤单放大。初春家乡的夜晚很静，惊蛰之后的虫子们，伴随树木、青草和庄稼的呼吸声、拔节声开始呢喃，山坡、草垛一片黛黑，房顶上升起袅袅青烟，召唤着牛羊归圈的哞叫声和孩童回家吃饭的呼喊声打破了这片寂静。故乡的童年，童年的故乡，故乡的景是那么美丽，故乡的人是那么质朴，故乡的故事是那么古老、动人。这种时空交错的情感清晰可触，历历可数，丝丝刻骨，缕缕铭心。

故乡，像母亲的手掌，虽很温暖，却又很小、很窄。许多子孙最终还是怀揣这份缠绵和抚慰，摆脱这手掌的呵护，走向、滑向更为平阔的地方。这是一种尴尬、一种无奈，更是一种必然……

从哲学价值论角度来看，故乡是人类最初始情感与最深刻理性集合成的一种文化形态，是审视、衡量、规范物化现实的价值尺度、人文理念，是精神家园，是心的起点，是人生的终极归宿……

D：故乡情结，始终存活在灵魂中和 绵绵的文字与记忆里

中国人的"家园意识"：除了沉重的乡愁悲歌和苍凉的历史叹喟之外，还具有和乡土、亲人紧密牵连的乡愁情结。随着社会的转型、城市化的加速和民众观念的裂变，地理与精神双重故乡，最终只能存活在文字与记忆中。农业文明背景下的故乡，要么贫困、凋敝下去，逐渐被人遗忘，要么被钢筋水泥吞噬，成为一种无奈的记忆和文化符号。

村庄无论大小，要真正走遍和深入都很不容易。我们整天在村庄里穿行，好像走遍了角角落落，其实即使你长到头发花白、腰弯驼背，回头一望，真的还有好多地方、好多人家没有去过。村庄太大了，已经存在多少年，繁衍成长了多少代，生长着多少树木、多少庄稼，养过多少鸟、多少牲畜，建起了多少间房子，村中有多少条小路、多少柴草堆……记不住、数不清。村庄又很小，就是巴掌大的一个地方，甚至在地图上连个点都没有。抬一抬腿就到村头了，这不免忽略了许多时光和梦境，省略了许多生死相依的人生章节与段落。

村庄与城市相对应存在。对于农民，村庄给予居住、生存和

生活的必需，而对于都市，它给予一丝温暖与真情。村庄既是一种物质存在，又是一种精神存在。我们可以在村庄中找到农民、房舍、树木、耕牛和鸡羊，同时也能找到农村、农民生存的艰辛、宽容与大度。如果你是流浪者，村庄和家园就是一柄陈旧的黄油布伞，随时为你挡风遮雨，又像一块喷香的烧饼，可以随时为你补充热量、能量。

在繁华的都市，在陌生的街头，偶有熟悉的乡音土语在我的耳畔飘过，我多少次情不自禁地驻足，四处探寻和辨认声音的来源和方向。走进乡村，面对一张张沾满泥土和饱经风雨沧桑的脸庞，会感到非常熟悉和亲切，它们让你想起自己的乡亲和亲人。回忆起村庄的种种，就不再孤单、失意和忧伤。如今许多村庄破败荒凉，还长满杂草。黄昏里，身边响起几声牛哞羊叫，那么低沉、悠长，随着燃起的那缕淡蓝色的炊烟，一起在暮色里无奈、失意地飘荡，泪水不知什么时候湿了我的眼眶。

长辈讲："出门千日好，不如早还家。"在城市生活久了，不知不觉我们把肉体和灵魂交给了城市。城市的路太硬，我们踩不出任何足迹；城市的空间太小，我们吸不到家乡味道的新鲜空气。我们既是城市的软件，又是城市的硬件，天天被更新。人人都想到处复制自己，结果常常被覆盖、被删除，甚至被无情地"格式化"。公正的上苍为每个人的大脑都设置了记忆密码，垒砌了记忆仓库。但记忆的能力千差万别，无论普通人，还是天才，只有共同的经历或者相通的情感逻辑，才能破译记忆的密码，挖掘和获取乡情、亲情的秘方和力量。愈久愈浓烈，愈老愈深沉。

人只有把根深深扎进生你养你的土地，只有把土地的色彩和气息珍埋在心底，故乡的诸多元素才能渗透到血液和骨骼之中，为其吸收，你的生命和人生之树才能枝繁叶茂，持续开花结果……记住故乡的声音和容颜，记得回归故乡的道路，才会生活充实和心灵宁静。

"美不美，故乡水；亲不亲，故乡人。"此中内涵和滋味，离故土越远、越久，体会就越深。科学进步，世事变迁，文化融合，地球正变得越来越小，物质越繁荣、心灵越悬浮，人的知觉却日益拙钝，常感恐慌、不踏实。但内心深处最纯真、最真挚的情感，时常憋出新芽，凝聚成单纯而美好的乡土之恋、乡村关怀。人与人、人与自然的心灵感应越来越被重视、越来越灵验。

E：故乡被毁容，心灵在哭泣

《新周刊》2011 年第 5 期曾载文称："城市化摧枯拉朽，'每个人的故乡都在沦陷'。"

我国是个"村庄大国"，城乡差距很大。改革开放三十多年来，城市吸纳大量农民工进城，实现自身的急剧膨胀，但进城的农民大都不认账、不扎根；农民赖以生存的土地被圈占，许多农村很快被城市化、楼房化，而失地的农民却不能，也没有彻底被城市所"化"。

"故乡"昭示"一方水土一方人"的逻辑。一个人的身世和成长，必定追溯到那片形成其生命特征和精神基因的源头。目前，称"俺是山东人""我是北京人"或者"俺是四川人"，甚至在国际上称"我是中国人"，这大都是指父母所在地、个人出生地、青少年时代的度过地，一般是指户口本和身份证标明的地点，与此相关联的是"房屋""产权""住址""贷款"等信息。

像北京、上海、天津这些特大城市，即便常年久居，"外地人"也不愿意称其为自己的"故乡"。这样的城市大得无边无际，任何人都不可能从整体上把握和介入它们，没人能如数家珍地描述和盘点它们的历史和故事，没人能成为它们名副其实的亲历者和见证人，因而也就没有谁愿意把它们揣在心窝，暖在心中。

我的故乡在沂蒙山区莒南县最东北角的一隅，其实是一个偏僻、安谧，虽不富裕但也谈不上贫穷的小山村，景色自然、纯正、素雅。土地虽然瘠薄，但养活了多少代我的父老乡亲。乡亲们纯洁善良、宽容厚道。因而我写了一篇散文《春天住在我的村庄》，记录下了我的真实感受。村庄的西北部是柴虎山，山上散布着全村人的祖坟，村庄就端坐在山下的岭坡上。去年我回家过春节时，等爬上岭顶，只见原本没有树林的岭顶成了石料加工场，到处是等待加工的石料，还有工人住居的简易房子。据说，这种石料加工会污染环境，在许多经济发展好一些的地方已经被禁止。老板之所以选择了我们村，一是交通方便，二来条件优惠、劳动力便宜。对石料加工过程中产生的污染，可能对地下水和土地造成的污染，虽然大家都在担心和议论，却没有谁去较真、去反抗。从此这个天然纯正的小山村的容貌大变了，被毁容，被金钱和眼前利益毁容了。一个人来到世上没有故乡，是不幸的；有故乡的人，目睹故乡不幸遭到人为的破坏以至面目全非，更是一种不幸的感觉。

纵观人类膜拜土地数千年之后，伴随文艺复兴、宗教改革和蒸汽、电力、信息革命等进程的推进，人类跪着的双腿慢慢地站起来，开始自信地征服世界，包括故乡的土地。然而，笑容还没有完全绽放，又面临一系列新的生存危机与考验……陡然人类才发现自己在大自然面前，是如此自私与渺小。

社会是一个复杂变化的有机复合体，自然会存在先进与落后、富裕与贫穷、文明与原始的差异。向往富裕与文明，是生命的必然。在太平盛世，年轻人更是充满冲动和期望，动不动就挥别乡土。

在我们的国度，在现在的社会环境下，年轻人只要倾其聪明才智，花上十几年时间，就能在繁华的都市建立一个家，挣得一席社会地位。然而，这也注定了他难以再搬回父母住居的家。难怪人愈老，叹息的次数愈多，也只有愈老，才愈加知道不能解的情结比唾手可得的快乐还长、还多。

出身乡村的人，记忆的底片上总叠印着一个回味无穷的故乡。尽管这个故乡可能是个贫困凋敝、无人知晓的僻壤，但对故乡的感情是任何名山大川、旅游胜地都无法代替的，在心灵深处的影像刻骨铭心，一生抹不去、擦不掉。地下没有矿藏和天然气更好，免得祖先和祖先的遗梦受到惊扰。

回望各地，随着经济快速增长和人们的求富愿望愈加急切，许多自然之地被改造、被破坏，大量土地沙化闲置，河水污染断流。一面许多故乡被美容、被亮化，另一面许多故乡被毁容，有的甚至被消失。许多人背井离乡到城市时，故乡正在衰败、正在沦陷；在城市举步维艰时，乡愁又成为庇护情感和维系生命的寄托。欲望膨胀的城市正在贪婪地侵吞乡村，消失的不仅是老街道、老房子、菜园、古井、石磨，还有它们所承载的生活内容和情感记忆、历史故事，以及祖传的种地手艺、生活模式，浸泡着情感泪珠的文化基因。

当下，随着农村经济社会的快速转型，传统乡村文化，正被全球化、传媒化、快餐式的流行文化所侵蚀、所淹没，爱故乡的人常常两手空空，很难找到能触动心灵的物质载体。

　　"谁不说俺家乡好"的优美歌声，正风吟日晒着多少人眼角皱纹中湿润的泪痕。

　　原载《北京文学》2012 年第 1 期，原题作《故乡啊，故乡！》

土　地

"土地"，这个词普通、平凡，却深邃灼心，高频率、快节奏地点击我们的心灵。

坤厚载物

当你身置崇山峻岭，感受高山的巍峨壮观，领略自然秀美风光的时候；当你驻足黄金海岸，感慨大海浩渺苍茫，欣赏惊涛拍岸的时候；当你身处茫茫原野，感叹草原广阔无垠，吟唱风吹草低见牛羊的时候……你是否意识到，自然的万事万物都有一个共同的承载体？你是否体会到，你经历的所有审美感受、视觉冲击和心灵震撼都来自土地？

无论我们从事怎样的职业，无论我们身在何方，我们须臾也离不开土地。只要踏出家门，或走在乡间崎岖的山路上，或飞驰在平坦的马路上。即便登上插入云端的摩天大厦，这大厦的地基肯定扎根在坚实的土地上。即使我们乘坐飞机，甚至乘坐宇宙飞船，那也只是短暂的行程，最终还是要飞落大地。我国"神十"

航天员聂海胜结束十五天太空生活和工作顺利出舱后，双脚刚踏上内蒙古阿木古郎草原的土地，就兴奋地说："太空是我们的梦，祖国永远是我们的家。"

人类的老祖宗盘古，把天地分开，头顶着天，脚蹬着地，用他的整个身体创造了美丽的宇宙。按照《圣经》的传说，上帝创造了日、月、星辰、植物、动物后，按照自己的形象，用泥土造出人类的始祖亚当。上帝用地上的泥土造人，将生气吹到他的鼻孔里，他就成了有灵魂的活人，名叫亚当。上帝还对亚当说："你本是泥土，仍要归于泥土。"在中国神话传说中，女娲也是用泥土造人的。女娲用神奇的手，把一块块黄土捏成了一个个面容不同的人，并赋予其生命，从此人类就生存繁衍了下来。中外相似的神话说明了一个道理：人类的产生和发展离不开土地，土地是人类的生命之源，是人类的母亲。

中华儿女对土地自古顶礼膜拜。伏羲氏对事物有敏锐观察力，对土地有深厚感情，仰观象于天，俯察法于地，用阴阳八卦解释天地万物的演化规律和人伦秩序。古言："以父道事天，母仪事地。"土地是地球的皮肤，是人类的母亲。乡间土地庙的神龛两边大都有一副对联："土能生万物，地可发千祥。"《易》曰："坤厚载物。"坤，为地。万物因土地获得生命，互为依靠，和谐共存，"生万物""发千祥"，因而这是最大功德。"厚德载物"，像土地这样滋生和养育万物，才是世上头等的功德。土地是万物的母亲。

孪生兄弟

　　土地是农民的家园，农民是土地的子孙；土地就是农民，农民就是土地。土地厚重，农民质朴，土地与农民是血脉相通的孪生兄弟。

　　农民是土地的精神和灵魂，是山村历史的创造者和评判者。没有农民，土地不是真正意义的土地，只是一幅毫无内涵与生机、凋敝荒凉的水墨画；养活不起农民，土地那也不是真正意义的土地，只是一座美丽而缥缈的海市蜃楼，承载不起家园、乐园的神圣使命。

　　多少代农民与或近或远、或大或小、或穷或富的土地相依为命，走过历朝历代，度过多少春夏秋冬，承受多少风雨寒霜，演奏了多少惊天地、泣鬼神的悲剧与喜剧。

　　世界上任何国家的农民，都伴随人类诞生的阵痛与疾苦，与自然和社会同舟共济、生死相依。有一位法国评论家写过这么一段话："土地总是以超出其价值的价格出售，原因在于所有人都热衷于成为地产主。在法国，下层百姓的所有积蓄，都是为了购置土地。"中国自古就是农业大国，从刀耕火种到使用现代农业机械，农民、农民的劳动、农民的奉献始终延续着中华文明的火种，奠定着民族进步的根基，推动着中国历史铿锵前进的巨轮。

　　中国农民，其实不吟《大雅》《小雅》和《国风》，是哼着赶牛调和播种谣，从《山海经》里蹒跚走来的。只要有一寸土、一滴水、一粒种子，就能繁衍生息。踏平多少道岭，穿越多少座山，来注释背井离乡的含义，续写南庄北村的历史渊源。农民是具有高贵血统的英雄，他们与天灾作战、与人祸作战，守候自己的生活，为子孙、为社会创造生存、繁衍的物质财富。但是生存危机防不胜防。即使在"公私仓廪俱丰实"的开元盛世，若逢天灾人祸，号称"礼仪之邦"的泱泱大国，竟然也一次次上演"易子而食"的人间惨剧。

不想成为地主的农民，不是地道的农民。不想拥有更多土地的农民，不是有出息的农民。任何一个真正的农民，都想拥有更多的土地。对于地道的农民而言，土地是他们的命根子。如果没有土地，那他们还能吃啥？喝啥？穿啥？用啥？盼啥？他们之所以对于土地保有朴素而深厚的感情，归根结底是因为土地是他们生活唯一的依靠和保障。

农民具有巨大的能量和作用，成为历代王朝将相重视和关切的群体。历代贤明的君主都重视农耕和农民。汉文帝倡弘"夫农天下之本也"，甚至采取"重农抑商"政策。唐太宗亲历隋末农民战争风暴，发出"君舟也，民水也，水能载舟，亦能覆舟"的感慨。古时的祭天大典，祈祷的是神州大地风调雨顺、国泰民安。书香门第也劝诫子弟"一等人忠臣孝子，两件事种地读书"，意思是不会种地便不懂百姓疾苦，不读书无以通达事理，不会有成就，也就不会变得高贵。

中国人上数几辈，祖先都是地道的农民。在我悠悠的往事中，难以忘怀的总是农村。出身农民，对一个人来讲，是笔巨大的可以长期支付的终身财富。在黄土地上，和白云一起飘荡，同秋蝉一齐高唱，熟知春种、夏耘、秋收、冬藏，了解农村的艰苦、农业的艰巨、农民的艰难，可以改变一个人的价值观念和生命轨迹。生在农村、长在农村，才会有扎根情结，更易练就自强不息的性格，所谓"穷人的孩子早当家"，不少国家栋梁就是农家子弟。

虔诚跪拜

人类生活在地球上，须臾离不开土地，不知已经和还要演绎多少土地悲喜剧。即使是宇宙飞船，也不得不到别的星球找块地落脚。

我是一个怀乡症患者，当站在山顶高处鸟瞰脚下的土地时，喜欢一遍遍轻声低吟"锄禾日当午，汗滴禾下土"。站在高楼上鸟瞰土地，每次都会有眩晕的感觉，楼层越高觉得离庄稼越远，疲倦时合上双眼总是梦见自己站在一大片庄稼地里。烈焰下，中国的大地上到处是阳光的火焰，扎满了植物根系的土地和农人们，都在近乎脱水的状态下因炙烤、沉重劳作而喘息。

"地种三年亲似母"，农民把土地当成老祖宗敬奉侍候。每当土地被犁铧翻卷过来，泥土便散发出那种沁人心脾的气息，使人备感舒畅。聆听播种的声音，你会从那嘶嘶的声音里感受到土地像一个老者般慈祥；伫立于平平展展的土地上，心中也会油然而生那种踏实的感觉。在硕果累累的时节，你会觉得那一个个沉甸甸的果实、一片片神采飞扬的叶子，都是土地所孕育的生命在涌动。

在家乡那几块土地上，春夏秋冬，寒来暑往，年复一年，日复一日，晃动着父辈的身影。他们对土地的眷恋、对土地的执念、对土地的深情，让我备受感动。蓝天是高远的，大山是静寂的，沟壑是深邃的。远望那人，那牛，那狗，恰似大山褶皱里活动着的标本，在落日余晖里又似一幅粗犷古朴的剪影。记得爷爷曾经整天坐在田头，吸着旱烟。烟窝、眼窝都通红、通红……

我出生在沂蒙山区一个偏僻的农村。高中毕业后，曾骄傲地成为生产队里的整劳力。山区岭多地少，"山上石头多，出门就爬坡，地无三尺平，连年灾害多"。老百姓视土如金，爱地如命，垒石造地成为每年农闲时节的必修课。二十世纪初，我家祖上没有土地，我爷爷刚七岁就早出晚归到地主家放牛，汗水伴随着香喷喷的粮食，从田埂一直洒向地主家。虽然吃不饱，但没有怨言，只说自己八字不好，命里缺"土"。

在岁月的流逝中，不光人长大变老，土地也在无声无息地发生着变化。

在物资极度匮乏的年代，膀大腰圆的身材让人艳羡，那是因为胖人肚子里不缺油水。改革开放以来，土地被松了绑，老百姓的日子越来越兴旺，中国人日益"心宽体胖"，从杨柳细腰到大腹便便，只用了短短三十年时间。肥胖问题成为中国未来经济发展和公共卫生系统的一枚定时炸弹。

由于长年繁重的耕种和劳作，父母常常会直不起腰，满身酸痛难受。但当看到在干裂的土地上苗壮成长的禾苗时，新生的喜悦便洋溢在心头；当看到摇动在庄稼秸秆上等待收获的谷穗和满仓满囤的粮食时，收获的喜悦便写满笑脸。繁重辛苦的劳作有喜悦有欣慰，也有难以言明的满足和陶醉。

2012年金秋时节，我们一家和三个妹妹家约好回家看望父母，父母高兴地咧嘴笑。母亲忙着炒菜做饭，父亲执意去掰鲜嫩的玉米棒子、刨地瓜，让我们尝鲜。其实如今在城市，不管在哪个季节，这些东西市场上都有，也经常能吃到。但父母亲手培植出来的劳动果实，总是格外香甜。每次我们回家，父亲都极其高兴，虽然话语不多，只是坐在那里喝茶抽烟，静心看着我们，默默地听我们说话，但是脸上的表情透露着一种满足和欣慰。他看着已经长大成年的儿女，就像看着满地成熟的禾苗一样。其实对于父辈而言，我们又何尝不是他们辛勤培育的禾苗呢？只不过庄稼只需要照料四季，而我们却花费了他们一生的辛劳与心血。

我想起土地时，便踱到窗前，推开窗子。这日，一股清爽而又略带微微寒意的春风迎面扑来，不知从什么时候起，外面下起蒙蒙细雨。这是新世纪第一个十年的第一场春雨，正值冬麦返青和春麦下种的好时节，对于十年九旱的沂蒙山区来说，这场贵如油的春雨是何等珍贵呀！此时该有多少农民孩子般地伸出双手，让一丝丝细雨悄悄落到身上、手上、心上。

故乡的土地是我生命的摇篮，这片土地给了我清苦却不失幸福美好的童年，磨砺了我质朴善良的品格，给了我跪拜土地充足而合情合理的理由。

未来走向

地球表层的物体，是人类赖以生存的最基本的自然资源，栖身居住是土地于人类最根本的用途。远古时代，人类栖山洞、居草棚，这是一种原始的生活状态；如今，高楼大厦，灯光璀璨，人们享受着人类进步和社会发展带来的现代美好生活。

人类作为一种生命群体，要生存，第一要务是吃饭。

土地同地球上其他自然资源一样，绝非取之不尽，用之不竭。在日本小学，老师在第一节地理课上就会教育孩子："日本是一个人多地少、资源匮乏的岛国，我们必须珍惜每一寸土地，并且要创造高技术，赢得高效益。这样，日本民族才可能在这个世界上生存下去。"而我们国家普遍缺乏忧患意识和危机意识。有资料表明，中国的国土面积今天仍然居于世界第三位，但人均耕地占有量仅仅高于孟加拉国和日本，在倒数第三位。

记得我们上中学时，历史课本里，英国工业革命期间万恶的"圈地运动"和经济危机期间"倒牛奶行为"，被作为资本主义的反面案例。现如今这种现象在中国大地上也出现了。当年英国圈地是为了生产纺织原材料羊毛，为了发展纺织业。当今中国，快速的城市化、工业化进程需要土地。可谁知，在这古老而文明的土地上却上演起无道德、无秩序的生产经营活动。譬如以破坏环境、生态、资源为代价的盲目扩张，无视劳工生命、健康与尊严的雇佣劳动，生产假药、毒食品，拉链一样拉来拉去的道路工程，虽然一时增加了经济总量，可这些"夺命发展"的路数，导致大气污染、河流干涸、土壤毒化、草场沙化、森林萎缩，相当于断腕自杀，相当于断了子孙后代的后路。

中国这片土地的性格像淳朴的中国人，耿直、坦荡，决不会讲"假话"。尽管土地是沉默的，但它有灵性，它目睹着中国过去与今天活生生的历史。只要你把心贴近它，它就会给你讲许多你也许从未听到过的故事。我们应当思考土地的意愿是什么。土地需要养分，汲取土杂肥、有机物，得到的却是化肥与农药；土地需要树林、小鸟为伴，得到的却是砍伐与捕杀；土地需要庇护，得到的却是斧头与裸露……我们重视乡土中国，不只是因为它在现代化夹缝中面临发展纠结，更是因为我们的传统、文明出现脱节问题。这不仅仅关乎经济问题、发展道路问题，也涉及我们民族的情感密码、文化底蕴和道德模式。土地与经济、与政治、与法律、与文化、与伦理，都存在着千丝万缕的联系。于是，土地问题也成了一场"血"与"火"的抗争，也就成为改革开放前三十年进程中，一个使中央和地方、上上下下都感到棘手的问题。有人说，这广袤的土地，是一个大"魔方"，转动起来，叫人眼花缭乱；也有人说，它是中国的一面"镜子"，折射着过去和未来，叫人感叹不已。事实上，一些贫瘠的山村和土地正被权力和资本掏空，只留下无奈和抗争……在这样一个全球化的世界，如何逆势发展，保持自身特色，是"乡土中国"的重大命题。

在物质匮乏时期，多数问题是发展不足的病症；发展到一定阶段或者一定水平后，风险和困难也在叠加，很多问题不是单靠发展就能解决好的。我们应当保持清醒，高度分散的小农经济基础短期内难以彻底改变。可喜的是，农村正在萌生新型农民利益表达组织和表达渠道。这些组织致力于完善民主平等法治的乡村治理结构，组织各种人才和资源投入到后工业时代新型乡村建设试验中去，让以"草根"为主的农村享受更多发展新政的实惠，为农民争取公正公平的权益，为农村、农业保驾护航。

如果人与人、国与国都爱护环境和自然，我们共同的家园——地球、大地，一定会恢复她本来的魅力与活力，真正成为人类共有的美丽家园。

原载《海燕》2015年第2期，原题作《土地梦》

人　民

"人民万岁！"

1949 年 10 月 1 日，开国领袖毛主席在庄严的天安门城楼上，操着纯正的湖南腔，真诚喊出人民真正成为国家主人的宣言。话音刚落，三十万军民脚踏平坦的天安门广场，举手向祖国敬礼，亿万双眼睛涌出幸福与喜悦的泪水。这宣言，如一轮朝日横空出世，刺破青天，纵穿历史，震撼宇宙……

人民，普通得像大地上的小草，平常得像大海里的浪花，平凡得像天上的无名星……每每写下"人民"这两个字，我就顿感神圣凝重！每每读到"人民"这两个字，心中就汹涌澎湃，肃然起敬！

人民是能量源

一撇一捺，脚踏大地，互为支撑为"人"。

在中国古籍中，人民多指平民、庶民、百姓。人民是个政治概念，具有一定的阶级属性和历史内涵，它反映了一定的社会政治关系。人民又是个集体概念，是人的集合体，在不同的国家或同一个国家的不同时期有不同的内涵。不论在什么国家、什么历史时期，劳动群众始终是人民的主体。

美国历史学家胡克说过，判断一个社会能否解决它所面临的问题的依据，是"它的领导层的质量和它的人民的品质"。2008年5月12日，四川汶川发生里氏8.0级强力地震，灾后第一个冬天，中华大地掀起"暖冬行动"，四面八方踊跃捐赠的棉被棉衣，饱含全国人民的爱心、热泪和体温，温暖着每一幢板房。这场猝不及防的灾难，验证了社会主义制度的优越性，诠释了一个古老民族的伟大精神，彰显了中国人民的巨大力量。

中国人民可敬可爱！严重经济困难时期，两千万人重回农村，为国家做出贡献和牺牲；举国上下共同努力终获奥运主办权，十三亿人民扬眉吐气共圆梦想；开拓创新苦干实干，经济总量跃居世界第二，彰显人民伟力和国家实力……

在中华民族波澜壮阔的历史画卷上，中国共产党之所以能战胜一切艰难险阻，全凭汇集人民的智慧和力量。

为人民服务

1944年9月8日，毛泽东主席参加延安中央警备团普通战士张思德的追悼会，他不仅亲笔写了挽词，而且发表了著名的演说《为人民服务》。从此，"为人民服务"这一中国共产党的政治宣言连同张思德的名字一起响彻中华大地。

"为人民服务"这五个字，在中国革命历史上最通俗、最经典、最大众化、最温暖人心。二十世纪六七十年代，中国无论城乡，无论大人孩子，都能背诵毛主席的《为人民服务》。雷锋同志在日记中写道："有时我走路也想，吃饭也想，睡觉还想，看到一个问题或一件新事也想，不让一切不利于革命事业的个人利益、个人虚荣等等肮脏的、低级趣味的东西来玷污自己。……永远忠于党忠于人民，做一个有益于人民的人。"毛主席提出"为人民服务"这一党的根本宗旨后，凝聚天下英雄豪杰、社会精英，把当人民群众的服务员和勤务员作为人生最高目标。

党员对党忠诚，首先要对人民忠诚，也就是说首先要忠于宪法、忠于人民的意志，然后才能谈到组织团体的规则和制度。新中国成立以来，"为人民服务"迸发神奇引力，凝聚全国人民的力量，在一穷二白的广袤大地上，画出世界上最美的画卷。

中国共产党人尊崇人民、服务人民的优良传统和政治追求，已化作高度自觉的思想和行动。上点儿年纪的人，都会记得二十世纪六七十年代，无论城市乡村，商家店铺大都冠以"人民"二字，譬如人民商场、人民影院、人民饭店、人民汽车站、人民理发店、人民公园、人民澡堂，许多职业也冠以"人民"，如人民教师、人民警察、人民艺术家……不忘人民，就是不忘历史。党是人民利益的忠实代表和坚决维护者，始终与人民同呼吸、共命运、心连心。既能共苦，也能同甘；既能风雨共担，也能成果共享。进入和平顺境后，不能忘记人民的利益，不能以发展的名义损害人民的利益，更不能为个人的私利侵犯人民的利益。否则，就是对历史的背叛、对党的背叛、对誓言的背叛。

中 国 脊 梁

"人民，只有人民，才是创造世界历史的动力。"中国共产党在中国革命、建设、改革的不同时期始终坚信、坚持马克思的"人民历史观"。走"群众路线"，"以人为本"，尊重人民的历史主体地位，发挥人民首创精神，始终把人民放在心中最高的位置，为党的工作赢得最可靠、最牢固的群众基础。新中国成立，开创了人尽其才、英雄辈出的新时代，应验了抗大校歌——"黄河之滨，集合着一群中华民族优秀的子孙"。

我的故乡沂蒙山区为中国革命、建设做出了重要贡献。抗日战争和解放战争时期，这里都是著名的革命根据地之一。十万英烈血洒疆场，乡乡有红嫂，村村有烈士，被誉为抗日战争、解放战争"两战"圣地。车轮滚滚的支前队伍、送子送郎参军的动人场面、红嫂用乳汁救伤员的故事，彰显出鱼水情深、水乳交融、生死与共的军民关系、党群关系。

新中国成立以来，我国涌现出无数英雄模范，先进集体、个人，以及各行各业的带头人，他们共同筑就了中华魂，擎起了民族精神，挺直了共和国的脊梁。这种涌现，是半个多世纪社会主义制度建设长期积淀的精神的集中迸发，也是社会主义制度的优越性和国力、人民素质的全面彰显。

正如鲁迅先生概括的："我们从古以来，就有埋头苦干的人，有拼命硬干的人，有为民请命的人，有舍身求法的人……这就是中国的脊梁。"

人民重如泰山

正如毛主席在《愚公移山》一文中所教导的："我们一定要坚持下去，一定要不断地工作，我们也会感动上帝的。这个上帝不是别人，就是全中国的人民大众。"

马克思着眼社会历史的整体性及历史发展的必然性，深入探究人民群众与社会历史的关系，在实践中得出"人民群众是历史的真正创造者"这一科学论断，强调人民在历史发展中的决定性作用。中国共产党在中国革命、建设、改革等不同时期，始终不渝地坚持马克思的"人民历史观"，重在探索"中国化""本土化"的途径和办法。

历史是人民群众创造的，这是共产党人始终秉持的唯物史观。你把人民捧在心间，人民就把你举过头顶；你视人民重如泰山，人民就把党的事看得比泰山还要重。

新中国成立后，我国胜利完成土地改革、农业合作化运动，使中国农业走上社会主义集体化道路。如何增加粮食和农产品产量，解决人民吃饭问题？主张"先治坡、后治窝"的山西省昔阳县大寨村党支部书记陈永贵，创造了那个年代从农民到国务院副总理的传奇。大寨、大庆，成为二十世纪中国农业、工业的旗帜，开创了严重经济困难之后中国经济和时局发展的新局面。

当代中国最有名的农民当数吴仁宝，他创造了中国的村庄奇迹。1957年担任华西村党支部书记以后，他把一个贫穷落后的小村庄建设成为享誉海内外的"天下第一村"。2005年，他作为封面人物登上美国《时代周刊》，缔造了一个"中国农民"的传奇。与他同时代的中国传奇农民还有先他离去的李顺达、王国藩、史来贺等。这些传奇的农民，能够长期活跃在政治舞台，也是中国的一个特色。

中国进入二十一世纪以来，一系列重大民生举措全球瞩目：抗击非典、尊重保障人权入宪、取消农业税、农村义务教育、青藏铁路通向雪域高原、《收容遣送办法》废止、《物权法》出台……此外，在城镇，包括养老、医疗、失业、工伤和生育保险在内的社会保险制度已基本建立，最低生活保障制度也全面实施，零就业家庭的就业援助工作正在推进。国家步入中等收入国家行列，人民迈过全面小康的门槛。

中国共产党从诞生那天起就与人民血肉相连：保卫人民，犹如保卫自己的眼睛；依靠人民，犹如信赖自己的父母、兄弟、姊妹。

治疗"公平焦虑症"

俱往矣，数风流人物，还看今朝。老一代中国共产党人满怀自信，开辟了中华民族兴旺发达的新纪元。

"人民对美好生活的向往，就是我们的奋斗目标。"习近平总书记上任伊始的这句话，成为2013年全世界最响亮的政治宣言，点燃了中国人的梦想。

在中国经济持续飞速发展、国人整体生活水平大幅度提高的背景下，人口红利逐渐消失，经济增速开始放缓，加上物价不断上涨，环境污染愈来愈严重，官员的治理能力与社会道德水准远达不到大众的期望值；人民群众生活和心理压力不断加大，幸福感下降。种种问题，提醒我们到了转换思路、实现经济社会管理重心转变，也就是以提高社会公平正义程度化解矛盾的时候。

鲁迅先生曾言，"列国是务，其首在立人，人立而后凡事举"。在历经五千年的中华民族迈向现代社会的关键节点，"立德树人"之要在于培育公共精神、涵养公共文明。公共文明的程度，标注着现代社会的成熟程度。只有提高公民公共意识，才能在"现代化"进程中重塑民族的精神高地。

这是一个普遍焦虑的时代，年轻一代在高房价、高物价面前失望，在二胎、户籍面前迷惘。北上广的空气污染日益严重，许多年轻人选择逃离大城市。"保障民生"到底是什么？不是官话、空话、套话，而是实实在在的关切、扶持。

当前，世界多极化、经济全球化、社会多元化，中国又正处于实现中华民族伟大复兴的关键时期。在举世言欢、娱乐至上的时代，道德、文化和信仰危机一触即发，神圣而庄严的崇高之美弥足珍贵。正能量是时代发展、社会进步的核心力量。细数改革面临的硬骨头，多数都与人们的"公平焦虑"有关。社会主义核心价值观，必须内化于心，外化于行。崇尚自由、平等，经济发展才会有源源不断的内生动力；追求公正、法治，社会生活才会有崇德向善的道德风尚。权利公平、机会公平、规则公平，每个人都享有人生出彩的机会，社会信任才会蓬勃生长，公民美德才会蔚为风尚，个体的绚丽人生才能合绘成中国梦的美好图景。

"赶考"路上

1949年3月23日，党中央、毛主席离开西柏坡，"进京赶考"，同年10月底，蒋介石"搬家逃亡"。

毛主席等老一辈革命家在新中国政权建立的考卷上答出了好成绩，画上了圆满的句号。

面对国际化、市场化、信息化、民主化大潮，面对现实严峻的挑战，党的十八大以来，以习近平同志为核心的党中央率领全党同志保持冷静、清醒的头脑，发扬老一辈的"赶考"精神，全力求解历史出的"生死考题"。

人民群众最关心的问题，莫过于学之所教，劳之所得，病之所医，老之所养，住之所居。身体没病没灾，日子无忧无虑，心情舒舒畅畅。中国共产党正在经受且将要经受越来越复杂和越来越严峻的考验，面临重重"考试"，道阻且长。给人民交出满意合格的答卷，与人民共享光荣、梦想与荣耀，是代代共产党人的神圣职责。在这场艰难的考试中，你、我、他，所有人都是"考官"。

除了解决民生的"更高"与"更多"，还要思考干群关系如何"更亲"与"更近"。一些地方，大楼高了，干部却摆架子、抖威风、翘"尾巴"，离群众远了；网速快了，群众办事却难了。心系群众鱼得水，背离群众树断根。种种不良风气像一道无形的墙，把党和人民群众隔开，剪断了情感脐带，滋生了政治冷漠，蚕食了政府的公信力，宝贵的执政资源也随之流失了。如何"惠民生"又"合民意"，"暖民心"又"得民心"，让"安泰"真正扎根大地，保持旺盛的生命力，是当今共产党人自我革新与超越必须破解的十分紧迫的难题。

如今我们已经走过了三十多年改革开放的辉煌历程，我们的党肩扛"以人民为中心"的执政信条，站在全面深化改革的新起点上。人民愿望，是改革之源；群众支持，是改革之基。改革为了人民，人民期望改革，改革成果让人民共享。十八届三中全会《中共中央关于全面深化改革若干重大问题的决定》开宗明义地回答了全面深化改革这一根本问题：全面深化改革必须以促进社会公平正义、增进人民福祉为出发点和落脚点。每一项改革要点都紧扣"人民"二字，充分显示了重民生、谋福祉是改革发展的重中之重。近些年来，从"寒门难出贵子"的喟叹到农民工"城乡两无依"的惆怅，再到"不怕苦，就怕没机会"的担忧等，种种现象折射出社会的"公平焦虑"；基层民众对改革生发疲劳、焦虑和冷漠等态度。一些热切期盼的改革政策迟滞、缺位，而一些已经出台的改革举措在实践中又有扭曲、回潮问题，导致民众更多地支付了成本，承受了阵痛，承担了风险，进而消耗了对改革的信心。只有实现公平正义，才能照亮每个人的追梦之路，推动转型中的中国实现更高层次的发展。这是现阶段凝聚共识的"最大公约数"，也是人民参与和支持改革的"动力源"。发展自由、社会公平、政治清明，是老百姓最直接、最迫切的改革梦想。更好的教育、更高的收入、更稳定的工作、更完善的保障、更有尊严的生活，就是老百姓心中真切的"中国梦"。

路漫漫其修远兮，吾将上下而求索。中国共产党为民而生、为民而兴、为民而强，顺应时代潮流和人民期待，承担起神圣的历史使命，而要实现"两个一百年"奋斗目标和中华民族伟大复兴的"中国梦"，关键靠两条：一靠凝聚和释放人民的智慧和力量；二靠坚持和改善党的领导。"打铁还需自身硬"，党把自身问题解决好，人民就跟党贴心贴肺，即使有百般考验，也如履平地，有千般风险，也能化险为夷。

原载《北京文学》2015 年第 7 期，原题作《人民，人民……》

村　庄

"近乡情更怯，不敢问来人。"中国人大都出身农民家庭，具有天然的乡村情结，怀揣着乡情、乡音、乡韵，思念着乡亲、乡土、乡风。

常有人追问："乡愁的住所到底在哪里？"

答案聚焦一个词："村庄！"

村庄是人类生存的图腾，是人生的原点。就像缠绕在大地胸前的珍珠项链，被四季一次次摊晒；恰似珍藏在记忆深处的水墨长卷，被岁月手掌无数次描摹；犹如刻在灵魂深处的经书，被虔诚的亲情反复地翻阅与咀嚼……

心有千结，情有万缕。村庄里的每一丝风、每一朵云、每棵庄稼、每束秋草、每群牛羊、每缕炊烟、每间房屋，都蕴含着淡然而永恒的乡愁，人人理不清，代代剪不断。

改革开放三十多年，中国农村巨变，真是天翻地覆，令人震惊、振奋。有人甚至发问：中国传统意义上的农耕时代，是不是真的即将或者已经结束？原始的或者说原生态的乡村，是不是正在急速消亡？近年来，城乡面貌变化很大，城市化步子加快，村庄无论数量还是版图面积都在递减。城乡逐渐一体化，公共服务政策的阳光也开始照耀到偏远的村庄，头顶草屑、脚踏黄泥的农民，逐步享受到城市人的生活便利。这是多少代农民的梦想，令人兴奋和备受鼓舞。冷静思考和回味，竟隐隐生发惋惜之情，期望挽留下更多闪耀乡风民俗光泽的村庄，尤其是把村庄的形态、传说和精神留下来，把村庄文化的根脉留住，把贯穿中华文明的乡愁留下。

上篇·农耕文明的身影

大多数民族，或源于一个农夫的传说，或源于一个渔夫的故事。

据史料记载，燧人氏在他的居住地，建造了中国历史上最早的村庄，由此掀开农耕社会的篇首。在逃离战火和自然灾害时，祖先强烈的求生意识、生存愿望孕育出村居的胚胎和雏形。自宋代以来，中国人的居住形态保持着连贯性，各地村落基本格局延续了百年千年。一代又一代，生生不息，村落的构造格局、建筑样态和风格，无太大变化。唐宋以来的中国文化，在很大程度上在村落的布局、建筑之中具体化、形象化。也可以说，先人的遗训和生命气息就在村落的大地上徘徊、在天空中飘浮盘旋。有了土地、水脉和村庄，就有了繁衍生息的根基和血液，自然为中国打下了村庄文化和农业文明的烙印。

"民以食为天"，"人生在世，吃喝二字"，这是农耕文明的聚焦点，当然也包含着深奥的村庄哲学。从最初的村庄选址，安居乐业，到村民一代代、一辈辈终生劳作，都围绕"吃"展开。农民对天地敬畏有加，敬天老爷、敬土地神，求风调雨顺、五谷丰登，靠天吃饭、靠地生存。记忆中我的村庄也是如此，春种、夏耘、秋收、冬藏，一年四季，风里来，雨里去，为最简单的温饱而忙碌着、奋争着。从我记事起，村里一直种花生、地瓜、小麦、玉米、高粱，如果风调雨顺，没有大灾荒，一年四季能吃上煎饼、咸菜，填饱肚皮。偶遇旱涝灾荒，或是早霜晚冻，收成差的年份，会断顿。记得有的年头虽然勉强熬过了春荒，但人人饿得面黄肌瘦，有人甚至患上浮肿病。我们这个村是靠天吃饭的薄岭地，十年九旱，但真正颗粒无收的年份极少。我小时候，也曾吃过野菜，喝过榆树钱、榆树皮粥。

村庄是中国社会的基本细胞。在广袤而肥沃的中国大地上，经过几千年物质、文化积累，形成了丰富多彩、形态各异的村庄，折射出中国文化中"天人合一""崇尚自然"的哲学思想，以及追求人与人和谐、人与社会和谐、人与自然和谐的价值取向。青山绿水相映，村庄散落其间，炊烟袅袅飘浮于树梢之上，便透露出村庄的消息。十户八户、几十户、几百户可以组成一个村庄，一姓、几姓、十几姓可以同住一个村庄，一个民族、多个民族也可以聚族而居。关于村庄的历史，有着多种版本。平民百姓关于村庄历史的认知，大都可以从老祖母漏风的嘴巴和太祖爷收传的那本黑黄的族谱中得到权威的注解和诠释。村庄是中国人肉体和精神赖以成长的地方。由于位置、地形、水土、气候、经济社会发展程度的差异，每个村庄都形成各自的文化个性和地域风俗，铸造出独一无二的灵魂。从黎民黔首到商贾峨冠，从新中国成立时的社员到如今的国家公职人员，等等，村庄其实是他们背井离乡、远走他乡时最难割舍的那份牵念，对村庄文化与精神积淀的那份留恋，或许是心底最温暖、最珍贵的那一抹亮光。

村庄大都顺势而建、随形而成。或依山，或临溪，或面原，推开家门，就直目山水或广袤的田野。我的故乡位于沂蒙山区，那里的村庄大都建在山傍、河边。有的在山腰或山顶，房屋借势而盖，零零散散、错错落落，不成排也不成行；有的甚至还歪歪扭扭，没有任何规则。沧桑的形态和容颜，珍藏着许多久远的秘密。房屋虽然简陋却不失温暖，虽然低矮却坚实安全。夏夜可以铺一张凉席，躺在院子里数满天星星；冬夜可以抱着毛茸茸的小狗小猫在暖暖的炕上做梦。一切都那么古朴、简单而又温馨，充满乐趣。村庄周围长满各种各样的树木，什么杨树、柳树、槐树、梧桐树、银杏树、香椿树、苦楝树等等，那些自生自灭、无人打理甚至没有名字的树木，自在天然，饱经沧桑，千姿百态。

村子里的许多老人一辈子只在方圆十几里的范围内走动，亲友都在那个山旮旯里。在这个不大的圈子里，就像朴实无华的庄稼和树木，按部就班、自由自在地生活着，一季季地成长、成熟，又一茬茬地老去，无声无息、无怨无悔、不忧不悲。村庄里的人似乎都是这样，日出而作，日落而息，生活简朴却充实自在，平淡而坚韧。那是自然的力量，因单纯而坦荡，因纯粹而久远。

村庄的黄昏最温暖，最难忘！夜幕渐渐降临，一缕缕青青的炊烟升到半空又慢慢飘散开来，那是村庄最经典的黄昏意象！辛劳一天的农民扛着农具，牵着牛羊，抽着旱烟袋，披着夕阳的余晖，走在回家的路上。那土腥味、牛粪味、炊烟味、饭香味混在一起，扑面而来。唤鸡狗、赶鹅鸭的声音和母亲呼唤孩子的声音交织在一起，在漫长的农业文明时代，温暖了多少乡村人的心房。

时光抚过父亲的驼背、母亲的缕缕白发而渐渐远去，年轻一代伴随老去的时光拔节长高，最后是年迈的父母目送子女走出村庄。村庄成为父母留守的故园。多少从农村进城的人节假日千方百计挤时间，只为了回故乡看看，看新栽的树，看新盖的房，看新修的路……一切似乎陌生又熟悉。这片土地是掩埋祖先的地方，掩藏着说不尽的酸甜苦辣、世态炎凉。思念家乡，挚爱那个平常的村庄，那枚闪动人性光辉的徽章。

我熟悉我的故乡那个小村庄的一切。一垄地、一棵树、一片草，都能唤起深情的回忆，都能令我热泪盈眶。即使在漆黑的夜晚，我也能磕磕绊绊地找到我家的老屋。多少次，在月华如练的夜晚，我脚步轻盈，担心惊动院里梧桐树上那窝安睡的喜鹊儿。

一个人最心动、最幸福的时刻，就是思故乡、忆村庄的时刻，对于游子来讲，这种想念更深刻、更痛苦、更幸福。因为这一刻，你眼里饱含人生各种滋味的液体在聚集、在发酵、在流淌。一个人与一个村庄相聚在一起，是生命神秘的遗传，是前世造化的缘分。时光搬走的是人的容颜，永恒的是土地的精神与内涵。小村并没有太大变化，在外工作久了，每次回家都会感到，熟悉的面孔在变化、在减少，不熟悉的越来越多。把村庄走个遍，把村庄看个够，再把人生的路琢磨透，便突然顿悟：村庄就是一个圆的原点，村子里的每个人都是这圆周上的一个移动的小点。无论你人生如何，你走得近也好，走得远也罢，你画弧也好，你画圆也罢，最终都要回到原点。因为村庄是灵魂的归宿和住所。

村庄的年轮看得见、数不清。村庄，是亲情的载体，是一个家庭或家族，甚至一个民族和国家的历史缩影。欣赏藏在深山绿树丛中的村庄，如同吟咏一首悠长、浪漫、清丽的田园诗，也像欣赏一幅生动、淡雅、古朴的山水画，又像聆听一曲秀美隽永、空灵舒缓、感情细腻，让人如痴如醉的牧歌。

中篇·跟随时代成长

城市是在村庄的地基上长大的，可为晚辈、后代。

村庄是中国经济、政治、社会、文化发展的基石和大后方。经历了痛苦的探索和付出了血的代价之后，我们才陡然顿悟：高楼大厦并不是文明的全部；村庄文明是城市文明的渊源。城市化是村庄走向成熟的必经阶段和基本路径。村庄正忍受着城市对它的改造和辐射，忍受着大家对它的不屑一顾和嫌弃，但仍禁不住用胆怯的手捋一把城市的头发，如同一位老奶奶疼爱自己顽皮的孙子。其实村庄是位含蓄沉稳的长者，在目睹和见证城市的成长、繁荣，也在担忧和挽救城市的畸变与颓废。

村庄在，家就在，幸福和希望就在。没有村庄的国家，不是完整的、尊重历史、持续发展的国家。可喜的是，从中央到地方，从政府机构到民间组织，都开始倡导并加大力度保护有历史文化价值和民族、地域元素的传统村落和民居。据报道，2014年住房城乡建设部、文化部、国家文物局、财政部出台《关于切实加强中国传统村落保护的指导意见》。中国古村落保护与发展专业委员会已开展"中国景观村落和经典村落景观"评选活动，期望在促进古村落保护与开发的同时，有效地促进区域经济社会协调发展。既要舍得花大钱翻新历经上百年风雨的老宅，更要注意及早保护富有特色和文化内涵的村庄！千万别让子孙后代靠翻旧照片、看影像资料才能看到、找到古典村庄的形象和信息。城市与村庄应当各行其道，各显其长，同生共荣，为人类拓展出不同的思想领地、生存空间和梦想家园。

今日中国，城市特别强势，就像村庄这位长者娇生惯养的胖娃娃，长者把吃的、喝的、穿的、用的，一切需要的东西一股脑儿地都塞给他，使其迅速成为社会、文化、科技因素最集中、最发达的地方。进城的农民工对城市文明有着切身的感受，往往对城市有所向往和留恋，常常面临两难选择：回村庄，还是留在城市？城市与村庄生活条件反差巨大，车水马龙诱惑着进城的年轻人，他们不愿意返乡，拼命在城市间流动，努力探寻人生出彩的机会。虽然"北漂"一族心也漂着、品味着无根之苦，但"族人"数量还是逐年暴涨。有的不怕失业，即便流落街头，住天桥过道，也不愿回乡下老家，再去扛起锄头耕种自家那"一亩三分地"。话说回来，哪位进城者没有经历过人生的磨难与沧桑，没有遭过城里人的白眼和嘲讽。城市虽然繁华、精彩，但不属于自己，心灵的根依然深扎在千里之外、比城市朴素的穷乡僻壤。最终，有些幸运的打工仔、打工妹在城市找到了人生舞台，融为城市的一部分，而大多数仍选择回乡下！无论心甘情愿，还是被迫回到留守父母、埋葬祖先的村庄，他们用学到的现代知识改造村庄，用他们学到的技术、赚到的钱、掌握的信息，在古老的土地上，用粗壮的双手，建造出崭新、富裕、文明、和谐的新村庄。这应该也是一种人才反哺吧。

相对于喧嚣、繁乱的都市生活，淳朴、闲适、宁静的村庄生活，似乎自古就是人们的梦想：陶渊明"采菊东篱下，悠然见南山"的农家景，郑板桥"原上摘瓜童子笑，池边濯足斜阳落"的村庄图，储光羲"酤酒乘夜归，凉风吹户牖"的田家惬意诗景，等等。那年代村庄生活悠闲，没有车马喧嚣，看似人间仙境；但总的说，农家生活是辛苦、清贫的，实际上没有这些骚人墨客、达官贵人说得那么好，许多日子是凄楚的。从喧嚣的城市走回村庄，进入一种田园牧歌式的古老空间，去欣赏小桥、流水、人家那种恬静、纯朴、悠闲的自然景观，感受淡雅、古朴、绵长、和谐的心境，是幸福而快乐的。因而，农村人的幸福指数比城市人高。但如果让已经习惯城市生活的人回到一个偏僻、贫穷的农村长期生活，恐怕不会真心情愿，也浪漫不起来。

跟我一起长大的儿时伙伴，大都没有走出村庄，长年与村庄耳鬓厮磨。村庄依然扎根在那里，没有因为谁的离去而改变自己；她以一个固定的姿态躺在沂蒙山东部那个三山相拥的岭坡上。看不出她有什么心事，也看不出她有什么酸楚或不悦。她任风吹日晒、雨淋冰冻，沉默着、忍受着，纵容大自然在她身上施加一切，以及祖祖辈辈的人在她身上耕了又种，挖了又埋，建了又拆，无休无止地折腾。其实权力、地位、名誉、物欲……所有的人性欲望元素，都在这个小山村里滋生蔓延过。如同遍地的庄稼，一茬生长收割了，又有新的一茬破土而出。

欧洲农庄里精巧的教堂和墓地总是让人感慨，对比之下，我们的乡村显得那么贫陋，仿佛除了陈旧的观念和血缘因素，想不到还有什么能把村庄和人凝聚在一起。的确，理想中的乡村，呈现出人与自然之间和谐的配比关系。农耕牧歌时代，人若植物，一方水土，自给自足，无须侵犯。进入城市，接受工业文明之后，人类却渐近食肉性动物，只不过猎手和猎物都是人，彼此竞争和掠夺。村庄里有太多太多的故事，悲欢离合、生离死别，上演了一幕又一幕，最终厌烦了，麻木了，熟视无睹了，不再为一些生命的存在、呐喊或者离去而大惊小怪，而悸动。她沉默地孤独着，以一个局外人的身份冷漠注视着身边发生的一切，然后给生者粮食吃、给水喝、给温暖的棉衣和安稳的家，然后悄无声息地把死者一一揽在怀里，用自己的体温，安慰、守护着他们冰冷的皮肤、毛发和骨骼……

中国历史就是农耕文明的历史。自周秦以来，以男耕女织为代表的农业与家庭手工业结合，形成了自给自足的小农经济。加之重农抑商政策，农民、农村、农业承担了养活庞大人口和中央集权政府的使命。我们的前辈曾为土地进行过积极探索，梁漱溟、孙中山都有过。中国共产党领导的新民主主义革命，实质上是农民革命，追求"耕者有其田"。直到新中国成立，这一理想才得以实现。在相当长的一段时间里，其实是牺牲农业和农村来发展工业和城市的，而第二、三产业创造的财富很少向农村、向第一产业流动。直到 2006 年彻底取消农业税，具有两千多年历史的农业税才正式退出历史舞台。对农村"多予少取"、反哺农业，成为历史拐点、历史新起点。长期以来，政府和民众关注的都是农村的财富，并没有真心重视农村的文化和提高农民素质。农业恶化，农村老化，农民分化，归结起来是文化退化，道德蜕化。有人在呼吁和惊叹："现在的村庄是越来越萧条，'老龄化''空心化'，很多土地和宅基地常年'沉睡'，越来越没有人气和活力了。"

我国是个"村庄大国"，城乡剪刀差大。近几年，城市正大量吸纳农民工进城，实现自身的急剧膨胀，但许多进城的农民不认账；同时，农民赖以生存的土地被圈占，许多农村被迅速城市化、楼房化，而失地的农民却不能为城市所"化"。在城镇化过程中，中国的乡土社会被逐渐遗弃、变得荒芜。参军、考学、打工……乡村的新鲜血液几乎被抽空了，人人"挤破头"奔向城市，乡村只剩下了老弱病残。走出去的人很少回来，上学的想尽一切办法留在城市。出卖劳力谋生的农民，一旦到了城里，即使艰难，也不愿返乡，舍弃乡下的家业，毫不悔惧。能出去的都出去了，村庄只有留守妇女、留守儿童、空巢老人，年老的一个接着一个离世……放眼全国农村，大都存在同样的问题。在"386199 部队"驻守的村庄，最紧迫、最凄惨的是留守老人问题。留守儿童长大了会想办法离开村庄，留守妇女会想办法跟随丈夫外出。只有留守村里的老人老无所依，即使有再多的金钱，一旦丧失劳动能力，也无能为力，金钱无法变成提供精心照顾的贴心子孙，无法采购温暖的亲情。村庄里婚丧嫁娶等固有的传统仪式正在消失。记得老父亲曾告诉我："村里办的婚礼越来越少了，外出务工的孩子大都把婚礼搬进城里了。回村办婚礼麻烦。"唯有葬礼，是村庄无法舍弃的仪式，有人去世，就要举行葬礼。我们村西北方向的柴虎山朝阳的南面是村集体的，村里人老了火化以后，还可以在这里土葬。如今村里有老人离世，找上八位抬棺材的青壮年都很困难，葬礼仪式上披麻戴孝的孝子贤孙也越来越少。

改革开放和现代文明之风从农村起步，吹进城市，又从日渐发富的城市吹回农村，大大咧咧、敞开胸怀的村庄还没来得及喘息和思考，甚至还没顾上醒悟，就别无选择、无所适从地受到了富有诱惑和挑战的城市文明的冲击。村庄里集体活动跌入"摺荒"窘境，农民精神文化生活日益"沙化"，甚至酒、扑克、麻将就是文化生活的主角。如此空虚的文化环境，留不住血气方刚、渴望向上的青年人，温饱之后，农民开始关注自身命运，骚动不安的新一代农民痛定思痛，纷纷拖家带口、背起行囊、抛弃田园、满怀憧憬地奔向遥远而陌生的城市，去寻找一种说不清道不明的梦想。村庄里的人越来越少，年轻人纷纷考大学、当兵、进城打工，比赛似的远走高飞，拼命脱离曾相依为命的村庄。只剩下白发苍苍的年长者捋着胡须、吸着闷烟，看护着妇女和儿童，无奈地打发着漫长的时光。曾经生机勃勃的村庄变得寂寥、哀伤、无助，弥漫着淡淡的愁绪。城郊、城中尚没被拆迁的村庄萎缩在一角，土气、杂乱，无所适从。在经济全球化和现代工业化的大背景之下，环境污染、生态破坏已成为村庄和村民无法回避的生存危机。

有的学者曾大胆提出，用五十年的时间消除所有村庄，引发各界争议。问题是，这种观点没有充分考虑我们的国情，没有充分考虑中国人几千年刻骨铭心的乡恋情结等传统文化因素和农村日趋老龄化的现状。简单提出减少村庄的目标，其实没有充分考虑村庄实际和农民真情实愿，真是"站着说话不腰疼"。城市化的核心是人的城市化；城市化的重点，是如何把人"化"入城市。必须坚持节约优先、保护优先，以自然恢复为主，积极稳妥地推进新型城镇化，逐步实现城乡发展"一体化"，农业转移人口"市民化"，公共服务"均等化"。

富足的城市不敢也不会忘记村庄，因为村庄是城市的祖宗；喜欢留些村庄的名字，用以铭记思乡情感。看看城市的地名，譬如那到处重复使用的大村、小庄；地铁、公交站牌叫什么村、什么庄的，比比皆是，甚至一些机场也以村庄的名字命名，如大郭村机场、王村机场、岑村机场。曾经的村庄已面目全非，被水泥钢筋全覆盖，但她的精神和风骨还凛然而立。你看什么周庄、周村、中关村、奥运村、全运村，还有省会城市石家庄。城里早已没了村庄，为了感受村庄的宁静、祥和与自然，便开始仿造。什么芙蓉山庄、杏花寨、梨花村之类的名字时常跳入眼帘，明明知道这是商人在玩概念，但人们仍经不住虚构的诱惑。城里人原本就是村庄里的人，在城市里住得久了，就想回村庄一趟，找找丢失的感觉和期望；新农村饭庄、新村庄食府、庄户人家饭庄等酒楼，在城市的大街小巷应时而生，生意火爆。进得这种大把掏钱包的"村庄"，见摆设装饰也复制着村庄的土色土香，玉米、麦穗、蒜辫、辣椒串错落有致地挂上墙，辘轳、石碾、纺车、石碓、八仙桌、实木凳都成了思乡的摆设。城市人簇拥而来，花钱体验回乡下那潇洒、惬意、舒心、真实的感觉。远离城市的喧嚣，脱离尘世的烦恼，与仿造的大自然亲密接触，养生静心效果很出奇。

有规划、有节制地建造城市，适当保持村庄的自然空间，让城市与村庄和谐相处，这是人类理想的居住格局。中国真正实现从村庄大国向城市大国的转变后，许多村庄成为历史。这是城镇化、城市化、现代化的必由之路。如果城市发展不以牺牲农村资源、农民利益为代价，假如村庄与城市能平等地享用自然与社会资源，那么农民就不会、也不必大迁移，许多村庄自然就能保存、生存、延续下来。

下篇·滋养乡愁

村庄是中国文化、中华文明的母体。

2014 年中秋节，我和夫人带着儿子、儿媳，与我三个妹妹家相约，分别从济南、临沂、日照等地出发，又一次集中回到养育我们的那个小山村，那个全国六十多万个建制村中的一个小山村，小得连县里的地图都不舍得标一个点的小山村，看望年迈的爹娘，团圆过中秋。

因为中秋节这天都要返单位上班，所以一家人就商定，把中秋圆月夜提前到阴历八月十四日。老娘很看重这顿晚饭，做得很讲究，不但菜肴品种多，还摆上了月饼和石榴、苹果、葡萄等水果。父亲翻出藏了多年的一瓶高度酒，犒劳我和三位妹夫，也算是为我三妹妹家刚考上大学的孩子喝一顿喜酒。望着满脸笑容的父母，我们兄妹几个心里一阵阵温暖与感动。

天气渐渐凉了。山村的夜晚十分宁静、安谧。节前透犁的秋雨已把干旱的沂蒙大地清洗得纤尘不染。天空透蓝，流泻下的月光皎洁如洗。秋虫开始发声，蟋蟀、蝈蝈、金铃子轻吟浅唱，尽情抒发着生命的自由与从容，给这个季节的山村增添了几分特殊的韵味与灵气。我们几家围绕在年迈的父母周围，大家头顶灿烂的星空，望着平日在城里难能看到的圆月和眨动眼睛的星星，不时还有小小的萤火虫儿在眼前飞舞。大家谈天说地，话家长里短，笑声阵阵，其乐融融。皎洁的月光抚摩着沂蒙大地上每一个村庄。我抬头与月亮遥遥相望、默默对话，心里在轻声告诉天上的嫦娥：感谢在我家自主确定的团圆夜，赏给了我们一片瓦蓝的夜空和一轮圆月。这时，村支部大院响起了富有节奏感的音乐，原来是村里向来羞答答的老太太和媳妇们跳起了广场舞。我夫人和妹妹新奇地去观摩，凑热闹，回来直感慨，虽然那姿势有些拙笨，但藏掖不住内心的幸福与满足。这是沂蒙山区一个传统村庄里一户普通农家的一个平常而又温馨的夜晚，让人难忘、留恋。我感觉意义非同寻常……

我的故乡，沂蒙山区东部那个普通而平常的小村，村名叫厉家泉，因厉氏祖先在村后开掘出那口甘洌的泉井而得名。村里都是青石垒砌的房子，房屋一排排、错落有致。那两天阳光明媚，童年的记忆蜂拥而来，潮水般漫过我近三十年的城市生活记忆，让我的心迅速回到古老的、即将消逝的故乡。我记忆深处行走着一个缥缈的村庄，一个似乎很遥远却又近在眼前的村庄，一个永远沉默、被人忽视而又令人怀念牵挂、无法释怀的村庄！村里出现了空巢老屋和坍塌的旧居，村庄西岭是日夜轰鸣、污染环境的石料加工场。村庄南高北低，我站在村南的乡间道路上，望着村庄四周，心中禁不住涌上一股无奈、苍凉之绪。严酷的现实正在颠覆我记忆中村庄那美好的形象。

村庄不仅有亲情、乡情、族情的存在，更承载着隐忍、朴素、勤劳、善良等诸多精神品质。眼下越来越多的人意识到，新农村建设必须彰显"现代骨、传统魂、自然衣"，体现留住山水、留住记忆、留住文化和精神的根，保护好村镇千百年来传承的自然景观、生产方式、邻里关系、家训家规、民风民俗等"田园牧歌"式的"乡愁"。

村庄是"乡愁"的重要载体，在当下的现代化进程中，避无可避、逃无可逃地面临着消失殆尽的危机。如果简单地把原有村庄彻底推倒，相当于把长期积累沉淀的乡村文化连根拔起，必然造成村庄文化的断裂、命脉的终结，制造出"文化荒地""文化沙漠"。苏联诗人叶赛宁正是在那个平静朴素的小村庄，才生发出对紫罗兰的经典吟唱。诗人海子行吟：从明天起，做一个幸福的人/喂马，劈柴，周游世界/从明天起，关心粮食和蔬菜/我有一所房子，面朝大海，春暖花开。前段，农民女诗人余秀华知名度暴涨，她"在干净的院子里"读诗歌，恍惚如突然飞过的麻雀。可惜这已成为网络时代的"昙花文化"。各个民族和国家都为自己的传统文化骄傲，尤其是随着经济社会的发展，人们更加重视文化了，形成了由被动到主动、由自发到自觉的行为轨迹。当年朱自清留学英国，曾写文章感叹英国的名人故宅保存得好。如欧洲文艺复兴时期人文主义文学大家莎士比亚，其故居就受到英国人不遗余力的保护。据说，英国著名的作家几乎都有自己的故居，就连福尔摩斯这样的虚构人物也有自己的故居。故居承载着人对自己历史文化的敬意和留恋，是历史念想的一种载体。正如我国最早的陶器刻画符号、甲骨文、青铜器上的金文等，是我们在不同历史时期追寻汉字的轨迹的佐证。

我们的祖先走南闯北，不管走多远，都心系故乡，心劲是足的，心气是满的，根脉是相连的。人一旦没有故乡、家乡的概念，病根就会发芽。生活在城里，没有这是自己家的感觉，房子越换越大，心却越来越悬、越感漂泊；心越漂泊，越感觉没有根，无尽的焦虑、烦躁和空虚感郁结于心。真是"半径越长，离圆心越远。圆周越大，圆心越小"。天地间一切生物都有源。人为万物之灵，理应敬先奉祖，追本溯源。家无谱，则必乱宗伦；国无史，难立世界民族之林。要想了解中国，了解乡土，起码你得厘清血脉亲缘。现在要修的不是哪个姓的家谱，而是整个中华民族的"大家谱""大族谱"。假若村庄消失，文明也必定随之熄灭，我们必然要接受道德和良知的鞭挞与叩问！

中国北方农村有攒钱"盖新房、娶媳妇"的传统民风。改革开放以来，农民手里渐渐有了钱，家家户户的房屋也基本上或翻修或新建。北方农村的房屋基本寿命在三十年左右。进入二十一世纪以来，农村的房屋也都逐步到了该翻修、新建的时间。这些年，正逢国家推进"以人为核心"的城市化、城镇化进程，许多地方对城中村、城郊村，以及有一定工业化、城市化基础的村庄进行了彻底的改造，还有的是对传统的村庄进行保护性开发，许多农民过上了"垃圾看不见，街街有景观，吃水不用担，做饭不冒烟，看戏不出村，粮菜纯天然"的神仙日子。可喜的是，许多地方的村庄改造已经跳出"盖新房、住新房"那种单纯满足温饱的传统，注重产业发展和生态环境平衡、生产和生活协调，注意把农房当作乡村风土人情和文化传承的载体，使其既保留传统文化因素和历史记忆，又呈现现代生活气息和时代个性。传统村庄成为展示乡土文化根脉的幸福家园和美丽乡村，出现了"来了不想走，走了还想来"的现代自然田园。山村、平原村、库区村、海边村，一村一景，村村特色，逐步改变了村庄"晴天一身土，雨天一身泥"的状况。许多地方对原始风貌保存较好和具有历史文化价值的村落予以保留，对古树、古屋、古寺、古戏台以及石碾、石磨等承载村庄文化记忆的标志物进行保护，留住文化因子。许多地方拓展农村的民俗保护、文脉传承、观光休闲、农活体验、乡村旅游等功能，让农村遍地都是观光休闲景点，处处都是民俗风情，优化了农村居住环境和条件，增强了农民生活的宜居感和幸福感。传统的村庄被建设成为产业布局合理、畅联国内外市场的创业家园，环境优美宜居、生活文明健康的生存家园——留下青山绿水、蓝天白云、清新的空气和绿色食品，以及传承乡土文化、留住乡愁记忆的精神家园。

万事开头难。建设美丽中国，坚持节约资源和保护环境的基本国策，建设资源节约型、环境友好型社会，对山水林田湖进行生态保护和修复，补齐生态文明的短板，筑牢生态安全屏障，成为政府和百姓发自内心的自觉行动。绿色既可富国，又能惠民。绿水青山就是金山银山，天蓝、地绿、水净、景美，应当成为人民美好家园的蓝图。尤其是一些农村和农民已经尝到了甜头。2014 年"中国十大最美乡村"名单揭晓：地处沂蒙山腹地的沂南县竹泉村"因竹而有韵味，因水而有灵气"，在众多美丽乡村中脱颖而出，夺得"中国十大最美乡村"荣誉称号，成为山东省唯一获此殊荣的村庄。彼时，临沂市的兰陵县也已建成中国首个国家级农业公园。

中国的新农村究竟应该是什么样子？目前尚无准确定论。当然也很难有统一的模式。2011 年 9 月，被誉为"天下第一村"的某村，以"新农村、新中国"为主题的形象宣传片亮相美国纽约时报广场。"高楼"和"厂房"取代"农舍""炊烟"，村庄俨然一个现代化的大城市。当年 10 月，还通过媒体发布了投资三十亿、七十四层高的黄金大酒店和价值三亿元、一吨重的金牛的照片，炫耀先富奇迹，在网上引起热议。当时就有人追问，这是中国新农村的发展方向吗？

山东威海西霞口村地处山东半岛最东端风景秀丽的成山脚下，隶属荣成市成山镇，驱车走到村头，只见竖着"中国西霞口"的醒目标识。这个村已经实行海陆统筹，生产、生活、生态"三生合一"，是我国海岸线上一颗耀眼的珍珠。2014年5月11日，中央组织部、农业部组织各省农村实用人才带头人和大学生村官代表，在村里举办培训示范班，培训班安排了农民合作社、农村信息化、美丽乡村和农产品质量安全等课程，认真研讨以农耕文化为核心的农民精神的养成问题。我有幸跟班观摩，颇有感触。

中华民族看重的礼义廉耻，根植于最质朴、最底层的乡野，成为五千年文明史绵延不绝的活水源头。田人合一、天人合一，是我国农村原始居民典型的生产、生活方式。乡村文化是人和自然高度契合的产物，文化基因和精神土壤是人气涵养的，村民的生产、生活场所与方式都是有生命的，都保留和渗透着文化的因子。保护村庄，就要保护村庄建筑、语言、服饰等具有文化标识的民俗。传统村落蕴藏着中华民族的历史文化基因，是乡村历史文化、自然遗产的活化石和博物馆。眼下，许许多多村庄里关于村庄的一些历史、传说、故事正逐渐被淡忘，村里的一些"文物"也在逐渐散失。抢救性保存村庄历史，保留下村庄的文脉，既是对文化的尊重，更是对子孙后代的责任。经过两年多的改造，有六百余年历史的山东省章丘市朱家峪再现了承载着古村文化的"乡村记忆"。在朱家峪山阴小学，中国首家闯关东文化主题展示馆建成，采取文、图、影和实物动静结合的方式，再现了三百年间中国移民史上最为悲壮卓绝的历史画面。与之相邻的，是闯关东互动体验馆。让游客"穿越"时空回到明清时代，在农家小院以木柴煮饭、以山珍为餐，体验正宗传统的绿色农家生活。

一部中国文学史，写尽了乡情、乡愁。普通的村庄守护着我们内心深处的"精神家园"。贺知章感叹："少小离家老大回，乡音无改鬓毛衰。"余光中吟唱："乡愁是一枚小小的邮票，我在这头，母亲在那头。"席慕蓉比喻："离别后，乡愁是一棵没有年轮的树，永不老去。"乡愁到底是什么？就是思念家乡故土的深情，是隐藏在游子内心深处的刻骨铭心的记忆、难以割舍的情愫，也可以说是对大自然、对原生态的向往与留恋。人一旦远离故土或被城市钢筋长期纠缠，这种情绪便会或急或缓、或早或晚、或深或浅地涌出。随着城市化、新型城镇化的快速推进，关于村庄开发与保护的利益博弈，会更为激烈和残酷。城乡变奏、融合发展是历史必然，是人心所向。"城市让村庄更漂亮，让生活更美好"，归根到底在文化的魅力；"村庄让城市更向往，让感情更丰富"，还是靠文化的凝聚与积淀。

凝望乡土中国，坚守文化根脉，中国村庄定会时来运转，乡愁也就有了鲜活的载体、灵动的气脉和五彩缤纷的形态。

守护自然村庄，栽培绿色村庄，建设幸福村庄；生命无污染，生活原生态，生存蓬勃自由！

原载《朔方》2017 年第 9 期

城　市

引　子

人类文明根须，大头扎根在农村，小头延伸进城市；繁茂稠密的枝叶，一半庇护农村，一半遮掩城市。

伴随时代的脚步，人群纷纷迁徙进繁荣舒适、生态优美、成长空间大的城市，乡村日渐消瘦，城市迅速地蹿高。古老村庄、年轻城市的文化和精神，连同大众的喜好、习性，在不同时代背景下演化流变，呈现出各异的生命形态、生活需求和发展方向。"乡土中国"正向"城乡中国"跨越，城市步入黄金时代、流金岁月。

镜头一：中国是文明古国。纵观我国历代京都，先由东向西迁移，后从南向北交替。洛阳、西安、南京和北京并称中国四大古都。在中国古代史中，迁都之载不胜枚举，学术界公认的影响深远的有八迁。最早是公元前 1298 年，商王盘庚将都城迁到殷，结束了王都迁徙不定的历史，商朝的文明成就集结在殷这座城市。这个时代形成了成熟的甲骨文、祭祀制度、城市建筑和官僚机构，制造出了青铜器、玉器和骨器，成为中国文明史上第一个繁荣期。

镜头二：2012 年伦敦举办奥运会，东伦敦改造时为欧洲最大的旧城改造项目。奥运会留给伦敦最重要的遗产之一，就是改变了东伦敦的面貌。改造后的东伦敦，公共交通系统从最薄弱变为最发达；新建住宅项目接踵而来，且价格稳步上扬；全欧洲规模最大的伦敦西田购物中心建成开业，每天人流如织。

伦敦市中心，街道依然如几百年前一样狭窄、曲折，窄高窄高的红色双层巴士，成为伦敦街头一道风景。尽管城市改造需要重新规划老建筑，但政府并没有选择将其推倒。改造后，伦敦的旧城轮廓没有发生改变，英国人严加把控，保护了旧城。

镜头三：近年来我国城市扩张，很多历史文化名城都遇到了同样的问题——如何避免改造之痛？如何化解发展经济和保护文化遗产的矛盾，不丢失城市积淀的文化内涵和文化符号？

2017 年 2 月底，我有幸去新疆喀什送山东援疆干部。人生第一次到新疆，拜访了改造过的喀什老城。喀什是古丝绸之路要塞，位于新疆维吾尔自治区西南部，可谓古丝绸之路上一座风格独具的千年古城。现在的疏勒县在喀什地区西北部、塔里木盆地西缘、喀什噶尔绿洲中部，西面就是帕米尔高原。

据介绍，当年居民大多住在土木、砖木结构的房屋。层层叠叠的生土房屋，险象环生的过街楼、半截楼，纵横在地下、存在安全之虞的地道，让老城悬在危险的崖口上。原本就不稳当的土木结构房屋，经过百年风雨，大都岌岌可危。2008 年汶川地震发生后，喀什老城区危旧房改造更加迫切。2009 年，全面启动老城区危旧房改造。老城的高崖土层中有纯正的黏性黄土，维吾尔族人称之为"色格孜"。现在，改造后的老城依然保留着古老喀什原汁原味的历史风貌和民族特色：黄土色的磨砂砖墙、庭院式的古朴民居、热闹的巴扎、淳朴的手艺人。每一条街巷都在讲述着老城顽强的生命史诗和现代品格。徜徉新城之中，依旧是古老的黄土墙、古老的骡马店和烤馕炉，古老的陶器店依旧在山坡上招揽着八方游客。

一座具有历史文化风貌的喀什新城赫然耸立在世人面前。向南放眼望去，天山、雪松、草甸、村庄及脚下的历史遗迹一览无余，让人心旷神怡。既留下了古丝绸之路上有八百多年历史的楼兰古城原有的形态遗迹、建筑风格，一展民俗文化、人文风情，又注入了现代元素，找到了改善民生和保护维吾尔族传统文化的融合点和平衡点。

镜头四：2017 年 4 月 1 日，新华社发布通讯，中共中央、国务院决定设立河北雄安新区。消息一出，犹如平地春雷，响彻大江南北。新中国成立后，特别是改革开放以来，北京发展迅速，同时也面临着诸多问题。因此，需要强化首都功能，疏解非首都功能。雄安新区是继深圳经济特区和上海浦东新区之后又一个具有全国意义的新区，是国家大事、千年大计。规划建设北京城市副中心和非首都功能集中承载地，将形成北京新的"两翼"以及京津冀区域新的增长极。雄安新区这片具有数千年悠久历史和光荣革命传统的大地，正跳出以往的开发建设模式，逐渐成为中国创新发展的新支点，谱写老北京的新传奇。

溯源与基因

城市，"城"和"市"的组合词。《管子·度地》有云，"内为之城，城外为之郭"，"城"是用城墙围起来的地域，主要用于防卫。《周易·系辞下》言及"日中为市"，"市"为商品交易的场所。"城"与"市"二者都是城市最原始的形态，同时并存为"城市"。城市是人类文明发展到一定阶段的产物，也是文明的物化载体。伴随人类生产和生活方式的变革，农民、渔民、牧民等集中居住点达到一定人口规模，便出现城市雏形。

"城市"这个概念在我国最早见于战国史籍。《韩非子·爱臣》："是故大臣之禄虽大，不得藉威城市。"早期，人类居无定所，随遇而栖，三五成群，耕作渔猎而食。随着群体力量日趋强大，猎物吃不完需要贮藏，大都选水草丰美的地方定居。定居下来后，为抵御野兽侵扰，便在驻地周围扎上篱笆，这便是早期的村落。随着人口繁衍和群体分化，收获丰盈的群体，便用多余的猎物向其他群体换取自己需要的东西，伴随早期商品交易的出现，"城市"便形成了。正如《史记·五帝本纪》所云："一年而所居成聚，二年成邑，三年成都。"

几乎所有国家都会经历社会的现代化转型。城市是伴随人类文明与社会进步而诞生、成长的。农耕时代，人类定居，随着工商业的发展，城市文明开始积淀、传播和扩展。农耕时代的城市主要用于军事防御和举行祭祀仪式，是居住和消费中心，城市规模小，相对封闭。最早的城市大都与政治需求有关，如王室驻地、诸侯封地、军事重地等，靠相对充裕的经济供给保证政治功能。真正意义上的城市是工商业发展的产物。譬如我国古时的长安、洛阳，十三世纪地中海沿岸的米兰、威尼斯、巴黎等，都是重要的商业和贸易中心。工业革命之后，城市化步伐明显加快，农民不断涌入，城市迅猛发展。新中国成立后，我国坚守农业大国的传统和优势，同时大力发展工业，改革开放以来，农村、城市高速发展，但城乡"一条腿长，一条腿短"的情况也随之出现。

中国的城市起步相对比较晚，发展比较慢。从发展轨迹看，有两种。一种是因"城"而"市"，多见于战略要地和边疆城市，如天津市就起源于天津卫；另一种是因"市"而"城"，先有市场后有城市，这类城市比较多见。2010年上海举行世博会，确立主题为"城市，让生活更美好"，这象征中国对城市的认识达到新境界，重视关注和涵养城市生态文明。城市追求集约、低碳、绿色、节能、便利，人与人、人与自然和谐共处，每位市民、每位来访者都能共享现代文明成果，城市发展步入以人为本、以人为主体的新阶段。

如今，我国社会主要矛盾已经转化为人民日益增长的美好生活需要和不平衡不充分的发展之间的矛盾。促进城乡社会公平正义，居民的获得感、幸福感、安全感更加充实、更有保障、更可持续，这既是定盘星、指南针，又是定心丸、压舱石。

成长烦恼

中国的城市化奇迹，来自中国社会结构和文明形态的巨大转型，是人类城市文明发展史上的伟大壮举。改革开放以来，我国经历了世界历史上规模最大、速度最快、成效最好的城镇化。换言之，中国用四十年左右的时间，走完了西方一百多年的历程。中国的城市化总体强劲；城市扩张很快，但总体质量有待提高。

城市化是人口向城市地带集中的过程。大城市的经济功能，往往是由城市群承载的。这样的城市群以一个城市为核心，由周边一些同其保持密切经济联系的中小城市共同组成。目前，我国有长三角城市群、珠三角城市群、京津冀城市群、长江中游城市群和成渝城市群等国家级城市群，尤其珠三角的粤港澳大湾区城市群，潜力巨大。

城市像一块巨大磁铁，吸引劳动力和资本蜂拥而至，产生虹吸效应。

农耕历史最久、农耕文化和社会结构积淀最深、地域面积最大、人口最集中的农村，是工业化和社会转型相对缓慢的地方。毫无疑问，大量农民进城务工，推动了城市工业、商业和服务业的发展和繁荣。城市吸引力和农村推动力，促使大量富余劳动力迅速聚集于大城市。无论是在北京、上海、天津，还是在中西部城镇化偏缓的城市，无数农民工以各种方式顽强地生存着。外来务工者只要在一个城市常住超过六个月，就可算作常住人口。绝大多数务工者进城是为了更好地生活，追求自己的梦想，在经济生活、政治生活和社会生活等方面，其实只是浅层次地融入城市，各种权利保障与福利保障还处在较低层面上。他们大都生活在工友和同乡的小生活圈里，与城市其他群体来往、交往不多。

早年工地里女工很少，主要是打零工和从事后勤保障，如今越来越多的女工也承担起和男工同样的劳动。她们为了一家人能住在一起，一心攒钱在城市买房子。"我没什么文化，希望孩子能努力读书，生活得比父母好！"新生代农民工与父辈有着明显不同，他们对于工作和生活有着更多、更高的期待，对于自身有明确的认知。那天我看见一个小伙子一直盯着眼前一栋刚封顶的大楼发呆，便询问起来。原来这栋楼是他和他的工友们用一年多时间盖起来的。他说起平日的辛苦："夏天热得难受，皮被晒脱了几层；冬天在架子上劳动，握钢管的手冻得僵硬，失去知觉。在建造期，我可以穿房越户，爱到哪儿到哪儿，一旦房屋落成，就再也不能跨入墙里一步了。工程完成了，只能远远地望着窗子里柔和的灯光，祝福每一个家庭都安居乐业。"他背起沉甸甸的行装，笑着说："我该去另一个工地了。"这番话，说得我一阵心酸。

城市群周边常常是"洼地"。生态如何修复？渴望城市创造拴心留人的创业生态、家园生态和高品质养心养人的文化生态，是城市居民和农民工共同的梦想。虽然相比农村，城市少了许多泥土味、烟火味，但我们依然爱不释手、难以割舍。

细数人类的建筑活动，由原始状态下的掘洞、构巢，到后来的垒石、架木，核心是让建筑更好地满足人的生存和生活需求。扩张或许会背上沉重的包袱，正如生命体都有周期一样，但城市毕竟有其成长的过程和基本规律。可喜的是，人们已开始探寻：城市发展有何规律？衡量城市发展质量的标准是什么？支撑可持续发展的动力从何而来？城市如何在现代化进程中挑大梁？如何创新城市规划管理理念，杜绝"摊大饼"式蔓延和"大水漫灌"式管理的现象，真正精准发展、协同发展？

中国几十年的造城运动，尚无终期。许多地方政府靠土地财政维持运转，许多农村因城市膨胀而面目全非，处于"失血"

"贫血"状态。中国的改革发展，各行业包括建筑行业都是"摸着石头过河"壮大起来的，但这绝不是抛弃地域特色、文化价值，搞建筑试验的理由。建筑文化也应当形成和展现中国风格、中国气派。譬如大气的北京、谱写"城市，让生活更美好"新篇章的上海、在中国城市变迁史上品尝过"生猛鲜活"的广州、最具活力的"创新之都"深圳、在互联网时代焕发青春的杭州、魅力四射的品牌城市青岛……这一座座特色鲜明、令人惊艳的城市，让中国，让世界称奇！改革开放以来，我国快速城市化，成长最快的当数深圳。从1980年国家批准设立经济特区起，深圳以"深圳速度"展翅搏击，从一个小渔村发展到人口过千万的现代大都市，创造了世界经济发展史、城市发展史上的奇迹。

正如建筑学家沙里宁所言："城市是一本打开的书，从中可以看到它的抱负。"

如今我国已形成"农村包围城市，小城镇环绕大城市"，以及"城市化自沿海向中西部推进"的态势。城市是人民的，在这个经济快速发展的竞技时代，人与人的关系、现代品格与传统文化的关系、人与自然的关系需要进一步调整。

在城市中，我们经常会看到一些别致、舒适的建筑设施，如小花园、小庭院、小广场等，它们陪伴、方便我们的生活。建设城市时，不能仅仅从经济角度和功能性角度去规划，应更多地考虑如何提升生活品质、培养人文气质和增加美感。每个城市都有自身的历史。城市生活不可能从"零"开始，而应考虑去传承和弘扬各自传统中的记忆元素、活的形态，进而把它们融汇到我们现代生活当中。

冷暖谁知

城市寸土寸金，乍看上去，城市是钢筋、水泥垒砌的混合物，坚硬庄严的楼房一直向天生长着，渴望阳光与希望。

城市是坚硬的，人心是柔软的；建筑是冰冷的，心灵是温热的。城市迅速发展这么多年，我们的血依然是热的。

"微尘"：起初是青岛一位数次捐款不留姓名的市民的代号；后来，扩展成一个爱心群体；再后来，成为一个关爱他人的爱心符号，以"微尘"命名的募捐箱、徽章，走进青岛的大街小巷。如今在青岛，从城区到农村，街头巷尾，几乎每一本募捐册上都有署名"微尘"的记录，几乎每一个募捐站都收到过"我叫微尘"的回答。这体现出一个城市的温情与良知。在陌生人社会，彼此之间更需要互相取暖的力量！

城市建设有"面子"与"里子"之说。多数人认为，"里子"主要指以地下综合管道为代表的基础设施。其实不然，地上同样有"里子"，这个"里子"带有丰富的人文关怀内涵，体现了城市建设的包容性和多元化需求。自行车是既经济方便又环保的代步工具，在人口密集、交通拥堵的城市，相比汽车，优势更加凸显。2017 年夏天，济南市自经十路开始，在路口增设了乳白色的遮阳棚，为等候指示灯的骑车人提供相对舒适的环境。这些摆在马路边的设施，也算城市的"里子"。

每一座城市都有自己的成长坐标和发展方向。"社会管理科学化，以人为本常态化"是城市管理的目标。"天下难事，必作于易；天下大事，必作于细。""城事"系着群众福祉，得下些绣花般的精细功夫。承载好心情的，不仅仅有房子、票子、车子，还包括惠及老弱病残的福利政策，涉及衣食住行、生老病死等生活琐事、人生大事。小事不可小看，细节决定魅力和吸引力。比如厕所问题就不是小事情，小厕所连着大民生，关系大文明。厕所革命，也是城市从"面子"到"里子"的一场变革。

共享发展是很时尚的理念。譬如商场、医院、学校的布局，公交车站点的设置、盲道的铺设，都体现出人文情怀。中国城市社会变革的广度和深度超乎想象，社会的韧性或者说容忍度也潜力巨大。世界上很多高房价经济体，比如中国香港，解决低收入者居住问题就靠发展租赁房。虽然，这不一定能确保所有低收入者都能舒适地、有尊严地居住，但至少可以保证每个劳动力持有最小限度的空间。

工业时代的技术变革，给人们的生活带来了翻天覆地的改变。以前的人通常是生于斯，长于斯，终于斯。离乡进城多，离城下乡少。当年我国城镇率还不是很高，而上山下乡的知识青年人数曾达到两千多万。欢送知青奔赴农村的锣鼓会在家门口一连敲打几天几夜，那是激情澎湃的年代。

如今，我们莒南师范 1979 级那批为奔赴城市而奋斗的同学，已从英姿勃发、风华正茂的青年步入鬓发苍白的天命之年。学校那几座教学楼、宿舍楼都已没了身影，只有记忆牢牢镌刻在我们心间。城市召唤了我们，成就了我们，又割舍了我们，冷暖自知。

城市的冷热，是一种感觉，说到底是亲近感和归属感问题。增强归属感最要紧的是实现公平。户口制度一直是一道鸿沟，尤其北上广这类大城市，规定不一样，心理感觉就不一样，自然归属感有差异。人如此，植物也这样。乔木、灌木等木本，还有草本等如果可以被合理搭置，既节约成本，又能呈现大自然的本色状态。城市森林可为鸟类、昆虫及其他小动物提供栖息地，树木以落叶为肥，如此又可保护地表上的小生灵。

追求良方

近几年，人们最直接的感受是，一线城市和热点二三线城市房价上涨，连带其他城市房价也普遍上涨。城市居民抱怨，购房者头痛，实体经济、金融机构和居民财富形成风险隐患，个别地方甚至出现"空城""鬼城"现象。

某位著名学者曾预言：中国的城市化将是影响二十一世纪人类社会发展进程的一件大事。新中国成立以来，尤其是改革开放以来，中国乘上高速发展的列车，城市雨后春笋般破土而出，大江南北遍地冒出"城市森林"，成就举世瞩目。随着城市人口的急剧膨胀，环境污染、交通拥堵、房价虚高、管理粗放、应急迟缓等问题越来越突出。有的城市甚至无视城市规划，盲目建设新城新区，无序扩张，遭遇"成长烦恼"，患上"城市病"。这些病症给市民工作和生活带来了许多不便，降低了人们的幸福指数。

"城市病"是城市定位、结构和功能问题，主要病因是城市在快速发展时，未超前考虑人口、产业、环境等因素的可持续性，本质上是城市资源环境的承载力和城市发展规模的匹配度失衡，最终造成危机。譬如房子本来是用来住的，却被炒成烫手灼心的赚钱机器。

着眼未来而长远谋划、推进，是国家借鉴中医理论综合施治、治疗"城市病"的妙招。"头痛医头，脚痛医脚"，随意拆东墙补西墙，应付一时，难除病根；守"一亩三分地"，无序、恶性竞争，浪费资源，损人害己。城市规划切忌纸上谈兵；而真正精准落地，必须以人为本，让城市民众公平热情地参与城市治理和管理。

真正成为居民贴心、安心、放心的栖息地后，城市病症自然也就会消退、消失。国家正在探索良性治理的"药方"。在经济领域，社会福利托底，饱汉关照饿汉；在社会领域，赋予公民发言权，使其更多地知情、参与和监督，搭建公平的制度和程序平台，管控"个人人脉"，不拘一格降人才。国家需要亲民、安民、富民，现代人渴望并追求高品质、高质量的生活。

欧美国家等在工业化和城镇化过程中，为满足城市、产业和社会等多方的需求，打造出形态各异、主题鲜明的特色小镇。中国小镇建设也方兴未艾，小镇中有完备的教育、医疗、金融机构，还有大量手工业企业。在小镇生活，居民与自然更贴近，与农业生产更亲近，与动物更亲近，能够从容地参与各种文化体育活动，发展各种兴趣爱好，随时欣赏美景，享受生活乐趣。

城市化得以快速推进，"城中村"功不可没。城市发展快，而"城中村"状况并未得到改善，仍旧保留着农村的生活方式，在就业、生活、安全等方面存在盲区和隐患。这些"新城市人"，分布在城市各个领域，既是城市建设者，又是城市的新主人。我国自1958年实施的户籍管理制度，发挥了巨大作用，但也造成城乡二元分隔分离，制约了农民在城镇落地生根。然而，取消非农业户口和农业户口性质区别，只是提高了常居人口城镇化率，户籍人口城镇化率依然偏低。与户籍制度紧密相关的各种政府服务和公共产品并没有跟上，医疗保险、养老保险和社会保障还不是同城待遇，公共服务均等化还有很长的一段路要走。

应当承认，伴随着经济社会的快速发展，国人素质明显提高：受教育程度和就业质量大大提高；闯红灯的人越来越少，公众场合乱丢垃圾、随地吐痰的人越来越少，乘车时给老弱病残孕让座的人越来越多。但城市建设管理弱项和短板依然存在，譬如：盲目追求规模扩张，违法违规建设，大拆大建；公共产品供给不足，环境污染、交通堵塞等"城市病"蔓延；老城改造、房屋拆迁、劳动纠纷、物业管理等埋下了许多隐患；等等。

治疗城市病，迅速膨胀的城市既要靠内部生长动力，还要靠外部疏解。例如京津冀协同发展，只有周边形成新型城市群，北京的压力才能真正得到缓解。如今，交通拥堵已不再是少数大城市的"专利"，很多二三线城市也加入"堵城"的行列。治堵，成为许多城市面临的共同难题。为治理交通拥堵，各城市不遗余力，北京的"摇号"、上海的"拍牌"、广州等城市的"限购令"，都是从疏堵的角度考虑，控制汽车数量。数据显示，我国多数城市公交机动化出行分担率刚过三分之一，与国外同类城市差距较大。提升公共服务质量，把社会财富、基本公共服务的蛋糕分公平，是个世界级难题。如何确定分配和共享蛋糕的权利和资格？妙招一条：分什么，让百姓定；怎么分，让百姓提；分得好坏，让百姓评。我国已着手打造共建、共治、共享的城市社会治理格局和体系。

变革生活方式，让绿色消费、绿色出行、绿色居住成为人们的主流生活方式和消费方式，动员全社会追求绿色生活、文明生活。

　　济南是座被泉水滋养着的城市，未曾想到，全国文明城市的圆梦之旅，历经二十年坎坷。2017 年 11 月 16 日，《人民日报》刊闻：济南摘掉"大县城"标签，给百姓文明美丽的家园。第二天，济南终于在第五届全国文明城市名单中列省会城市榜首。济南当年共拆违是前一年拆违总和的四十多倍，植绿、透绿效果明显，城市形象焕然一新。

　　为了生活而忙碌的城里人不是在楼宇间奔波，就是在房间里移动，有自己事业的"天"，却没有时间欣赏白云飘飘的蓝天。据说著名作家、翻译家杨绛在北京的邻居都封闭了阳台，唯独她家的阳台没封，一直是开放式的。有人问杨绛：为什么不封阳台呀？杨绛回答：为了坐在屋里能看到一片蓝天。这是多么充满诗意的情怀。

　　城乡统筹，生产、生态、生活相融，让生命更精彩，才是美妙的方案。

垒筑精神高地

　　"请问这座现代化大都市的内涵气质体现在哪里？精神高地在哪里？如何保留和涵养城市文化，留住城市'乡愁'？"这些是城市建设的新课题。

　　城市只有涵养独特的精神与文化，才能让居民有认同感、归属感和亲切感。记得 1992 年 6 月 27 日，那是一个炎热的星期六，我和同事们在省委大楼加班，中午有位同事提议用自行车载我去即将被拆除的济南老火车站拍照留念，我摇了摇头，因我刚调到济南工作三年，对那精细而坚固的钟楼没有感觉。不几天，济南那个老火车站被拆除，这件事当时遭到学界和百姓责问。江苏浦口火车站——中国近代史上有名的火车站，据说是中国现存唯一较完整保留历史风貌的百年老火车站，在喧嚣的城市中藏下隐秘的美好，当地人"把它当作老者去守候"。这个火车站叠印着许多历史记忆：人民解放军从这里发起渡江战役，朱自清《背影》中的父亲穿过铁道爬上月台买橘子，等等。每个城市都有无数条街道，一处名人故居、几座风情建筑，哪怕是一间不起眼的小馆，都能成为那条街的特色，让人记住那条街的名字。每座城市最著名的老街，都是因为融合了历史记忆和当地特色才被保留、传承下来。环境友好型与人文关怀型相统一的社会，正是现代化城市的独特魅力所在。

我国城市建设曾一度偏向建筑形象的跟风逐潮，忽视了赓续与传承内在的文化。有些城市既没有保留自己的历史文化，也没有突出时代个性，甚至可以说没有任何特点。城市精神的文化积淀需要长期采集、吸收、酝酿、涵养，这是一个非常漫长的过程。

怎样保留或者怎样提升城市精神？许多城市包括首都北京，都在讨论自己的精神是什么。由于不同城市功能定位不同，所以市民构成多元，其价值观和人生追求复杂多样，不同群体也有不同的关注点、兴奋点；在北京，民众普遍喜欢讨论国家大事。我们是不是应该把国家命运和自己的命运联系在一起，像关心自己一样用情用心地关心国家命运？国家大事是历史的基本骨架，百姓的爱与恨、乐与苦、喜与忧，是历史的血肉和毛发。

一般说来，城市居民只有在衣食住行、教育、养老、医疗等基本生活需求得到满足后，才会谈论归属感、依赖感和幸福感。

这些年，中国城市发展逐步成熟，讨论城市品位、城市文化与城市精神，恰逢其时。

敏锐的人总是关注经济世界的颠覆性革命。它带来新的机遇和挑战，也会对传统形成剧烈冲击。互联网的崛起让实体企业饱受阵痛，移动终端则宣布纸媒世界的失宠。互联网正改变着社会形态和交往方式，年轻人结婚收彩礼干脆设置二维码，买烤地瓜和擦皮鞋，也都刷手机、用支付宝了。每一个人都处在纷纭的社会中，没有人能自成一体，身处与世隔绝的孤岛。但仍有一首诗、一曲歌、一声问候、一份关爱，会让我们泪流满面、刻骨铭心，需要我们去寻找、发现和坚守。

在楼群膨胀的城市里，书店相对较少。书中没有"黄金屋"，书中也没有"颜如玉"，但我还是欣慰地看到，那些执着的读书人面目凝重，穿行于书店、图书馆，"腹有诗书气自华"。法国哲学家帕斯卡尔说：人只不过是一根苇草，是自然界最脆弱的东西；但它是一根能思想的苇草，我们的全部尊严就在于思想。苏格拉底说，未经审视的生活不值得过。这样的生活态度，历经岁月洗礼，正逐渐被世人认同。无论媒体变局多么剧烈，传播介质如何进化，优质稀缺的信息、深刻多元的思想和温暖心灵的情怀，始终是生活的必需品。

我赞赏梁晓声先生对"文化"的解读：植根于内心的修养，无须提醒的自觉，以约束为前提的自由，为别人着想的善良。2017年7月8日上午，我和妻子兴高采烈地去儿子宿舍看望出生不足三个月的孙女。走进楼道，我看见保洁员上三年级的儿子正坐在水泥地上，背靠楼道墙壁，把书包放在自己的大腿上，不顾周围的嘈杂声，认真仔细地做着数学题。保洁员坐在一旁满足地欣赏着儿子，还不时用扇子帮他赶着蚊蝇。我走向前仔细看了一眼孩子和数学练习题，情不自禁地夸奖："这孩子，真用功，长大肯定有出息，保准能给爸妈争气！""城市是我家，文明靠大家。"愿我们能摆脱琐碎的日常，走进书店，拿起书本，沐浴书香，认识自我，懂得生活，开辟并享受属于自己的精神世界。

中国是文明古国，中国文学、绘画、音乐、戏曲正向世界彰显文化自信，中国建筑、中国城市也应传承中国传统文化，展现中国气派、中国风格和中国精神，成为中国文化的优美形体和坚硬骨骼！

曙光初照

建设"美丽中国"，城市已逐步成为主角。许多山城、水城、海城依托既有的地势、山水脉络，呈现独特风光，居民自然能望得见山、看得见水、记得住乡愁。

在世界许多地方，当人口进入迅速增长期，老城市也就步入都市阶段。乡村既不等同于愚昧落后，也不是完全充满乐趣和舒心；城市虽然光鲜亮丽，但同样面临诸多困难和问题。城乡协同发展，互助、互补、共赢，才会持久繁荣。中国正探索城市与乡村同生共荣、互惠发展的道路。让城市在得到正当利益、权益和收益后，有节制地占有资源，兼顾乡村的生存与发展。如何在社会变速发展时，束缚因物欲而躁动的人心，平衡因利益对立而产生的矛盾，协调城乡之间的发展关系，走出小至社会隐患、大至地球危机的困局？如何深度探寻经济、社会、生态三者均衡发展的路径？这些都是我们应该思考的。

当大城市达到特大、超大规模，辐射效应就日益显见。因产业成本越来越高，特大、超大城市便逐步转移业态，产业、功能、服务往周边的中小城市与农村地区渗透、拓展，产生连带效应。生产、生活、生态，是衡量城市是否宜业、宜居、宜游的三个方面。一个城市有无实力，首先看发展功能、经济实力和综合竞争力，其次看生活功能，包括就业、就医、教育、居住、购物、娱乐、出行等是否方便舒适，最后是生态功能，包括绿化率、空气质量，以及垃圾处理和污水治理方案等。如果一个城市没有工业和服务业支撑，过分依赖房地产，必定空心化、概念化。

城市化是中国经济社会持续发展的发动机，是有力支撑中国经济增长的奇迹。长远看，中国真正实现转型、走向强盛，最根本的是要实现高质量的城市化，城乡共荣。二十世纪九十年代中期，中国的城市化开始进入中期阶段，呈现加快发展趋势，涌现出一些新兴的城市群（带）。中国的城市化已转入以人为本、城乡一体、生态宜居的绿色城市化发展阶段。在城市群或城市圈中，通常某个或几个大型城市为核心城市，周围簇拥着许多中小城镇，城市功能不同、定位各异，彼此之间相互补充、互通有无、协同共享，由此形成了网络状的城镇发展新格局。这种城市群发展格局聚集效应明显，不但使发展资源最大利益化，也以快于全国均速的发展速度引领区域快速发展。中国城市化发展呈"东稳西快"的态势，被城市化的现象正在逐渐消失。居民现代生活需求旺盛，点燃了锻造中国城市化质量和品质的火焰。有方便的水、电、煤气和交通工具、娱乐场所，居民生活舒适，才有家的感觉。坚持"踮踮脚够得着"，甭想"一口吃个胖子"。着力解决就业、教育、住房、医疗等民生问题，城市社会、环境、文化与人的全面发展就能跨越实现，"我爱我家，我爱我的城市"，才会成为市民的肺腑之言。

书香开始润泽更多市民、更深地滋养城市文脉，文化因子在都市扎根、渴望长成参天大树，书卷气正取代市侩气。细腻丰满的精神生活和轻松自如的心灵世界，已经成为高品质生活的重要尺码。

《清明上河图》生动地记录了中国十二世纪城市生活的面貌，描绘了繁荣的汴京，让我们目睹汴河、船只、虹桥、旅店、街道、货摊的真实样貌和百姓自在的生活状态，沉醉在温馨、欢快、祥和的氛围之中。好一幅民俗风情画！城市不是无血无肉的机器，而是有灵性、有感知的生命体。岁月匆匆走过近千年，今天我们规划和建设家园，必须对天地自然、对历史和先辈怀着敬畏之心，保护并复活风土人情，彰显文化风度，传递情感温度，为子孙后代留下天蓝、地绿、水净的美好家园。越来越多的城市走上绿色、循环、低碳发展的道路。我们渴望看到各种花草和树木，还有动物的身影，与老建筑、老地景融合在一起，赓续一曲老民歌、老民谣，缓慢诉说其中的历史故事和不为人知的秘密、传奇。用美的眼光，唤醒爱美的人心，在建筑群中自由自如地生活。累了，可以仰头欣赏天光云影，可以看到鸟群飞过头顶，甚至听到小鸟振翅的声音。

新时代真切地召唤、点燃每座城市的雄心与梦想，欲与天公试比高的排排摩天大楼犹如片片高粱，在大地上茂盛地生长着。随着智慧城市的建设和公共服务的延伸，本地人、外地人，农村人、城市人之间的身份鸿沟逐渐被抹平，正义天平被稳固地放置在大街小巷。

《中庸》言："万物并育而不相害，道并行而不相悖。"中国幅员辽阔，东西南北差异大，民族风俗习惯不一。各地区、各民族、各形态的聚落和民居，如璀璨的珍珠镶嵌在青山绿水之间，活态传承着田园牧歌式的梦想和多元多样的传奇。

越来越多城市发育成现代化的城市体，成为人与人、人与自然和谐共处的美丽家园。城市的根须正扩展成庞大的生态系统，吸纳阳光与汗水，绽放出公平、正义与幸福的光芒。

原载《人民文学》2019 年第 7 期

天光照耀

十一长假，我回沂蒙老家省亲。

清晨，我的岳父、岳母，两位八十多岁的老党员，在得意地聊天。

"今天国庆节，后天中秋节，接着中央要开十九大，国家真是喜事连连呀！"

"这几年我们家也是喜事成串，今后百姓的日子一定越来越甜。"

我说："国家有'两个一百年'的奋斗目标，你们先每人一个一百岁努力吧。"

"咱享受国家恩赐，不负天光吧！"

是啊，我们每天睁开眼就能看到天，望见云，平日也会关注或询问"今天天气如何"，天气就是天光云影的气象变幻。"仰则观象于天"，是缘于云气聚散所反映出的日月星辰的意象变化。清晨，灿烂的阳光穿越云层，普照苍茫的大地，气象万千，透过红润的十指，轻轻抚摸我们的身体、温暖我们的心灵。这些年，大气污染严重，蓝天白云减少，人们一见到湛蓝的天空便兴奋不已，纷纷在微信朋友圈转发蓝天白云的图片。

《庄子》曰："宇泰定者，发乎天光。"天光指日光，天空的光辉。朱熹言"半亩方塘一鉴开，天光云影共徘徊"；范仲淹在《岳阳楼记》中描绘"上下天光，一碧万顷"。中国书法中的飞白和中国山水画中的留白，追求天光幻变的艺术效果和刚柔相济、虚实相生的艺术境界，拓展遐想的空间。天光也融入我们的日常生活，如天光盐、天光玻璃、天光镜、天光巷、天光所等。

天光来自太阳。太阳的光芒永不停息地照耀着地球。太阳形成的天光如喷涌而下的激流，给世界带来巨大能量。能量被地球吸纳，就风起云涌、风雨雷电，被大地吸纳转化，就孕育蓬勃万物，小草生长、鸟儿欢唱、庄稼丰收。通过食物化入我们的血液和大脑，滋养人类的文化基因和文明沃土。

天光开启每一天。南方有名为"天光墟"的民间集市。清晨以老年人为主，也有抱有猎奇心的游客和早起的年轻人，购物、淘宝。在北方，许多人口聚居区都有早市，主要是在晨曦中买卖新鲜蔬菜、水果和各类早餐。无论熟悉陌生，互相招呼着。"你看外面的天气多好！""来早市逛逛！呼吸呼吸新鲜空气，也活动活动筋骨。"长时间加班熬夜会昏头昏脑，迎着朝霞走进户外，享受阳光恩惠，顿感神清气爽、精神抖擞，天光赐予人们旺盛的阳气。

天光伴随四季轮回。春天唤醒绿色，春雨从容率真地哺育生命的风景，系着红领巾的孩童们迎接朝阳，挥洒着笑声奔跑追逐；夏天光照时间长、高温多雨，乡村流萤点点，城市霓虹璀璨，满天星光；秋天天高气爽、瓜果飘香，银杏金黄、枫叶火红，田野闪动成熟色泽；冬天寒意肃杀、阳光弥贵，"不经一番寒彻骨，怎得梅花扑鼻香"。我更喜欢秋高气爽，放眼高空，看白云飞舞，那是一份静淡雅致的享受，心绪淡泊而高远。

从不同位置和途径感知天光，时"近"时"远"。乘飞机在天上看和脚踏大地看，景象和感受天壤之别。处在人生高处，往往浮云遮望眼。站在大地上看天光，能看清苍天高远、博大。明代洪应明《菜根谭》有对联曰："宠辱不惊，看庭前花开花落；去留无意，望天上云卷云舒。"2015年广东高考的作文题目是：看天光云影，能测阴晴雨雪，但难逾目力所及；打开电视，可知全球天气，却少了静观云卷云舒的乐趣。揣摩良久，在不同时代、以不同心情感知自然，结论大相径庭。现代社会，人们负荷超重，在快速积累财富的同时，暴长了急功近利的浮躁心态。欲望、诱惑皆为过程、幻影，淡泊名利才可达观纯粹，崇高而神圣。清晨或黄昏，凝望天边那一抹血色霞光，即可释然万种心境。

宇宙浩瀚，阳光照耀万物共生共存。天光，盈满天宇，无边无际、无始无终，倾听大地呼唤，呼应万物心律，赐予我们温度与光景……我们每个人都公平自由地生活在同一个地球上，没有贵贱之分，也无高低之别。无论你曾经何等偏激，甚至有背离常理的言行，阳光始终公平公正地照耀和恩惠每一颗心灵。阳光不锈，青春不朽。阳光让世界通透清晰，让人间充满光芒与希望、温情与感动。仰望天光，是一种昂首的姿势，是一种信仰，源于向往光明与辉煌的渴望。

2017年10月2日，国庆节后的沂蒙大地被秋雨洗涤得旷朗无尘。清晨，我双脚牢牢踏在故乡大地上，只见遥远的东方地平线上清浊交汇，不一会儿，朦朦胧胧的地气冉冉升腾，渐白渐亮的天光跳跃起来，天开始放亮：灰暗的乌云逐渐退缩，天光和地气慢慢融为一体，孕育在大地母亲腹中的太阳，急切地透出一束束光芒、一片片光亮。照耀着白云飘飘的蓝天，清澈而高远；照耀着吟唱丰收歌谣的大地，丰腴而温馨；照耀着享受家国恩惠的簇簇笑脸，舒心而灿烂……

原载《解放军报》2017 年 10 月 15 日

车梦滚滚

衣食住行、上学就业、看病养老,任何一条,都是老百姓牵肠挂肚的大事。改革开放四十年,国家发生翻天覆地的变化,老百姓的日子也是芝麻开花节节高。我有幸亲历、见证和享受这个过程。就单说"行"吧,交通工具的变化,就足以令人惊叹。

我的故乡地处沂蒙山区东部,相对偏远贫穷,且交通不便。二十世纪六十年代初,我正上小学,村里连辆自行车也没有,跟随父母下地耕种时坐坐独轮手推车,就是莫大享受。到七十年代初我读高中时,我们村距学校十里,每天靠步行。村里另一个家庭条件好的同学有辆半新不旧的自行车,每当他骑着自行车从我身旁飞驰而过,我心里都说不出地羡慕,也萌生买自行车的梦想。

到 1976 年高中毕业后,我当上我们管理区首个高中班的民办教师,待遇就是在村里吃平均口粮,每月还有七元钱的补助。那时候到邻村教学仍然靠步行,真盼有辆自行车呀。虽然还买不起自行车,可我已悄悄学会骑了。

不久我们村推行"包产到户",生活开始好起来,但自行车仍是紧俏商品，要凭票购买。那年代骑自行车出门堪比现在开豪华轿车出行，回头率也高，几乎都是羡慕的眼神。

1980 年，我父母咬咬牙，把肥猪卖了，托我村"闯关东"的三哥，在黑龙江买了辆青岛产的"大金鹿"牌自行车，当年俗称"大金驴"，直接船运到江苏连云港亲戚家。这个牌子的自行车，有大飞轮、大牙盘、大扣链子、吊簧鞍座，美观大方，结实耐用。我虽从没出过远门，但还是自告奋勇去接车。那新车真让我爱不释手。摸一摸车头的商标，鲜亮闪光；捏捏车大梁，烤漆讲究，电镀锃亮；摇一摇车链，声音悦耳……第二天清晨，天刚蒙蒙亮，我就急匆匆启程返乡。骑上新车真神气，太兴奋、太幸福了。那正是初秋季节，天气适宜，凉风习习。我竟然一路没喝没吃，行程近三百里，当天黄昏就把自行车骑到地头，让正在刨地瓜的父母欣赏了一番。这辆自行车壮得像头牛，驮上二百斤粮食都不晃一下。

后来我国进入"自行车王国"时期，可谓家家户户有自行车，男女老少都会骑自行车。老百姓赶集、上商店、走亲戚，不是骑自行车，就是坐自行车。乡间道路上，时常能看到系着红绸布、送亲迎亲的自行车队，蔚为壮观。结婚后，我有一辆"永久"牌自行车，妻子有一辆"凤凰"牌自行车。儿子刚入托，就骑上了后轮两侧各有小车轮的"阿米尼"牌童车。

记得改革开放初期，上级奖给我们村一辆十二马力的拖拉机，这在当时可了不得。全村老少爷们争先恐后地围着看，争着抢着坐拖拉机去人民公社驻地赶集办事。乡亲们望见邻村的熟人都主动打招呼，邻村的人好生羡慕和嫉妒。

人们对小客车的向往由来已久。1984 年我进县委工作时，整个县委机关就两辆车，一辆黑色轿车，一辆黄帆布篷的越野车。年底，单位购进一辆苏联产的小汽车。那天单位领导要去济南开会，我们几个年轻人异口同声地要求跟着去省里汇报工作，年长的领导早就看明白我们的心思，笑着应允。于是后排座上挤满了人，我也终于过了把坐轿车的"车瘾"。

步入二十一世纪，特别是"十一五"期间，轿车逐渐普及。添置小汽车逐步成为时尚，大家经常议论谁家买轿车了，谁家买什么牌子的轿车了。我和妻子商量后决定先不买家具、不添衣服，集中攒钱买轿车。2006年夏天，不知跑了多少家汽车销售店进行比对，了解完各种车辆的车型、行情和性能后，最终选购了一辆首批国产"宝来"轿车。这车价格适中，安全系数高，外形美观大方，车身干净得能照出人影来。第一次坐上自家的轿车，先觉座位舒适宽敞，坐在副驾驶位置上，看妻子踩离合、挂挡、加油、起步、直行，我抑制不住内心的幸福与激动之情。

百姓家庭变化大，社会也在深刻变革。沂蒙山区通火车，曾是震惊全国的大新闻。1986年1月1日，随着一声汽笛长鸣，兖石铁路正式开通运营，沂蒙山区从此告别不通火车的历史。那一天，临沂火车站人山人海，万众瞩目之下，身披大红花的"长龙"在巨大轰鸣声中呼啸而过。沿线的老区人民扶老携幼，扛着扁担，挎着竹提篮，怀着喜悦心情，见证这一庄严的历史时刻。从此，老区人民可以坐着这种绿皮火车，伴随哐当哐当的铁轨声，去游览天南海北的风景了。

据说，国家"十三五"规划已确定在沂蒙山区修建高速铁路，并且是国家"八纵八横"快速铁路网的重要连接通道，"厉家寨站"离我们老家那个小山村只有几公里。著名的革命老区——沂蒙山区也要迈入高铁时代啦！

2018年5月1日，我迎着温煦的晨风，独自穿行在故乡那个小山村中，只见大街小巷的道路全被硬化，许多人家门外停放着小客车、货车或摩托车。乡亲们下地劳作以骑摩托车为主，偶尔有骑电动车、自行车的，我不时和他们打着招呼。

国家发展变迁和个人家庭命运紧密相连。四十年来，交通工具变化巨大。家庭由自行车、摩托车，逐步变成小汽车；出远门，由乘长途汽车变成坐绿皮火车、新型空调列车，如今是动车。就我们这个小家，也拥有了多辆汽车，妻子、儿子、儿媳各一辆。这在四十年前，真是做梦也不敢想！

车轮滚滚，我们奔走在追梦、圆梦路上，享受着幸福美满的新生活。

原载《人民日报》2018年5月23日

十字路

我老家山东省莒南县的县城驻地，就位于"十字路"街道。当地男女老少都知道：到了十字路，那就到县城啦。当年在农村求学时，我把到县城读书列为人生第一个目标。据县志记载：十字路之称始于宋、金时代，因纵横两条大路在此相交，东至日照安东卫、西至临沂、北至莒县、南至江苏省青口镇，路口呈"十"字形而得名。"十字路"，寓意四通八达。

2014年6月2日，正值端午节，久旱的沂蒙大地沉醉在潇潇微雨之中。早饭后，我请岳父带我去一趟"十字路"旧址，寻找那块曾经刻有"十字路"字迹的石碑，那可是重要而权威的标志。它就在县城的西侧，沿途摆满了水果、蔬菜摊点。

等来到中心位置，只见路上的行人，农民、工人、个体户、老人、孩子，熙熙攘攘、匆匆忙忙。几个商人撑着伞，东瞅瞅、西望望，吆喝着招揽生意，有的自由自在地哼着小曲，有的聊着什么逸闻趣事。我客气地询问几位居民："请问这地方原来那块刻着'十字路'字样的石碑哪里去了？"他们都纷纷摇头。倒是有人又想了想说："原来确实见过，但不知去向了！"

　　我仔细观察人们走到这十字路口时的眼神与表情。天在下雨，过往的路人或举伞，或披衣，大都脚步匆匆，像流星一样从身边划过，脸上多显茫然、焦急。难道人人都心存难以逾越的障碍和难以到达的远方？无论什么缘由，人们都在为未来、为生活，经过这个十字路口。无论有意无意，来到这个路口，就面临着路径的选择。认定了一条路，就意味着放弃了另一条，乃至几条。

　　那还是二十世纪八十年代初，我在莒南县城工作的时候。从十字路口的这头走到那头，尤其是一个人站在十字路口的时候，陌生的面孔渐渐熟悉起来。许多朋友就是在十字路口相遇相识的，相互嘘寒问暖。走过白天和黑夜，走过幸福与惨境，一直走到亲密无间，再又陌生别离。夏季，一片片被狂风撕碎的泡桐树叶，铺满我们天真的青春记忆的大门口，心中涌现人生的起起落落。经过连绵雨幕、雪天，无奈迷茫后，仰望着湛蓝的天空和恣意的白云，不禁神往未来和希望……

　　挥手之间，三十多年过去，岁月的风霜早已刻满我的额头，我又站在这个十字路口，依然被乍暖还寒的空气紧紧包围着。只是马路两旁的泡桐树大都被砍伐，剩下的几棵也是老气横秋，透出几分沧桑和悲凉：我回到这个原点，在静心等待什么呢？我庆幸当年理智的选择，无论职业、婚姻，还是亲情、友情。当然也为一些事情、一些人而遗憾。

　　每一天都是新起点，每天都站在有形无形的十字路口。多少人望着前方层层浓雾不敢落脚，深感明天依然迷茫……

　　生命之旅漂泊不定。人生不如意十有八九。漫步人生路，我们会真实地感受到生命的不如意、不完美。有的人智商高但没有超众的职业，有的人情商高却得不到幸福婚姻，有的人拥有了金钱却失去了亲情，有的人拥有了荣誉却无福享受，有的人实现了梦想却丢失了健康。人生的路并不总是直的，会有很多弯道，有时风景在命运的拐角处。如此，人生也是充满遗憾的，不是所有事情都能如愿以偿，稍不经意的一个回眸，满眼往事中，记忆犹新的，也许就是些许憾事，甚至是后悔的事。但无论如何，不要忘却正身处风雨兼程的旅途，整理好行装，请大步向前走。朝着一个目标走的时候，就要横下心，不必过多关注终点。有时虽在弯道处，但可能离目标并不远。有些事情只要过眼、穿心，就是真真切切的一笔人生财富。

人生路且行且珍惜，生活中需要面对无数坎坷。在出发上路时，道路是清晰的，方向也是明确的；真正的考验，是在漫长的路途中，在疲惫艰难时。许多人受不了前行的苦与累，抱怨、犹豫、怀疑，甚至放弃。有些路很远，走下去会很累，可是不走又后悔。与众不同的成功者，都是在布满荆棘的道路上不言败、有毅力和定力的人。经过困难、艰辛和血泪淬炼，生命才有高度、厚度和亮度。人生幸与不幸、顺与不顺、值与不值，关键是怎么看。人生是否幸福快乐，取决于自己对生活、对命运的态度。快乐是自己的事情，遥控器握在自己手中，可以盯住心灵深处的"快乐频道"，一直看下去。

行走在人生的单行线上时，当看清自己的路是多么迂回曲折，你会明白，人生并不是只有一条路，而是有无数条，平坦的康庄大道、曲折的羊肠小路，甚至岔道，都是可以通往目的地的路。没有路，你也可以硬生生地踩出条路来。正如鲁迅先生所说："希望是本无所谓有，无所谓无的。这正如地上的路，其实地上本没有路，走的人多了，也便成了路。"人的一生，个人定位很重要，定力更重要。选准了方向，就要耐得住寂寞，百折不回。其实，人为社会做贡献的方式也多种多样，无论什么职业，只要在自己擅长的领域做出了成绩，就是对社会有用的人，内心就会平静、平衡。事与愿违的是，很多人虽然明白这个道理，但依然跟风、凑热闹，到头来只能发出遗憾的感慨。许多人以优雅的姿态和成功的业绩为目标，在都市孤军奋战、东拼西杀，心里却越来越孤寂、苦涩、失落，期望远处闪耀一丝亮光，温暖内心、化解苦闷。醒酒后一看，这地方竟然是生他养他的故乡，那个简陋贫寒的小山村。

生命是恩赐，岁月是我们无悔的选择！随着年龄的增长，所扮演的社会角色和家庭角色也愈来愈多。其中有些角色可能自己不喜欢、不擅长，甚至不习惯，但又必须砸掉牙往肚里咽，满怀热忱地坚持走下去。走过了之后才渐渐明白：生活其实是一个很美的过程，努力让自己变得随和、坦荡、宽容，努力学会珍惜、学会忘记、学会争取、学会放弃……或许生命如同四季，经历春的萌动、夏的炙烤、秋的沉重、冬的严酷，才趋于丰富而完美；或许生活就如潺潺流动的河水，即使过险滩、跳悬崖，也还是畅想着一首欢快的歌……

恩格斯指出，人们创造历史的活动。如同无数平行四边形的力形成一种合力。社会上一些人向左，一些人向右，社会最终的演变方向必定是所有人合力指引的，一切都是不以个人的意志为转移的。许多人不知道自己处在了十字路口，别人怎么样自己就怎么样，随波逐流，连个人的选择权都不知不觉放弃了。

任何个人、团队和民族的发展道路和前进方向，都必然是其历经苦难之后，经过沉淀反思做出的选择，由自省走向自觉，由自强走向自信。

一路走来，童年、少年、青年、中年、晚年，一串串痛苦而美好的、抹不去的、生死攸关的情结，在隐秘的记忆深处，时而模糊，时而清晰。有的温暖如春，催人奋进；有的刻骨铭心，惹人热泪沾襟……

生活就是一条条"十字路"绘就的四通八达的交通路线图。但是无论前后左右，每条路都是一条单行线，有直有曲，有上坡有下坡，有柏油的有沙土的，单单没有回头路。行人众多，不允许等待，来不及犹豫。无论哪个路口，只要选择完，唯有义无反顾地怀揣希望，咬紧牙关大步前行，才可能去接近、抵达人生的光明顶点。

走过了就没有机会回头，就算回头也不是当年的路！

原载《北京文学》2016 年第 8 期

辑四

景・听风听雨

享受春雨

也许是刚经历了冬天太多郁闷而压抑的晦暗时刻，也许是寒风残雪在记忆的底片上留下太多沧桑而悲凉的凌乱印迹，万物丧失生命的色彩与声音，各自孤独地萧条着、沉默着。一夜微风，唤醒早春三月的晨曦，也吹来了北方第一场春雨。山川、河流、乡村、房屋、树林、花草、庄稼，还有庄稼人，都在翘首以迎春的惠风拂面，享受春雨的滋润，感受春天那年轻的心跳……

春雨如烟，如雾，如丝，如梦，悄悄落下来，淅淅沥沥，飘飘洒洒，缠缠绵绵。恰似烟雾迷蒙、若有若无、若即若离的水墨画，朦胧且迷人。春雨婀娜多姿，巧笑倩兮，步履轻盈，委婉含蓄，率性天然，没有夏雨暴烈，没有秋雨忧愁，没有冬雨冷酷，像清纯、含蓄的新娘，充满对生命乃至世间万物的爱恋……为了履行前世约定，悄无声息地把睡梦中的大地山川抚摩一遍，湿润着每一个角落、每一棵小草。令人悄然想起"小楼一夜听春雨，深巷明朝卖杏花"的美妙佳句。一会儿工夫，雨点越来越大，越来越急，嘻嘻哈哈，打打闹闹，在干燥的土地上留下密密匝匝的雨窝。春雨从不在意土地肥沃还是贫瘠，总是执着地投入，迅速渗进土壤，不形成水流，只让土地守候和感动，让世人留恋和感叹。

走在乡间小路上，任细细的雨丝自由地落在脸上，痒酥酥的，滑到嘴里，甜丝丝的。此时可以真正感受到与大自然亲密接触的惬意与舒畅。我记得在老家院中赏雨的情景。雨点噼里啪啦掉下来，洒在头上，落在脸上，说不清道不明地舒爽。我忘情地站在雨里，虽然衣服被打湿，可心里高兴，脸上绽放着笑容，享受着那难得的凉风和惬意。院里的梧桐挺立雨中，紫红的小芽芽摇曳着甜美的心事。枝杈上被雨淋过的喜鹊窝颜色更加凝重了，淘气的小喜鹊躲在老喜鹊的翅膀下，时而从窝里探出小脑袋，新奇地瞥一眼外面的风景，又叽叽喳喳地把头缩回去。树下有一群相互依偎的鸭子，时而用嘴巴梳理着羽毛，呱呱地交流着什么。那鸟鸣声、鸭叫声，伴随风声、雨声。清雅，恬淡，宁静……

神奇的春雨过滤掉人们的私心和杂念，带走尘世的喧嚣与浮埃，赐予了万物蓬蓬勃勃的生命形态。恰似仙女那双神奇的手，拂过之处便披上了一层湿润润的薄纱，呈现一片朦朦胧胧的绿意。山岭沟畔，只要有土的地方，青草就探出尖尖的脑袋，头顶晶莹的雨珠，像个顽皮的孩子四处张望。返青时节，粗壮的麦苗，伸出又厚又绿的叶片，像无数手掌，在虔诚地迎接飘然而至的春雨。春雨迅速滑落到麦根，悄然钻进干涸的土层。雨和风配合默契，像一把神梳，梳理着一垄垄、一片片整齐的小麦。或者说那小麦是大地柔顺的头发，被左梳右理，风姿绰约。偶尔能听到布谷鸟、斑鸠在麦墩里的啼鸣。忽然，几只叫不出名字的鸟儿，从麦苗间振翅而起，在雨幕中嬉闹盘旋，成为雨雾笼罩的空野上飘动、跳跃的精灵。

春雨贵如油，老天爷也十分小气。雨刚下了一会儿，就停了。雨虽然不大，却不吝滋润乡间万物，悄然改变了山乡的颜色，编织出一幅绚丽多姿的图画，生发出生命的期待与呼唤！草绿了，花儿开了，土地松软了，生命以最简单、最自然的方式繁衍、传承、轮回。前两天还光秃秃的山冈，奇迹般地换了新绿。真可谓浓妆淡抹总相宜。大地是藏梦、长梦的地方！萌生绿色的地方就舒展生命，就有开花的渴望，就有歌声在酝酿！每个人都种植一份鲜嫩的心境，收获一枚成长的愿望。

春雨是会说会笑的精灵，是生命律动的音乐。春雨会跟随天气变动幻化出不同姿态、不同神情，也会听随雨者心情演绎出不同的内涵。或嫣然，或惆怅，或温柔，或冷寂，或清丽，或婉约……可谓千种心情，万种雨境。

原载《人民日报》2009 年 2 月 11 日

春天来敲门

沉睡一冬，季节忘记带钥匙，敲起春天的门环。门刚被推开一条缝儿，春天就踮着脚尖，顽皮活泼地跨过门槛。金黄的连翘花早早开口："春天来了，春天来了……"

2018 年，"春脖子长"，北方大地缺雪少雨，冬天早已失去威风。最早敲春天门的是风，轻轻地、悄悄地，春天淡粉浅黛，袅袅婷婷走来，叩人心弦。开门一看，春光已经行走在村庄田野。春风从袖筒、裤腿钻进来，柔柔地触摸。人们开始祭春、咬春、鞭春、踏春、忙春、颂春，脸膛儿红扑扑的孩童奔跑着、雀跃着，农人携犁耙和良种下地，在家的主人唤鸡狗、赶鹅鸭。一幅质朴温馨的中国乡村风景画，正闪耀岁月。

大地和大地上的植物开始苏醒，山冈原野到处闪动着春天顽皮奔跑的身影。杏树、桃树、梨树听到温暖的敲门声，忙着吐露新嫩鲜美的花蕾。"春到人间万物鲜"，荠菜醒来，萌发簇簇新绿，被村妇灵巧的手，一棵棵地采摘进竹提篮。荠菜、马兰、山蕨、水芹、苦菜、香椿、马齿苋等各种野菜，为餐桌增添鲜绿与清香。最开心的当数孩子，折一截柳枝，轻轻拧动，抽出雪白的茎，把剥下来的嫩皮做成筒状的柳笛，吹醒沉睡一冬的万物，声音恣肆悠扬。街头巷尾弥漫着春草香和小米粥缕缕清香。

　　动物伴随春天的脚步活泼起来。温暖的阳光下，蜂蝶抖动翅膀振飞淡淡的草香花香，大红公鸡站在麦秸垛上引颈高唱，黄鹂鸟站在树杈上欢鸣。黑白相间的燕子，衔着春泥，拖儿携女栖落在老屋木梁上的燕窝，一会儿又在街巷和村边麦田上空自由地飞翔，偶尔从眼前、耳畔箭一般掠过。夜里燕窝里又传出低声细气的呢喃。春江水暖鸭先知。你看，那河畔的鸭群，只见第一只先抖起翅膀、贴着水面腾飞，接着是第二只、第三只……湖面泛起层层涟漪。

　　广袤的大地上滚过阵阵沉闷的春雷声，土壤温煦而松软。春风吹在脸颊上，痒痒的，舒服极了。抬头看看天空，飘逸的白云点缀着蓝天。深深吸一口早春的空气，顿感周身充满活力。春雨后的沂蒙大地繁忙一片，悠扬的《沂蒙山小调》唱出渴望丰收的满腔热情和厚重底气。结伴劳作的人眯缝着眼，看晨雾冉冉飘散空中，侧耳聆听冰消雪融的声音，分明听清了大地急促的心跳。

　　咚、咚、咚……乡村回响着春天持续的敲门声，新时代的鼓点回荡在希望的田野上。伴随春天的敲门声，英俊挺拔的白杨树举起绿叶哗哗地鼓掌，簇簇花朵张开嘴巴齐声喝彩，温暖的阳光飘飘洒洒，松软的大地展开、萌发出彩色的笑容与希望。

原载《人民日报》2018 年 2 月 24 日

青石小巷

天又在下雨。眼前闪现一幅古朴而苍茫的景色。那是一条青石垒铺的小巷，高低起伏、错错落落。两旁青石砌成的房屋，经过风雨洗礼和岁月雕琢，沧桑悠远，甚而生起一缕冷峻深邃的清幽之气。石块的缝隙中，青苔和不知名的野草恣意散落，给小巷抹上了淡淡的绿意。

走进古老幽静的青石小巷，伸手触摸斑驳灰暗的墙皮，街口清风拂面，酣畅而惬意。脚步轻缓，裸露而光滑的青石上传来寂寞的回声。

那是一条悠长的小巷，曾经走了无数趟的小巷。多少次寒风吹起我的衣角，拂拭我青涩的脸庞和五彩的梦想。

站在小巷中央，默默沐浴着雨丝；或者依偎在墙角，静心聆听被吹起的尘封记忆。风柔柔地抚摸着路边的草木，没有声响。鸟儿栖落在树杈上，静静地梳理着新长出的、沾着水珠的羽毛。一切如此静谧，好似怕惊扰了一个遥远的梦。

依稀记得，多少个这样的夜晚，太阳渐渐西沉，小巷里飘落母亲的呼唤声。熟悉的乡音土语，终生难忘的泥土味扑面而来。

我，还有鸡、鸭、狗、羊，都朝着炊烟笼罩的老屋奔去，踏散了石板上的残阳。

如今，老屋的炊烟依然飘动，山柴炖的饭菜依然飘香。我真想像孩提时那样，迈着轻巧的脚步，踏着小巷青石，一溜烟跑进老屋。

空中飘来一丝幽雅的琴音，那跳动的音符在耳畔萦绕回荡。我倾心聆听，悠扬的旋律中，分明有几声轻叹，正如游子归家时热泪沾襟的愁慨。忽而，一群孩童从远处跑来，小巷里顿时满是童稚的歌声和幸福的笑脸。

曾经，我也是这般无忧无虑的少年，在小巷中与玩伴追逐打闹，享受单纯美好的童年时光。不知不觉，那个蹦蹦跳跳的少年，已经被岁月的风霜染白头发；那个不谙世事的少年，已经伤感得泪流满面……

生命只有一次，不可循环往复。人生就是旅程，每一步成长、每一次相聚都是唯一的，因而必须懂得珍惜。只有品味过世态炎凉，体味过人间风雨雪霜，人生才可能趋于完美，才可能着上成熟的颜色。

回眸青石小巷，我来捡拾童年的记忆，寻找那勤勉而善良的根基……

原载《写作》2010 年第 20 期

童年钟声

童年，是人生乐章中最动听的旋律，生命画卷中最美丽的风景。童年那悠扬的钟声，一缕缕回荡在灵魂深处和生命履历中……

多少次我情不自禁地驻足在幼儿园、小学院墙边，痴情地盯着孩子们嬉戏打闹的身影，静心倾听悠扬的钟声、铃声，细心品赏孩童们清爽的笑声和读书声，默默享受那份天真快乐、幸福时光。

二十世纪六七十年代，我们这代人刚刚上小学。当时各个村庄都在村头建有小学。山村的清晨来得早，是被那清脆的钟声和孩子们琅琅的读书声唤醒的。那普通的农村小学，既让我们在钟声和读书声中慢慢长大，又让我们学会了怎样去面对生活中的风和雨。

我们村的学校在村北边，后边就是一片树林，密密匝匝的，长满榆树、枰柳、杨树和各种灌木。春天，清晨的空气格外清爽，树林里异常幽静。树叶正由鹅黄变碧绿，阳光透过那稀稀疏疏的树叶，在地上映出凌乱的光斑。林中的鸟儿活跃起来，叽叽喳喳地叫个不停。清风摇动满树的绿叶，簌簌作响。流水潺潺，鸟啼声清脆悦耳，蝴蝶在灌木丛中盘旋嬉闹、比翼齐飞，一群蜻蜓在空中滑翔俯冲，好像飞机特技飞行表演队。活泼机灵的小鸟，在刚换上春装的大树上蹦来跳去，比赛似的歌唱。林中小路蜿蜒幽静，学生的脚步声和读书声愈来愈近。鸟儿顿时像遵守纪律的孩子，鸦雀无声。孩子们诵读得如痴如醉。那抑扬顿挫的读书声、童稚的歌声、啾啾的鸟鸣声、潺潺的溪水声，合奏出优美和谐的天籁之音。那天人合一的画境，梦幻一般，让人陶醉。

当年村里穷，小学的设施简陋。用不起木制的课桌，就用土坯垒上几排土台子，凳子也是各自从家捎来的；可大家读书学习热情不减，十分卖力。同学们半闭着眼，摇头晃脑地朗读课文。院南角竖着一根又粗又高的竹竿，是旗杆。每到重要的节日，都要升五星红旗。同学们穿着五花八门、各式各样，师生同在五星红旗下庄重地行注目礼，现在想起来，依然有一股暖流在胸中流动。蓝天下轻轻摆动着的红旗，是那么鲜艳动人。最让人难以忘怀的就是钟声了。起初是铁铸的钟，后来换成一截炮弹壳，用一根粗钢筋勾着挂在树上，敲起来铛铛响，声音清脆，还有余音。清晨，孩子们听见钟声立刻背起书包跑出家门，追逐着、嬉闹着，笑声一路铺洒到校园。学校没有体育设施，孩子们自在玩耍，弹玻璃球、打梭、打陀螺、跳高、跳绳等，同样玩得兴奋、痛快！

那时农村贫穷，村里和学校都没钱，学校就组织"勤工俭学"。春天，我们排着队去山冈沟底去捋刺槐树叶；秋天，去田野翻地捡地瓜、花生。更有趣的是去山上挖山蝎子和土鳖。那时山上蝎子多。搬开大的石头，总见蝎子或高扬尾刺，或与你对视，或直往石缝里钻。我们就迅速用筷子夹起，放进准备好的玻璃瓶。一只两分钱，抓上半天能卖几毛钱，高兴得一蹦老高。

刚从童年毕业，人生的下一个学校就在岁月急促的钟声中开学了……

青年人、中年人都已远离童年，少了那抹纯真，多了几担责任。面对工作和生活双重压力，在现实的磨炼中变得更加稳健和成熟，童心、童趣越来越淡，儿时那辨别是非、美丑的简单标准也逐渐变得模糊。长大后不遗余力地追求美好幸福生活，某一刻突然顿悟：曾经给我们带来无限快乐的纯真而简单的稚子之心，原来是最稀缺、最珍贵的东西。

童年是一盘永不消磁的录像带，是一幅永不褪色的风景画。既是独版，又是绝版。如果人生能重复，谁都渴望再经历一次金色的童年。童年那余音袅袅的钟声，留下刻骨铭心的记忆，依然回荡在耳畔和心田。

原载《人民日报》2011 年 7 月 5 日

童年卫士

　　我童年的卫士，就是我家那条老黄狗。

　　小的时候，我家住在离村庄近两里的东岭上。那条弯弯曲曲、坑坑洼洼的沙土路，像是一根黄鞋带，系着村庄和我家。路两边是树林和庄稼地。

　　那还是二十世纪六十年代中期，我刚上小学，那树林子还特别茂密，什么柞树、松树、槐树、柏树，都长得很壮、很旺，树下是叫不上名字的杂草和野花，还有柴胡、桔梗等药材。那树枝、树叶，不动声色、比赛似的伸展，虽然长得拥挤，但彼此平和谦让，因而林子越来越密，树荫也越来越厚重。走在林中小路上，感到异常凉爽。

　　那时候学校抓得很紧，晚上有自习课。我家住在山岭上，每天我最犯愁的事，就是晚上放学后独自穿过那片树林回家。

　　夏天，月光下的山是有层次感的，天空就像一块深蓝色的布，点缀以闪烁的星星。群山千姿百态，远望黑黝黝的，像拉练的队伍，近处的树荫像一个个黑洞，阴森森的。林里的各种小动物，金蝉、蟋蟀、青蛙、野兔、黄鼠狼、蛇等，时而在身边弄出点儿声响来。风穿过林子，树叶一阵躁动，就连地里那苗壮的高粱、玉米也惊吓得你推我揉，沙沙作响。那树叶、庄稼叶沙沙的声响，与脚步声纠缠在一起，好像有人跟随在身后。有时，脚下踩了一只软乎乎的蛤蟆，会吓得一蹦老高，拔腿就跑。但不管跑得多快，那声音依然紧跟在身后。

　　我清楚地记得，那是一个伸手不见五指的黑夜，下着雷雨，闪电在天空飞舞，那路已被水冲得沟沟壑壑。我背着书包往家跑，脚底和腿上沾满泥浆。山路的南侧是一片墓地，堆集着无数的坟头。据老人们讲，那鬼火是灵魂在游荡。坟边和坟头上长着许多灌木，有的像站立的人在晃动。想起那些鬼怪故事，望望周围的景物，听听林中的水流声，只觉得头皮发麻，全身打战，举步维艰，泪水悄然涌出眼眶。这时，有一个黑乎乎的东西，在路边的树丛里窜动，我迅速弯腰摸起一块大石头。肯定是遇上狼了，老人们常讲狼最爱夜晚出没。我的心一下子提到了嗓子眼，站在那里不敢动了，只等着与狼拼命。突然，"狼"冲出来了！我正要扔石头，却听到熟悉的汪汪的叫声，是我家那条老黄狗?！我疑惑又惊奇地大喊一声"黄——"；正在我犹豫时，老黄狗已跑到我跟前。我定神一看，老黄狗早已被雨淋透，它摇摇身上的水，伸出前爪扑到我身上，嗅了嗅，又用舌头舔了舔我的脸，然后哼哼地叫着，摇着尾巴，围着我转了几圈。这真出乎我的预料。我顺手扔掉石头，用力抚摸着它的头，说不出有多高兴。那狗特别懂事，可能是担心惊吓了我，为了表示歉意，用嘴从我身上扯下书包，叼起来跑到我的前边，为我开路。没走出几步，远处山岭上传来狼的叫声。那叫声真是令人毛骨悚然，让我在那炎热的夏天，感到刺骨的凉气。老黄狗也有些怕，跑回来，把书包扔给我，贴着我的身，伸直了尾巴，一边汪汪地叫着，一边急匆匆地伴我往家赶。等我们回到家，我的衣服已湿透，分不清雨水、汗水，全身颤抖。那老黄狗也躺在地上，抽动着长舌头，喘着粗气。

从那以后，老黄狗每天晚上都要到村东头去接我。村东头有口老水井，等我放学出来，它早已坐在井旁了。有几次，我到井旁时，却找不到它。谁知它就藏在周围的树丛中，有时是墙角。它调皮地跟我捉迷藏，突然给我一个惊喜。这时，我把书包挂在它的脖子上。它跑一会儿，就坐在路当中等我一会儿；等我赶上来了，它就再跑一会儿，然后再等我一会儿。有时我抚着它，理顺它软绵绵的毛，一块儿往回走。从此，我走夜路不再寂寞，也不再害怕，难得增添了些许童趣。

老黄狗成了我的好朋友、好伙伴。无论春夏秋冬，无论风霜雨雪，无论月光皎洁还是伸手不见五指，在那林间的小路上，老黄狗像一位忠诚的卫士，护送我度过了那段难忘的学习生涯。

狗重情义，也通人性。人与植物、动物，相逢、相遇、相识，是缘分。珍惜平等相处的时光，就会留下美好的回忆和温馨的感情。

原载《读者》（原创版）2011 年第 12 期

听　春

春打六九头。又是一年芳草绿，春风十里杏花香。立春第二天，济南下了一场小雪，可谓第一场春雪。春天确实挡也挡不住，走到户外，长长地、深深地吸一口气，异常清爽惬意。不经意间，春天已飘然而至，春天的大门已经打开。只要屏气凝神地聆听，就能听到春天的脚步声越来越近。稍不小心，思绪在春天的声音中滑倒，与春娃扭成一团……

春是万物生发的季节。每时都有新生命萌动，每刻都有新希望诞生。春天的脚步是轻盈的、匆忙的，又是舒缓的、曼妙的。济南这座城市春脖子特别短，不几天光景，人们就脱下棉衣换上衬衫了。城里的春天，无非是道路两旁的树木由枯到荣、草坪由黄变绿。城市的季节变换主要集中在视觉上，春天的声音已被繁杂的噪音淹没，令人难以忘怀的还是乡间的春天。闭上眼睛，脑海里悄然展开这样的画卷：天高，云淡，田野空旷，和风拂面，野草如织，野花似锦。春雨绵绵，春雨声声，一场春雨一场暖。细腻柔婉的春雨过后，几朵白云点缀着蔚蓝的天空，密密匝匝的花草探出尖尖的脑袋，青春的希望陡然钻出残雪覆盖的土层。记得我小的时候，农家日子紧巴巴的，一下雨，河边就齐刷刷地冒出苦菜、灰菜、马齿苋、荠菜、野韭菜、野葱等可以充饥的野菜。河岸柳林含烟，花草都在风中翩然洒脱地舞蹈，一幅北国早春画卷被春风徐徐展开，久违地铺陈出清韵、旷野与逸气，淡雅而从容。

暖洋洋的西南风一吹，动物也从酣睡中苏醒过来。催春的布谷鸟从田野上空掠过，我分明看出它们的翅膀历尽艰辛与沧桑。小燕子拖着剪刀似的尾巴，衔着春光，呢喃着返回家乡。有的衔泥筑巢，有的嬉戏云间，舞姿翩跹。河、湖上的冰开始消融，在水下憋了一冬的鱼儿欢快地跃出水面。叽叽喳喳的鸟儿打散了花草憋闷一冬的梦。山前屋后，报春花、玉兰花、桃花、杏花、梨花摇曳一树的金黄、粉红、雪白，引来蝶舞蜂飞。蜜蜂嗡嗡地忙碌着，蝴蝶俊美的翅羽扇动缕缕清香。无论知不知名，昆虫弹奏着此起彼伏、高低粗细、灵性各异的美妙乐章，合鸣春天的序曲。鹅妈妈带着一群披着淡黄色绒毛外衣的小鹅学游泳，稚嫩的叫声划拨盈荡的水面。

树木新抽的枝条挥动着，用力拥抱新娘般美丽的春天。此时，人们可以静静地坐着或者躺着，尽情沐浴暖洋洋的春光，享受飘逸而轻柔的春风，咀嚼阳光的味道。河岸上的男童，劈下几根光滑的嫩柳条，小心翼翼地拧开树皮，抽出里面那白花花的枝干，剩下外面绿油油的皮，先制作柳笛、柳哨、柳号，然后再做一顶柳帽。一群穿着红裙子的孩子在不远处的草地上雀跃，"春天在哪里呀，春天在哪里"的童稚歌声悠悠飘来。头上别着野花的大姑娘、小媳妇在畦垄间追逐、嬉闹，采野花、挖野菜，银铃般的笑声洒落空旷的田野。农民开始耕田播种，累了就坐在田头喝碗水、抽根烟。片刻之后，张开喉咙，长吸一口气，吆喝起野味十足的赶牛调，粗犷的山歌如烈性老白干，把田野灌醉了。那清脆的笛声、笑声，哗哗的河水声、粗犷的吆喝声，融汇成和谐优美的乡间协奏曲。

春风在跑，春雨在飘，野草在舞，野花在笑，大自然的春天降临了。寒冬过后是暖春。只要我们用耳朵听，用心听，用生命听，就必定能倾听到春天的脚步声。烦恼和疲倦顿时烟消云散，自由豪放的心境融入自然，在春天绽放坚韧的生命和蓬勃的希望。春天从不吝啬春光和春色。春天的脚步正与心灵合弦、与时代合拍，带着我们的梦想，奔向曙光。万物接受春天的恩泽，点燃刻骨铭心的激情与五彩斑斓的梦想。

春天的脚步，是生命自由舒展的萌动，是大自然蓬勃的心跳和铿锵的脉搏，是春天豪放的歌声和庄严的承诺。

原载《品读》2012 年第 2 期

春燕归来

乡下是我的老家，也是燕子的故乡。

"小燕子，穿花衣，年年春天来这里。我问燕子你为啥来，燕子说，这里的春天最美丽。"孩子唱着儿歌《小燕子》放风筝的时候，春天就迈着灵巧而轻盈的步子来了，那一群群身着燕尾服的燕子也潇洒地从南方回家了，给山村增添了诸多风景与情趣。

你看那燕子，身材修长而体小，光滑精美的栗色翎羽，雪白无瑕的胸毛，剪刀式的长尾巴，黄黄的嘴巴，机灵的眼睛，敏捷活泼的神态，与人为邻、以人为亲的品行，可谓活脱脱的春精灵。那巢是恩爱成双的燕子用口衔来的泥巴和草屑，再混上自己的唾液，一点一点砌成的，多筑农家堂屋屋顶北侧的横梁上。那样子就像半个泥罐、半个碗，一件粗糙的工艺品。巢筑成了，再从外边叼来一些碎草和羽毛铺垫一番，就在上面哺养子女，尽享天伦之乐。"不知细叶谁裁出，二月春风似剪刀。"贺知章先生笔下的"剪刀"分明是燕子的尾巴。燕子"剪刀"般的尾巴飞舞着，伴随那优美的旋律，剪掉多少深冬的寒夜，剪来多少早春的佳音，剪得春雨细细柔柔、如丝如缕、淅淅沥沥，剪得绿草如织、溪涧潺潺、翠柳飞舞，剪得山里人唱起粗犷的赶牛调、躬身耕耘。中国历来讲究天人合一，如今又强调社会和谐，这种人文传统和时代精神在燕子与农户融洽默契的相处中表现得淋漓尽致。

清晨的山乡素雅、恬静、温馨，绿油油的麦田，葱郁繁茂的树木，简洁质朴的农家小院，还有袅袅升腾的缕缕炊烟……仿佛是一团披着薄薄轻纱、朦朦胧胧的梦。睡醒的燕子展开双翅、轻盈地飞出窝巢，一只，两只，又一只……叽叽喳喳的叫声划破山野的寂静。一会儿工夫，绿树丛中、农舍屋顶，到处都是燕子飞翔的身影。这些可爱的小燕子，时而上下翻飞，冲散片片白云和缕缕炊烟，时而栖落屋顶、门前，轻松漫步，迈着方步悠闲地四处张望。远处长长的电线上，不时布满密密麻麻的黑点，像五线谱上一串歌唱山乡风光的音符，又像一排听着口令做早操的孩子，那景致别有一番韵味。怪不得孩子们都喜欢燕子，那聪明、活泼、自由、俏皮的性格，正是燕子和孩子相通的天性。

燕子恋人、恋家。无论贫富，不管房子高矮，只要选中谁家，在谁家筑了巢，明年春天必定不远千里万里，不顾风雨飘摇，即便历经磨难，也要回到老房东家。进门一看，那屋梁上的燕巢也必定保存得完整如初。相传春秋时吴王的宫女、晋代的傅咸，都曾剪去燕子的一只脚爪，检验燕子明年是否如期而归。这残酷的办法让人愤怒，是对燕子品德和能力的污辱。虽然山乡每年都有新燕子来，房主与新燕子的父母却多是老相识、老邻居。燕子与农家相敬如宾、相处和睦，共同度过一段美好的时光。

春天是农家最繁忙的时节，庄稼人天不亮就下地，耕田、播种、除草，如果遇上旱天，更是累上加累，没日没夜地辛勤劳作。这个时候，到山村看看，你会发现一个奇特的现象：许多农户家大门紧锁着，而堂屋的门却大敞着。原来主人担心妨碍燕子出出进进，下地劳作期间干脆把门开着。谁家住着燕子，谁家把堂屋的门开着，谁家就住着福气和吉祥，就守候着丰收、喜庆的消息。

那是个非常安谧的上午，春风轻拂，吹在身上暖洋洋的。我坐在院子里那棵大槐树底下静静地读书。忽然一阵燕语自天而降。住在我家的那窝活泼伶俐的燕子觅食归来，在进屋之前先栖落在我家那棵梧桐树上，兴奋地讨论着什么。那话一句接一句，又急切又欢快，像一群春游归来的小学生争抢着倾诉所见所闻。老燕子看着小燕子日渐老练，心情激动，飞上飞下，手舞足蹈。我听不懂它们的话，但我分明感受到它们的快乐。我目不转睛地欣赏着，突然，一只小燕子竟悄悄落在我学习的桌子上。我屏住呼吸，小心翼翼地仔细端详着，忍不住轻轻地、浅浅地笑了一声。与这小生灵如此近距离地接触，竟让我激动万分，紧张、欣喜之情迅速传遍我的每一根脉络。我能看清它的每一根羽毛，刚刚长出的乳毛细细密密的，还黑白相间呢。那眼睛黑黑的、亮亮的，嘴唇黄黄的，小脑袋摇来摇去，还用嫩黄的小嘴巴啄了几下我的书本，天真又调皮。那叽叽喳喳的叫声，是在问我什么，还是想告诉我什么，还是在转告它的母亲我在看什么书。我们没法用语言沟通，但我读懂了它那单纯、友善的目光。我鼓鼓嘴，轻轻吹着口哨，它竟然高兴地点点头。我们像是一对好朋友，用彼此真诚的善意，守候着这短暂而美妙的时光。在那充满快乐和感激的对视中，我异常轻松，心中沉积多日的、疲倦而郁闷的愁绪，随着小燕子的身影飘散了。

春天的山间田野，花争红，柳吐绿。燕子们争相展示优美的舞姿，感受春光的爱抚和生活的乐趣。它们与人和睦相处，捕食昆虫，保护农作物，守候农家的收成。那时我没出过远门，对外面的世界一无所知，常常羡慕小巧的燕子志向高远、见多识广。那翅膀一展就是十里八里，可以与风儿对话，与百鸟交流，仰视宇宙，俯察万物，看尽崇山峻岭、襟江带湖、人间沧桑，那小脑袋里一定装着无数的趣闻，刻着丰富的生活阅历。它们生活简单，在可信赖的人家屋里垒一个巢，就自由自在地生活。秋天凉了，便携带子女迁徙到富庶的南方；春天来了，又飞回风和日丽的北方。一生专挑好地方。随着对燕子的深入了解，我才渐渐体味出它们的艰辛、它们的喜怒哀乐，以及蕴藏在小小身体里的惊险和无奈。

燕子是鸟类家族中典型的"游牧族"。为了生计，必须带领子女跋山涉水、长途旅行，抵抗暴风雨的淫威和烈日的暴晒，甚至耗尽生命。因而更懂得珍惜生活，一旦安顿下来，总是恩爱和睦，小燕子们享尽长辈无限的疼爱。燕子从南方回来不久，小燕子就降生了。这时的老燕子异常勤快，忙着捉来许多叫不上名字的小虫子，有时一嘴能叼来几只。老燕子刚飞进屋，那几只小燕子就张开黄黄的小嘴，喳喳地叫喊争抢。小燕子吃饱了就开始撒娇，头在老燕子身上拱来拱去，不一会儿就安静地睡着了。小燕子渐渐长大了，应当学飞。记得有一只小燕子胆子特别小，它的兄弟姐妹都会外出觅食了，它仍然胆怯地叫着，扑棱着翅膀就是不敢往巢外飞。燕子妈妈急了，一翅膀把它打出了燕巢。谁料这只小燕子忽忽悠悠地飞了几下，掉在了我家堂屋的地上。小燕子急了，咧着嘴大声惊叫，恳求燕妈妈解救。老燕子惊恐万状，担心孩子受到意外伤害，那叫声凄惨而绝望。一边在屋里七上八下地翻飞着、示范着，一边急切地催促着、鼓励着，几次想把小燕子叼起来。小燕子急中生智，扑棱了几下翅膀，歪歪扭扭地飞到院子里、落到了树上。小燕子没有责怪妈妈，反而兴高采烈地唱着、跳着，那分明在说：多亏妈妈一翅膀，自己才长大，学会了飞翔。老燕子见小燕子有惊无险，欣慰又难掩不舍。小燕子学会飞翔，是老燕子的殷切期望，也是孩子脱离家庭、走向独立的开始。燕子们就是这样在爱与恨、聚与散、生与死之间一辈辈承接和繁衍。从此我懂得了，为什么山村那些曾经仰望过燕子和体味过燕子品格的少年，都敢于冲出封闭的山寨，到外面的世界去寻求另一个春天、另一番风景……

　　燕子最体谅人、最关心人，从不给农家添麻烦，把窝里的垃圾一点点地叼到野外，从不在屋里留下任何脏物。主人在家时，躲在燕窝里呢喃细语，温文尔雅。天要下雨，燕子们总是喳喳叫着，在你的面前反复低飞，给你预报气象，提醒你该下地给庄稼排水防涝，出远门别忘带上蓑衣或雨伞。若是下雨天羽毛被淋湿了，总是在进屋之前先抖抖翅膀。一场秋夜一场寒，纵然恋恋不舍，燕子们也必须在霜降前飞向南方。它们不愿惊动邻居，也不愿邻居因它们离去而伤心，总是选在明月当空、夜深人静之时迁徙，走得无声无息，不留只言片语，甚至连一片轻柔的羽毛也不留下……只把一种期待留下，把一段美好的记忆留下。

　　年年此时燕归来。上了年纪的人总是盼着儿女早早像小燕子长硬翅膀飞上蓝天那般闯出一片天地，之后又盼着孩子像恋家的鸟儿一样常常回家团聚，你一言我一语地诉说辛酸与幸福。离乡久了，见到回归的燕子，胸中就涌动思乡之情，渴望如同燕子般，年年飞走、年年回来。叶落归根，总得回到自己的一方旧巢。"无可奈何花落去，似曾相识燕归来。"冬已过去，春暖花开，我们该像那美丽勇敢、感恩重情的燕子，义无反顾地飞回老家……

原载《人民日报》2006 年 3 月 28 日

过冬的树

北方的冬天，是肃杀、萧条的，又是清醒、顽强的，孕育着春天和希望。

冬天来临，朔风阵阵，无论城市还是乡村，柳树、杨树、槐树、法桐树、银杏树等树木的叶子都纷纷扬扬地飘落。那树叶分明像飞舞的蝴蝶，争先恐后地栖息大地。冬季的树木，脱掉所有叶片，像健美运动员，自信地站在街口、公园和山冈、地头，裸露着强健的体魄和结实的肌肉。

天，更高远；视野，更开阔；空气，更清新；树，更精神。

冬天的田野空旷，没有任何负担，不再繁花似锦般丰腴而绚丽……空旷，让人视野更加开阔；纤瘦，让人凝眸深思……

冬天，世间万物平等，面临相同的环境。草儿匍匐在地，野兔逃得无影无踪，唯有树原地站立着。田野里、沟壑边、大道旁，树的影子随处可见。寒风来了，它摇摇头、晃晃身子，让没有定性的风悄然跑过；雪来了，它微笑着和雪花拥抱，然后抖一抖身体，清冷地看着它们从身旁缓缓滑落、消失。

冬天里执着站立的树，是旷野里最美的风景。

冬季的树展示不同的形象和风采，给人不同的情趣与感受。树干和树枝形态各异，或直或曲，或粗或细，或侧或卧，或仰或俯，或盼或思，或醉或舞……有的直立伸展，透几分庄重威严；有的自然弯曲，显得温柔婉约；有的侧身凝视，露几分惊愕神秘。冬季的树彻底卸下华贵的外装，风中、雪后更为生动，更有韵味，真正地洒脱自由，真实地捧出赤子之心。

根深蒂固的树木，是大地最忠诚的子孙！

立冬，小雪，大雪，冬至，小寒，大寒……

一九，二九，三九，四九，五九……

寒风越来越急，寒雪越来越大。只有树木真爱着脚下的大地，不挪、不动，走不了，也不愿走。树把根深扎大地，它坚信脚下这片属于自己的泥土，给自己挺直脊梁的信心和力量。梦想在大地中孕育，在静默中生长。

大地的养分沿着树的经络往上传递，从树根到树干，从树干到树枝，一直到伸向高空的每一个细小的树杈、树梢。树深感脚下大地踏实而牢靠，依然挺直腰杆。冬日的寒风有些嚣张，甚至肆无忌惮。一阵阵寒风从树间刮过，树只是轻轻摇晃一下，身体依然不屈服地、宁折不弯地站立，柔韧的树枝摇来摆去，任阳光和云雾在枝条间跳跃与律动……

冬天的树木，与大地同甘共苦、生死相依。

那是一棵北方的银杏树，直立于天地之间，孤独地站立在山冈上，于凛冽的寒气中，紧握着北风的手，站立着。两只不怕冷的喜鹊飞来，在树枝间飞来飞去，丈量树与树的距离，感受树枝与树枝的亲情。它们的叫声使这片空旷之地生动起来。不一会儿，它们一前一后地飞离，只留下缥缈的身影。

　　一棵树如此，另一棵树也如此……每一棵树都在寒冬里凝望着真实的自己和自己的姊妹兄弟。各种乔木、灌木混生在一起，无论什么品种，都是同一血脉，互相鼓励着、安慰着。坚信寒流过去，春风会来，相信枝会更壮，干会更粗，叶会更密。因而耐心等待，静心坚持，期待生命勃发，静候春天的消息。

　　无论白天黑夜，俯视空旷、板结的土地，仰望辽阔、高远的长空，静心坚守自己的家园，侧耳倾听万物萌动的佳音和立春的胎音。

　　过冬的树，在冬季休养生息，为五彩缤纷的春季积蓄青春勃发的信心和勇气。

原载《人民日报》2013 年 2 月 11 日

蜡梅花开的声音

———————————————————

　　"春为一岁首，梅占百花魁。"梅花，是世界著名的观赏花木。她的神、姿、色、态、香，均属上乘，深受中国人喜爱，是"岁寒三友""四君子"的重要成员。观赏梅花的风气，始于汉初，到南北朝、隋唐时代，赏梅、咏梅、艺梅之风已相当盛行，宋代咏梅的诗词书画佳作甚多。古人除赞赏梅花的色香外，还特别注重其枝姿形态。正如清人龚自珍文曰："梅以曲为美，直则无姿；以欹为美，正则无景；以疏为美，密则无态。"

　　另有蜡梅，又称黄梅、香梅，虽名"梅"，却非"梅"。因其与梅相邻开放，香又相近，花色似蜂蜡，故得名。蜡梅在花的家庭中，是一年中开得最晚的，又是春天到来之前开得最早的。隆冬的冰雪、寒风挡不住她迎春的脚步，三九的坚冰冻结不了她开放的激情，皑皑白雪更为她增添了几分妩媚，丝丝清香更显几分清雅……古时文人之所以把蜡梅赞为玉，是因蜡梅花朵珠圆玉润，色泽黄而饱满，犹如暖玉。李清照对其更是偏爱，曾作《殢人娇》咏赞道："玉瘦香浓，檀深雪散。今年恨、探梅又晚。"料峭冬日，蜡梅更显浪漫而婉约。

　　那是个深冬的清晨，冷风习习，空气也凝固了似的。突然发现，虽然窗外那棵苍劲的蜡梅周身没有一片可抵挡风寒的叶片，寒风却没有伤及她那娇嫩的花蕊。我望着这棵历经风霜的蜡梅，心里陡然升腾一股激动、兴奋之情。夜晚，天空的星星闪闪烁烁，我站在银光与清风之中，再一次凝眸蜡梅花。蜡梅花在寒风中透露出她内心奇妙的光芒，像具有崇高人格的爱神在闪动人性的光芒。我轻轻地触摸，分明感觉她的目光温柔而又坚定，隐约中听到了热情明快、铿锵有力的音乐之声、心灵之音。

　　蜡梅是真正的岁寒绝品。深冬腊月，蜡梅迎着凛冽的寒风，褐色枝条上粘贴着星星点点米粒大的花苞，像纯洁的少女抿嘴浅笑，期待舒展那密密的黄花瓣。第一朵蜡梅花刚绽放，那绽放的声音便迅速传遍整个枝头，整个干枝上的蓓蕾都激动起来，小心翼翼地承接着第一朵蜡梅带来的冬日及春日信息，更细心地承接着信息密码所蕴含的某种精神和心境。当一缕阳光落在蜡梅树上，黄色的蜡梅花顶着寒雪，无遮无掩地昭示蜡梅之美。那鹅黄色的蜡梅花，给人以视觉、嗅觉与味觉的冲击，给人以生命的力量和永恒的美感，给人以温暖的期待和春天的消息。那花瓣看上去晶莹而剔透，像是蜡制的，那是一种高雅而圣洁的美、一种超凡脱俗的美、一种震颤灵魂的美。

　　历来，因对梅花的偏爱，一些名人志士隐住乡间，在山林旷野、茅舍前后种几株梅，潜心守梅、护梅、赏梅，追求悠然自得的人生境界。元代王冕爱梅、咏梅、艺梅、画梅成癖，隐居于九里山，植梅千株，其《墨梅》诗名扬天下："我家洗砚池头树，朵朵花开淡墨痕。不用人夸好颜色，只留清气满乾坤。"

　　季节不等人。蜡梅早已幽香袭人，俏立枝头了。蜡梅在无叶的干枝上伸展着她的高雅姿态，无绿叶的捧扶，更显不拘一格。凝望蜡梅花，闻一闻那淡香的气息，做一番心语的交流。那一丝傲骨的气息传递过来，心情平和了些许，伤痛也少了些许，又有潇洒面对逆境、困难的人生心态了。

蜡梅迎霜傲雪，冲寒而开，香气清而幽，形巧而不俗，冷艳而高洁，留给人们的不仅是芳香，还有永久的回味和思索、崇高的品格和忠贞的气节，清高脱俗。"疏影横斜水清浅，暗香浮动月黄昏。"宋人林逋的诗引人遐想。那蜡梅斗雪吐艳、凌寒留香、铁骨冰心、高风亮节的形象，鼓励着处于困境中的人，要以坚韧不拔的意志迎接春天的到来。

"宝剑锋从磨砺出，梅花香自苦寒来。"《警世贤文》中这句充满哲理的诗句，曾激励多少青年学子顽强拼搏。"俏也不争春，只把春来报。待到山花烂漫时，她在丛中笑。"毛主席《咏梅》诗篇，热情讴歌了梅花的品格，坚冰不能损其骨，飞雪不能掩其俏，险境不能摧其志，这和陆游笔下"寂寞开无主""黄昏独自愁"的梅花形成了鲜明的对照。二十世纪六十年代，大街小巷《红梅赞》，家家户户《洪湖水》。"红岩上红梅开，千里冰霜脚下踩。"一曲《红梅赞》，一朵红梅永不败！先烈们的铮铮铁骨和浩然正气在裂变，在凝聚，在与时代碰撞同行。

皎洁的月光下，看那一朵朵黄色的小蜡梅花，顶着寒夜香着、开着，陡然觉得生命原来可以这样顽强地绚烂、美丽着。夜深人静，用纯粹、平静的心态，静听蜡梅花开的声音，是那么自然、纯朴而神圣。每一个人的心中，都该开有一朵蜡梅花；每一个家庭，都该留有一缕蜡梅花香。

蜡梅花开的声音其实是心灵深处的声音，是一种心境，或者说是一种只可意会不可言传的感觉，是一首诠释人生沧桑的悲壮的乐曲，是铭刻心田的记忆和期盼。每个生命都是一朵花。人就是在漫长的岁月长河中不断开放、凋零的花朵。坚守一份幸福、一份牵挂、一份责任，就有了微笑的根基和气力。自然开放的花朵是最美的，轻松的微笑是最灿烂的。珍爱生活，守候爱情，宽厚待人，幸福就会在心灵花瓣上恒久飘香。

人的一生，其实就是一个花期。只要生命不停止，就有开花的希望和渴望。花开的过程，是一首美妙无边的小诗；花开的声音，是一段余音袅袅的旋律，那轻快明朗的音符跳动在心灵键盘上。

原载《深圳特区报》2017 年 10 月 17 日

草戒指

———————

　　狗尾巴草，一种乡野田间随处可见的普通植物，与象征相思的飞燕草、象征爱情的红玫瑰、象征真情的康乃馨等花草相比，显得那么微不足道。但它时常伴随我美好的回忆不期而至，让我难以忘怀⋯⋯

　　世界是由万物构成的，因为有各色各样的元素，我们的生活才丰富多彩。普通平常的狗尾巴草，无论路旁、山坡，还是田边、滩地，甚至旧墙头、破屋顶，都能生存。它不择水土，只要能扎根，就可以活下来，柔弱又坚强。高及腰间，矮掩脚踝。碧绿的叶儿修长舒展，娇嫩的茎干笔直饱满。花是淡淡的白色，缀在纤细的草芒上，像悬挂着的扁长的小铃铛，洁白、轻盈。籽就躲在花下，在细芒根部，一粒一粒，挤在一起，饱满而结实。茎的顶端擎着袖珍狗尾巴般的穗子，所有的芒都怒张着，像是充了电一般。那穗子就是毛茸茸的一束，斜垂着，在风中摇曳，给淡然的乡野增添了些许唯美的野趣。狗尾巴草就用这穗子结籽并繁衍后代。

　　没有人留心狗尾巴草是何时萌芽、发绿、结籽的，大家都习惯欣赏它葱茏茂盛，习惯它在秋风中枯黄，在春天悄然无息地出现在我们的视野里。把根扎到寸草不生的沙砾之中，然后奋力地使根往下扎，靠自己的力量顽强地生存、生长。荒野里，独享阳光，喜欢与风儿逗乐；大树下，上接雨露，下吸地气，能屈能伸。知道无人关注，所以不企望追求生命的高度，更重视和珍惜自己身处的地方，即便骄阳似火，也不怨恨急躁，慢慢调整心态，坚守信念，快乐成长，精神抖擞，潇洒恣意地展示着生命的旗语。

尤其是阳光淡淡的秋日，狗尾巴草在清风中自由摇曳。那纯洁无瑕的草穗，披上几缕金黄的阳光，透明、温顺、柔美，时而被风轻轻吹向一边，像是集体舞蹈。即使是几穗，有深秋金黄的树草做背景，就是一幅美妙的图景，那也是刻在我灵魂深处、抹不掉的金色记忆。

当年老家县城很小，北部是稀疏的民房和新开通的火车站。那是 1983 年的秋天，火车站周围的山丘上依然矗立着挺拔的树，铺满片片狗尾巴草。当时我正与妻子处于热恋中。那天下午，我们来到山坡前的草地上，望着那片高矮不同、疏密不一的狗尾巴草，随手拔一根狗尾巴草，在嘴里慢慢咀嚼，品味一番草香。她惊奇地指着成片的狗尾巴草说："你看那草，多美呀！"只见那片狗尾巴草沐着一层夕阳的余晖，平静而执着、朴素而坚韧，少见地清纯可爱。我们被黄昏下充满诗意的狗尾巴草深深感染了。掐下毛茸茸、软软的穗子，扫在脸上，柔顺自如、痒痒的，很是舒服。我悄悄用狗尾巴草为妻子编织了一枚草戒指。给那戒指插上几缕秋风、洒上几束阳光，金光闪闪，煞是漂亮。我把它当作贵重的礼物，郑重地献给了妻子，表达我的一片真心。

夕阳下的山坡上，坐着两个痴情而纯真的身影。

随着年龄的增长、家庭条件的改善，先后给妻子买了金戒指、钻石戒指、宝石戒指。岁月蹉跎，一直珍藏在心中的还是那枚无比珍贵的草戒指。有些东西即使很普通，一旦进入生命、进入灵魂，就成为永恒。

狗尾巴草，没有玫瑰华丽，没有牡丹雍容华贵，也没有桂花扑鼻飘香，不矫揉造作，饱有朴素自然的品格和顽强不屈的生命力。我们结婚后，妻子从少不更事的公主变成了贤妻良母，精心经营家庭，孝敬父母、养育儿子。爷爷在世时曾对我说，是前世修好，才娶到这么漂亮孝顺、全家人称心如意的媳妇。我们的诺言像钉子一样嵌入心灵。虽品味了世间风雨、过早地经历了人生寒冬，却依然朴实而善良、真诚而幸福地生活着，相敬如宾，恬静安然。

草也许可以代替真金，纯金却代替不了真挚的草。草戒指，在经过岁月打磨和生活历练后，越来越珍贵。我时常被那段平凡的记忆感动，被那个最初的青春约定激励。

原载《青年文摘》2010 年第 12 期，原题作《狗尾巴草戒指》

栀子花开

栀子花，宁静、素洁、淡雅、沁心，幽香无比！

每年都有春暖花开、栀子花香的季节。

栀子花的花蕾呈椭圆形，尖尖的，像是光滑的绿色子弹。傍晚还只是鼓鼓的花苞，次日凌晨就开成了一朵洁白、芳香扑鼻的花朵，挂着晨曦的露珠，洁白芬芳，优雅脱俗，楚楚动人。

把栀子花放在注满清水的瓷碗里，能开放一周，满屋香气。从花店买的栀子花，大都价格高，且用了药物，花期短，香气也稍逊。那日，我在济南八里洼小区的商业街上散步，在一个小摊前停了脚，只见一位老大爷面前摆着三盆开得正盛的栀子花。"这是我自家地里的，长得壮实，今早刚刨出来，水灵着呢。搬着吧！放在家里，能开一个多月，今年至少还能开上两茬！"我仔细端详了一番，二话没说，掏钱买了两盆。

时值六月天，不几天工夫，盆里的栀子花全开了。一股股脱俗淡雅的幽香弥漫房间，全家人都神清气爽。

花盆空间小，栀子花长不鲜旺。后来，我就试着栽在小院子里。春天到了，春风来了，栀子花的枝丫慢慢地发出了胎芽。雨季来了，栀子花愈发青翠，在翠绿的叶片中，一枚枚嫩嫩的花蕾冒上枝头，竞相向上伸长，像听话的孩童齐刷刷地举起小手。还是花骨朵的时候，每天去查看。那不如无名指大的花骨朵，绿绿的、滑滑的，一个、两个、三个、四个……有的半张着嘴巴，几乎要闻到香味了。清晨走进院子，发现栀子花的花瓣上还残留着些许露珠，花瓣变得越发剔透。低头靠近，发觉栀子花高贵的外表下，隐藏着朴实无华的心灵。清香迎面袭来，不浅薄，也不深沉，沁人心脾。

就几天时间，那绿绿的花骨朵转眼开成了洁白的花朵，花瓣一片一片，重重叠叠，围绕着花心绽放开来！洁白的花瓣滑滑的，凉凉的，厚厚的！那香味从花蕊散发而来！闭上眼睛，深深嗅一口，感觉那清香沁心、入肺，满脑、满身、满园！有清风吹来，香飘四邻！远远近近地透着生活。

窗前的栀子花又开了，缕缕幽香渗进我的房间，把我的思绪带向遥远的青年时代……

那是三十年前的初夏，在学校那片布满青草皮的操场上，一个穿着洁白裙子的少女，正在背诵英语单词，安静而恬淡，矜持而高贵。恰如一朵洁白的栀子花开在绿树丛中，纯洁得超凡脱俗；如同蓝天上飘着的一片云，白得让人目眩；又像月光下的凉雪，清丽而执着……那幅绝美的画面，让我暗暗惊叹，深深地刻进脑海。这位少女后来竟然喜欢上了一无所有的我，不久成了我心爱的妻子，仿佛家里住进了一朵四季清香的栀子花。

摘一朵自己栽培的、带着露珠的栀子花送给妻子，妻子会高兴地别在耳边，让栀子花的芬芳笼罩发际，收获一天的好心情。在栀子花盛开的时节，每天妻子都会收到一朵带着绿叶和露珠、花瓣晶莹、香气扑鼻的栀子花。闻着栀子花的香气，心旷神怡。

自然烦心事也就抛至九霄云外啦，相伴的只有开心和快乐。

五月初夏，阳光渐渐变得热烈起来。栀子花的叶子由嫩绿转为翠绿，洁白的花朵浮在绿叶之上，亭亭的、幽幽的，似雪花憩在枝头，因而栀子花又被称为"夏雪""香雪"。坚毅、宁静、澄明、宽厚，正是栀子花的品格。

据李时珍《本草纲目》记载，栀子花美颜，其果实呈金黄色，有泻肺火、止肺热咳嗽、止鼻衄血、消痰之功效，花开时香气四溢，可以用来熏茶和提取香料。在国外，时兴有益身心健康的"气味疗法"，据心理学家研究，栀子花的气味，有安神之效，对心烦、胸闷、失眠、狂躁等症状有明显的改善作用。

自古以来，牡丹、桃花被文人墨客视为宠儿，千叹百咏，栀子花则默默无闻的，静悄悄地开呀开，开呀开。有许多花四季不败，可是没有哪种花像栀子花这么富有人情味，和我们这么亲近，这么随意。她不骄不媚，在马路边、花坛里，就可以不畏凄风、不惧苦雨，蓬蓬勃勃地生长、开花。栀子花是那样从容安详，那样与世无争，好像不曾被风雨侵袭过，也从未被世俗的风雨侵袭过。

栀子花的姿态、色泽、香气透出一尘不染的品格，赏栀子花，清心悦目，净化心灵。人生在世，能像栀子花一样心甘情愿地、无私地散发忠贞、高洁、含蓄、深情的芳香吗？

高贵而朴素的栀子花，只有用心养护，才能开放在心灵，一生清香四溢……

原载《刊授党校》2020 年第 6 期

月牙湖畔

清脆的钟声，每天陪伴着太阳冉冉升起。金色的阳光铺满了校园，琅琅书声，鸟语花香，芳草如茵，水清荷碧，经常能看到蜜蜂、蝴蝶的身影，听见露珠滴落、微风轻拂的声响。

学院崇尚书香，在最显眼的位置建造了图书馆。俯瞰，图书馆是朝南的半轮旭日，南部绵延的山峦若汹涌的波涛直扑眼底。北侧是月牙湖，湖畔是柳树和座椅，湖中央高耸着坐落在红色基座上的时钟。"青春岁月短，相伴日月长。"人生中，与书香相伴的那段青春时光是最为美好的。

那几天，我为写延安脱贫的文章又一次当起学生，穿行于图书馆。这图书馆就像一座巨大的蜂房，排排书橱像数百万朵盛开的鲜花，黄金年华的学子像盛花期飞进飞出的蜜蜂，争先恐后地畅游在浩瀚的书海。那琅琅读书声，汇成流动的书香，像春天温煦宜人的清风，如夏天山涧空灵悠长的溪流，令我痴迷、陶醉。

阿根廷作家博尔赫斯说过，读书是最平等的一种享受了，无须高昂投入，也不要什么天赋和机遇，仅仅需要静下心来。人人捧读一本心爱的书，那翻动书页的声音，恰如数以万计的蜜蜂在匆忙采撷花蜜时发出的吟唱，空气中流淌着一股收获季节特有的清甜气息。我心生惬意和感动，走出图书馆时，不禁一再回眸，尽管脚步迈得很小、很轻，但还是担心破坏了这美妙的意境。透过这漫无边际、通明不熄的灯光，我仿佛看到，淡淡的墨香在不声不响地垫高人生的高度，在滋养心灵、擦拭灵魂。

"一张安静的书桌来之不易。"山东管理学院是迎着抗日战争的熊熊烈火，诞生在沂蒙山区沂水县一个偏僻小山村的高校。它经历战火的锻造，书写下凝重而传奇的一页。它在新中国成立后迁至济南，血管里的红色基因，跨越时空，闪烁着时代的光芒。而今，这里成为济南市长清区"灯火阑珊处"的精神家园。

晚饭后，我漫步大学校园，不知不觉又来到月牙湖畔，湖中碧水盈盈，宛如一面明镜，天上那轮弯月栖落在湖中央，一丝不动，一切都是那么优雅、宁静。此刻，图书馆的灯光依然不知疲倦地亮着，我不由得羡慕起孩子们的韶华岁月。

校园外就是喧嚣的世界，这里却只见一排排宁静的书桌和一个个安心读书的学子。读书苦，读书是一时苦，不读书会一生苦。记得有个同学曾和我探讨读书的目的，我想，读书是为自己印制一张通往多种可能的入场券，也是给自己拓展更大的思想空间。"力学如力耕，勤惰尔自知。便使书种多，会有岁稔时。"世界上最新鲜的颜色，莫过雨后新翻的泥土——那黝黑的泥土一律整齐地翻卷着，草根被犁铧斩断仰面朝天，大地散发出微热的气息，一垄垄田地泛着温润的光泽。那是庄稼人耕耘土地、栽培庄稼的程式。

又下雨了，晶莹的雨滴落在土地上，啪啪作响。雨露滋养着万物，散发着泥土香味的大地深处，血液正在涌动。大地是生命的集合体，有腐殖质、微生物，有蚯蚓、蜗牛、蚂蚁、蝼蛄，有杂草、野花，还有那满园的柳树、法桐、凌霄、紫藤、丁香，所有生命都在比赛似的成长，而在看不见的地方，种子也正吮吸着雨露，悄悄发芽。

心盈书香天地暖。我伫立湖畔，看日月轮回，听读书声萦绕在青翠的树杈间，左吐未来，右绽希望……

原载《光明日报》2020 年 7 月 24 日

浮来银杏王

　　去年国庆假期，我和妻子没去名山大川，执意去了沂蒙山区东部、位于黄海之滨的莒县浮来山，谒拜那棵有"天下银杏第一树"之誉的"银杏王"。

　　山不在高，有"树"则名。浮来山海拔不足三百米，的确不算高，却因银杏王蜚声海内外。站在远处眺望，仲秋的沂蒙大地，秋意渐浓，金风送爽，山川、河流和田野，如一幅彩色版画，而整个定林寺被一棵茂盛的银杏树所遮掩。它像一把巨型绿伞，每片树叶都像一把小扇子，巨树繁荫数亩，深邃而神秘，透出一股仙灵之气。

　　我们跨过定林寺的山门，只见银杏树周围石碑林立，几根遒劲粗壮的枝干已用水泥柱子辅助支撑着。屏息抬头仰望，只见老银杏峻拔奇崛，稠密的枝丫遮天蔽日，嶙峋斑驳的树干刻满沧桑，蓬勃有力的枝条直插苍穹、荫覆庙宇。站在老树下，身心被树荫庇护，伸出手掌接一束穿过枝叶间、雕镂人心的阳光，珍贵而温暖。闭上眼睛侧耳细听，分明听到风吹银杏叶簌簌的声音。树下游人如织，伫立、观赏、拍照，时而发出惊叹与感慨，流连忘返。摄影爱好者抱着"长枪短炮"纷至沓来。咔！咔！咔！古树被定格成万千帧永恒。

据记载，莒县银杏树是现今地球上尚存最大的一株银杏树，距今约四千年。一年四季，银杏王景色各异，美不胜收。尤其是深秋黄叶凋零时，天空中犹如有无数黄灿灿的蝴蝶飘飞舞动，地上铺了层黄叶地毯，唯美惊艳，堪称奇观。黝黑粗大的树干皮上时常能看到几叶簇一果，这树老枝干上不长枝条，叶子竟然能直接结果。

银杏王的位置很特别，在浮来山佛来峰、浮来峰、飞来峰三峰鼎峙聚捧的山坳，三峰环围，成天然屏障。树下深土数丈，根扎在石灰岩溶蚀阶地上，南临清泉峡和从不干涸的卧龙泉，土壤深厚，水肥充足，背风向阳，冬暖夏凉，独特的气候和环境，使其免遭雷电袭击和洪水等自然灾害破坏，因而龙盘虎踞，稳如泰山。清康熙年间，山东南部莒县等地曾经发生过一次大地震。莒县灾情严重，官民房屋、寺庙、牌坊、城垣俱倒，周围百余里无一存屋。而银杏树面对这场生死考验却安然无恙。

银杏亦称公孙树，意思是爷爷植树孙子辈才能结果，生长缓慢，寿命极长，具有长寿基因，抗病虫和防腐能力强。银杏出现在几亿年前，是第四纪冰川后遗留下来的裸子植物中最古老的孑遗植物，恐龙灭绝后，银杏历尽沧桑存活下来，是世界上十分珍贵的树种，系中国特产。其枝干挺拔、冠如华盖、枝繁叶茂，全身是宝，是树木家族的老寿星。目前，我国百岁以上的古银杏树近十万株，树龄过千岁的也不计其数。银杏树是具有浓厚人文色彩的古老树种。

银杏的果、叶、材用途广泛，药用价值显著，具有较高经济、生态和社会效益，这里的银杏产业正风生水起。为保成活率，树苗都带着一个草绳捆扎的树根土墩，俗称"老娘土"。当下，身历古今的银杏王更是子孙满堂，福泽绵长。每年冬春季节，高速公路和乡村道路上，一辆辆大货车把银杏树苗送到祖国四面八方适合生长的地方。

浮来山下，"银杏王"沐浴天光、吸纳地气、凝守元气，见证着新时代的光芒……

原载《人民日报》2019 年 4 月 6 日

黄河口

"君不见黄河之水天上来，奔流到海不复回。"

黄河口，是中华民族母亲河——黄河，汇入大海的地方。

黄河口，地处山东省东营市，是中华人民共和国最年轻的土地，每年至少新增土地一万亩。

2018 年霜降过后，北方大地步入五彩缤纷的金秋季节，我们全家出动，兴致勃勃地去游览黄河口。以盐碱滩涂著称的东营，已沧桑巨变，成为郁郁葱葱的海边绿洲，竟然还有上万亩的人工刺槐林。当年，河口区四周是白茫茫的盐碱滩，风沙蔽日，海边只有一棵孤零零的老柳树。"一棵树"成为记载痛苦与无奈的地名和地理标志，播种绿色成为多少代人的奢望与梦想。这次到黄河口，我们毅然走黄河北岸，就是为了欣赏更多、最纯美的自然风光。

从河口区孤岛镇出发，驱车约四十分钟即进入黄河三角洲国家级自然保护区。最突出的印象就是辽阔、神奇。黄河口的土地因受海水千百年浸泡，严重沙化、盐碱化，只有抗盐碱、耐旱涝、抵贫瘠、抗风固沙的植物才能活下来，成为盐碱地的幸存者和主人。远远望去,只见海滩、潮沟旁泛着盐花和白碱的土疙瘩上,到处是一望无际的芦竹和芦苇,绵绵延延的柽柳,铺展成"红地毯"景观的赤碱蓬,当然还有突然振翅、翱翔蓝天的飞鸟……

在黄河入海口能欣赏到沼泽、滩涂、芦苇荡、草甸等各种景观。东营深秋季节最漂亮、最有特色的美景,当然要数黄龙入海、芦花飞雪、红毯漫天、群鸟翔舞、长河落日。只见繁盛茂密、蓬蓬勃勃的芦苇荡,一方连一方,一片接一片,犹如等待检阅的千军万马。芦花盛开着,蓬蓬松松的,在阳光的照耀下白得透明,苇穗随风飘舞,铺天盖地。我们被眼前的景象惊呆了,赶忙停车拍照留影。那一株株芦苇坚强而柔软,头顶雪白的芦花,若窈窕婀娜的美丽少女,巧借秋风梳洗飘逸的长发,时而自我陶醉,时而窃窃私语。苇穗柔柔地垂落,轻轻滑过脸庞,一丝痒爬上脸,一缕喜悦钻进心房,舒适惬意极了。我瞬间感觉身心轻盈,像一朵芦花在自在飞翔,体验清纯的大自然神奇的力量。

河道和浅滩上,到处是鸟儿飞翔的倩影。据黄河三角洲自然保护区的同志介绍,每年10月到第二年开春,是鸟类迁徙的时节,有数百万只鸟儿在黄河口湿地捕食、栖息、越冬和繁殖,这里被誉为"鸟类的国际机场"。东营已成为东北亚内陆和环西太平洋鸟类迁徙的重要中转站和珍稀鸟类繁育的天堂。目前这里有鸟类近四百种,其中国家一级保护鸟类就十多种,譬如苍鹭、鸬鹚、丹顶鹤、白鹭等。游客随处可见各种鸟。它们或飞翔于黄河口的上空,或栖息在滩涂上,或隐藏于芦苇丛中,寻找、啄食湿地上的小鱼、小虾等。鸟家族在黄河湿地找到了安全感、幸福感、归属感,它们早已把这里看成自己温馨的家园。

我和妻子执意带刚会走路的小孙女到鸟类救助站看野生的天鹅和大雁。小孙女竟然一点儿都不胆怯，新奇地盯着东方白鹳，挥动一束柔美的芦花，小心翼翼地与它嬉戏。这美丽的瞬间，就是人与自然和谐相处的最高境界吧。在这绵延的芦苇荡里，游人、蓝天、白云、芦苇、飞鸟融为一体，处处美妙，步步风景。游人们观鸟、看苇、趣谈，微柔的风声、悦耳的鸟鸣声和人们的欢笑呐喊声交织在一起，演奏出神圣的天籁之音。

滔滔黄河，自青藏高原巴颜喀拉山脉雅拉达泽山麓起步，时而若缕缕琴弦，时而如万马奔腾，穿越黄土高原和黄淮海大平原，源源流淌几千年，历经多少凄风苦雨、坎坎坷坷，直奔祖国怀抱里的渤海湾，成为中华儿女寻根溯源的国脉和中华文明的精神纽带。2016年夏天，我去甘肃出差，专程到兰州市黄河母亲雕塑前仰望上游黄河的尊容，敢问黄河："何时奔腾到东营?"东营在春秋战国时期属齐国，管仲在此发展"渔盐经济"。明清时期，曾是盛极一时的盐运、漕运要地和著名商埠。1961年春，在东营村打成第一口勘探井——华八井，发现了渤海湾大油区，后诞生了"胜利油田"。依托新兴的石油城，1983年设立了地级东营市。从此拉开油田与地方融合发展，人、油区、植物和鸟类在这片土地上同生共荣的序幕，谱写下新的华章。

"一条黄水似衣带，穿破世间通银河。"黄河一路走来，被多少峡谷险滩逼得、挤得忽上忽下、忽左忽右、忽急忽缓，百折不挠。黄河无数次改道，其实都是在拼命寻找最适合的入海通道！

"一碗水半碗沙"的黄河水，流入东营时已不再湍急澎湃，而变得沉稳舒缓起来。海浪和河水纵情拥抱嬉戏，上演"黄蓝交汇"的壮丽奇观。从入海口前最后一座浮桥乘船顺河而下，船下就是细密的拦门沙，船身吃水很浅，行得也很慢，河面渐渐变宽，约半小时，船就到了黄蓝交界处。天气晴朗，海流稳定，真能一饱眼福啦。从高空俯瞰，黄河犹如一条弯曲的巨龙、一支宽箭，一头扎入蔚蓝的大海。浑浊的河水与澄澈的海水在碰撞、在交汇，恰如舞动着的黄蓝锦缎，缠拧在一起，最后融为一体。流淌着中华民族血脉的黄河，执拗地扑入浩渺无垠的海洋，在融合中获得新生，真实地复活"沧海桑田"，孕育着探索海洋奥秘、创造海洋文明的蓝色中国梦……

回望夜幕下的黄河入海口，河海壮美，天水一色，芦苇丛中闪烁着点点灯火，堪称人类与自然和谐共生、同存共荣的乐园。

黄河口，魅力无穷、令人心驰神往的宝地。

原载《光明日报》2019 年 7 月 12 日

出类拔萃的秘密

写下这个题目，还是三年前。

那个深秋时节。那天，宿舍院里的园丁师傅正忙着把小竹林四周刨开，逐一斩断竹根，刨出近半米深的沟，用砖垒砌围堵竹根的砖墙。我蹲在一边帮助整理刨出的竹根，听他口里念叨着："要不抓紧围截，明年这周围全是竹子了。"

十年前，搬进位于城郊的新宿舍时，门外的这片竹子刚栽上，干干巴巴的，既无生机，又少灵气。我真担心栽不活。

谁知道，仅几年的工夫，这簇竹子潇洒地长起来了。开春，那竹竿由枯黄变成草绿，冒出淡黄稚嫩的芽尖；盛夏，撑一片翠绿；秋冬依然挥舞着生命的绿手掌。清晨，我走在院内的石径小路上，竹林里传出啁啁啾啾的鸟鸣声，真有几分"采菊东篱下，悠然见南山"的雅趣。

竹子是常绿植物，靠蹿根繁育生长，喜温和湿润的气候，主要生长在南方，被历朝历代文人墨客称颂。既有高风亮节的品格，又有婆娑绰约的神韵；既虚怀若谷，又具奉献精神。鲜嫩的竹笋能够做成美食，竹竿可以做成竹筏、编成竹篮竹筐，用于装菜盛米。细竹条则可以扎成扫帚，清扫尘土。苏东坡言，"可使食无肉，不可使居无竹"。

我国北方地区缺少常绿植物。二十世纪六十年代末，山东等地南竹北移成功，竹子被移植在山地、水源、沟渠、田边、路旁，大大改善了自然生态环境。品种多是早园竹、淡竹、斑竹等。

我见证了这簇竹子的成长过程。前三年没看出生长，到了第五年，雨季过后，周围的土皮被拱出了裂缝，地上竟然冒出手指粗黝黑的笋芽，咧开小嘴喝着雨水，每天能蹿半掌高，到秋季竟然已长到三四米高，成为竹林中的长子。新竹长高之后，方圆几米内的其他植物好像就停止了生长。我询问园丁师傅。原来新栽的竹子前三年不是没长，甚至没少长，只不过是以一种不易被人觉察的方式在地下长根。根憋着劲儿，把根系在地下，向四周默默铺开。这也是竹子只要栽上便很少枯死的缘由。一株还未向上发芽的竹子，经过三年多的地下生长，根已经在地下伸展了十多米，真可谓"博大精深"。有时一整片竹林实际上是根连在一起的"一根竹子"，地下的茎根盘成一个疙瘩，分不清头尾。新竹一旦开始蹿芽生长，就势不可挡了，周围的各类植物都望尘莫及。新冒的竹笋如少女般亭亭玉立，翠绿而空灵。

《诗经》曰："瞻彼淇奥，绿竹猗猗。"夏日走近这簇竹林，稀疏中透出旺盛的合力，干瘦而挺拔。竹竿密密匝匝，竹叶婀娜多姿，阳光照耀在竹竿和竹叶上，被风吹得斑驳陆离。成群的麻雀翻飞着、戏闹着、欢唱着，隐秘地生活在这片小竹林，夜晚就睡在竹枝上。我在夏日散步时，曾看见一只刺猬在石板小路上大摇大摆，拖儿带女地步入这片小竹林。

我仔细观察过当年冒出的新竹，深秋时大都高过往年的旧竹。那日我仔细询问园丁师傅，他擦拭了一下额头上的汗珠，告诉我："竹子扎根三年不起身，憋着劲儿布根，为后代积蓄能量。笋芽一旦破土，就底气十足，高过老竹子啦。"新竹继承了先辈遗传的秉性、耐性与骨气。

"雨后春笋"比赛似的钻出地面，有粗有细，有高有矮。褐色的笋芽披着细绒毛，顶着露珠，周身充满力量。几天工夫，就出类拔萃，抬起头才能望见梢尖……远处，一对年轻夫妇正守护着蹦蹦跳跳地去上学的孩子，童稚的笑声栖落竹林和我的心田。

人的成长，也理应如此。先脚踏实地、发达根系，再破土发力、拔节蹿高。

原载《人民日报》2016 年 7 月 23 日